# 红燈记 外传

● 木祥 著

云南出版集团
云南人民出版社

**图书在版编目（CIP）数据**

红灯记外传 / 木祥著. —— 昆明：云南人民出版社，
2016.4
ISBN 978-7-222-14132-2

Ⅰ.①红… Ⅱ.①木… Ⅲ.①长篇小说－中国－当代
Ⅳ.①I247.5

中国版本图书馆CIP数据核字(2016)第062075号


**责任编辑：苏映华　李　爽**
**创意设计：** 云南非鸟文化传播有限公司
**责任校对：雷安平**
**责任印制：洪中丽**


# 红灯记外传
木　祥　著

出版　　云南出版集团　云南人民出版社
发行　　云南人民出版社
社址　　昆明市环城西路609号
邮编　　650034
网址　　www.ynpph.com.cn
E-mail　ynrms@sina.com
开本　　889mm×1194mm　1/32
印张　　9.625
字数　　170千
版次　　2016年4月第1版第1次印刷
印刷　　昆明卓林包装印刷有限公司
书号　　ISBN 978-7-222-14132-2
定价　　30.00元


*如有图书质量及相关问题请与我社联系*

审校部电话：0871-64164626　印制科电话：0871-64191534

云南人民出版社公众微信号

# 目 录

# 第一章　张美兰出演卖粥大嫂

"文革"期间，妃子村最有名气的，是他们排演革命样板戏《红灯记》。

革命样板戏是京戏，妃子村的人，不可能把握得住京戏唱腔，大队干部就想起用地方戏"花灯"唱腔来演。道白呢，用什么腔就由演员自己决定。男主角李玉和说的是不太纯正的普通话，有点南腔北调。反面人物鸠山却说川腔，川腔倒是模仿得有点地道，但与李玉和对话时，两种腔调让观众应接不暇，与正版革命样板戏比起来，也就多了些情趣。

当然，更多的演员用的是方言。

一场现代戏里，出现好几种口音，很有意思的。

结果这"妃子村版"的《红灯记》很有特点，还到其他村子里巡回演出，所以坝子里的人都知道这戏里几个有特点的演员。主要人物就不用说了，就连扮演"卖粥大嫂"的张美兰，给人的印象都很深。

张美兰去赶街，大家会在众多的人群中认出她来，说：妃子村卖稀饭的女人都这么年轻俊俏啊！

说完又"阿咂咂咂、阿咂咂咂"地感叹一会儿，接着是很佩服的表情。

张美兰听了，故意装作听不见，把额头上的刘海撩了撩，再把腰间的飘带掀一掀，夸张地扭着身子走开了。身材像柳枝一样，柔软而有风韵。

张美兰不但身材乖巧，皮肤也白，脸上还有两个浅浅的酒窝，眼睛水汪汪的。年龄又只二十多岁，正是青春年华。然而，张美兰原来只是一般社员，后来，可能是她的丈夫在矿山参加工作，弟弟又到部队当兵，《红灯记》里的男主角阮爱国就想到让她扮演一个角色，张美兰的地位也就变了。

演男主角李玉和的阮爱国，是大队的民兵连长。张美兰的丈夫邓德军，曾是他们民兵连的基干民兵，后来外出参加工作，弟弟又去当兵，阮爱国也就没有留意他家的事。只是到了那年春节，阮爱国带着民兵去慰问参军家属，去军人家属大门上贴"光荣军属"的匾额，才发现了张美兰，印象很深。阮爱国觉得，邓德军参加工作去了，妻子留在家里，弟弟又去当兵，理应照应一下。所以，大队决定排演《红灯记》的时候，就想起了她，让她演台词不多的"卖粥大嫂"，也就是坝子里人说的"卖稀饭的"。

卖粥大嫂只有一句台词：马马虎虎。

剧情是这样的：当年日本鬼子扫荡，形势紧得很，西山游击队急需一本密电码与八路军联络。这一天，李玉和与磨刀师傅约好到粥棚去对暗号交密电码，借故买粥喝。买粥喝顺便问"卖粥大嫂"张美兰一句：老板娘啊，最近生意怎么样？

张美兰回答说：马马虎虎（介）。

本来，台词里只是"马马虎虎"四个字，但张美兰家乡方言重，说话喜欢在后面点缀一个"介"字，表示亲切。阮爱国先是不让张美兰点缀进去这个"介"字，后来演出的时候，张美兰无意中还是会答错，当阮爱国问老板娘生意怎么样的时候，还是会回答："马马虎虎（介）"。

阮爱国先是不高兴，但张美兰回答"马马虎虎（介）"的时候，台下观众听了感到亲切，都鼓掌，气氛十分热烈。于是就不再阻止，让张美兰回答：马马虎虎（介）。

由此，张美兰就得了个外号："马马虎虎介"。

事情就这么简单，张美兰凭一句"马马虎虎介"，再做一个舀粥状，再把饭盒递给阮爱国，一场戏的任务就完了。

然而，张美兰就凭这句话这个动作，便可以拿一个夜工的工分，而且白天也参加宣传队的排练和演出，免去了许多的体力劳动，心里很惬意的，内心里，也感激李玉和，也由此惹出了一些节外生枝的事。

这是后话。

妃子村演的《红灯记》里，许多演员名气不怎么大，反而是这个"卖粥大嫂"老小都知道。村子里的小孩子见了张美兰，便跟在后面吆喝道：马马虎虎（介），马马虎虎（介），马马虎虎（介）……

张美兰参加宣传队，演"卖粥大嫂"，其他人没得什么说的，只是她的婆婆觉得不对劲。张美兰的婆婆，学名杨春英，妃子村人称之为"春英姐"，年轻时就失去丈夫，要与村子里的男人周旋，练就了应变能力，所以很有心计。现在老了，"春英姐"是个小个子老太太，嘴巴有点瘪，眼睛小而敏锐，一看就是个非常精明的女人。她知道张美兰的漂亮，她更知道像张美兰这样的年轻媳妇，丈夫又不在家，干茅草房怎么能见火？

所以，看到张美兰在台上抛头露面，真是一万个不放心。于是悄悄请人给儿子邓德军写了封信，通报了张美兰演卖粥大嫂的信息。

没想到儿子邓德军倒还大度。回信也有特点。

邓德军的回信，用的是矿务局的专用信笺，眉头上印的是"39271 勘探队用笺"一排红字，不用看信，就看这排勘探队的番号就让人感到很有派头的。

信是这样写的，先写了"敬爱的母亲大人"，然后便来了两句毛主席诗词："梅花欢喜漫天雪，冻死苍蝇未足奇。"然后另起一行，才入正题：张美兰要演革命样板戏，她想表演，就让她表演，表演得越透彻越彻底越好！

春英姐听人读了信，还真不明白儿子具体说了些什么，先是莫名其妙，小眼睛扑闪扑闪了一会，瘪着嘴琢磨儿子信中的口气，便大约知道儿子心里另有打算，也就不说话。

所以，张美兰就还是正常地参加毛泽东思想文艺宣传队，演她的"卖粥大嫂"，给李玉和舀粥，说那句台词：

马马虎虎（介）。

# 第二章　李铁梅意外怀孕

张美兰在妃子村出名，本来是很正常的事。人家生得漂亮，表演也有特点，群众喜欢便是硬道理。然而，《红灯记》里的女主角李铁梅不乐意了。

李铁梅是欧阳芬扮演的。张美兰没有演卖粥大嫂的时候，欧阳芬简直是红得发紫。其实，就是没有扮演李铁梅的时候，欧阳芬也是妃子村出类拔萃的女子。首先是生得漂亮，身材修长，瓜子脸，浓眉大眼，长辫子，演李铁梅的时候，基本不用化妆，站在台上，一看就是红色革命接班人。下台来，换上新军服，扎一根腰带，戴造反兵团的红袖章，走在村道上，昂首挺胸，目不斜视，让人有一种可望不可及的感觉。

先前，人们看妃子村人演《红灯记》，主要是去看李铁梅也就是看欧阳芬。

现在形势有点变化，欧阳芬看到张美兰的呼声高了，暗地里便对李玉和不满，怪李玉和袒护张美兰，找张美兰这个人来演卖粥大嫂，明显是打压自己。打压自己的原因，是他们的造反派不是同一个派别。

妃子村两个造反派，李玉和组织的是"南昌造反兵团"，欧阳芬参加的却是"井冈山造反兵团"。

其实，大队排演《红灯记》的时候，李玉和就不想让欧阳芬上李铁梅这个角色，派别不是一个嘛，他不想让欧阳芬在妃子村抛头露面。然而，李玉和却又有点抵挡不住欧阳芬在妃子村的名声。

欧阳芬不但自己在妃子村有来头，她的父亲欧阳富贵又是贫协会主席，虽然后来莫名其妙地瘫痪了，但新中国成立初镇压地主富农担任"刀斧手"的威风却没有减退多少。她的母亲是妇女主任，有名的"高竹竿"，看电影维持秩序，别人没有办法，她一根竹竿打下去，一竿打十多个人，电影场的秩序便逐渐井然。所以，欧阳芬从小就受到革命家庭的熏陶，在学校一直是班干部、少先队大队长、三好学生。"文化大革命"开始，欧阳芬还参加红卫兵串联队伍到北京接受了伟大领袖毛主席的接见。再后来"停课闹革命"回到妃子村，又是学习毛主席著作积极分子、青年标兵。总之，妃子村只要是涉及年轻人的先进头衔，基本上都是欧阳芬的。

由于是这种情况，李玉和虽然不想让欧阳芬演李铁梅，不想和她演父女关系，但认真分析妃子村的形势后还是抵挡不住，欧阳芬便成了《红灯记》里的女主角。在台上，欧阳芬穿红花衣服，梳长辫，挺胸昂头，气势豪迈，和现在的女明星巩俐差不多。

现在，张美兰这个卖粥大嫂呼声高了起来，欧阳芬正想着怎么反戈一击有功，却遇上了大麻烦。

妃子村有的人说欧阳芬可能怀孕了！

欧阳芬二十岁都不到，不要说是结婚，对象都没有呢，怎么会怀孕了呢？！

一些人不相信，说可能是绯闻。

但妃子村的《红灯记》本来就在坝子里很火了，用不着这绯闻来炒作啊。

这些不相信的说，你们看妃子村口的那贞节牌坊，人家是出过"斋姑娘"的村子呢，怎么会出现这种事！

妃子村北面，贞节牌坊真的有一座。牌坊用青石竖立，有三道门，雕花素雅，字迹工整。这贞节牌坊是妃子村为郭母娘娘立的。郭母娘娘是村子里终身不嫁的"斋姑娘"，简直是谈"性"色变。郭母娘娘之所以要留在家里吃斋，是因为生得漂亮，说媒的门庭若市，一气之下，便谁也不嫁，不想得罪人，一一谢绝，留在家里侍奉父母。后来，郭母娘娘的品德每每被村子里人颂扬，再后来便要立牌坊纪念。从此，郭母娘娘也被村子里许多女子效仿，养成了吃斋的习惯。在妃子村，女子终身不嫁，吃斋念佛，全家人都感到光荣……

这样的村子怎么会出绯闻嘛？

然而，一些人却是相信欧阳芬可能怀孕了。这些人是根据妃子村出过妃子来推断的。他们说：妃子村的女子生得漂亮的多，过去就出过妃子。妃子嘛，肯定生得漂亮，就是容易出"作风问题"。

说起来也有点根据。

妃子村之所以叫妃子村，就是因为传说这村子出过妃子。早在明朝时候，妃子村出了一位美女，张姓。后来，这位张姓的女子被县里的土司选中，纳入土司府里当土司太太。然而，村子里交通信息都封闭，他们认为土司就是帝王，村子里张姓女子便是妃子。所以，村子也就改名为妃子村。

欧阳芬可能怀孕了，有相信的，还有反对的，各说各有理，各执一词，莫衷一是。但说说也就算了，只不过是过一把嘴瘾。

其实，最关心这事的，还是李玉和。这天，李玉和把演李奶奶的白秀老师叫到了大队来问情况。

在《红灯记》里，李奶奶是李玉和的母亲。现实里，李奶奶还比李玉和小三岁，才三十一。李奶奶圆脸，大眼，长睫毛，体态丰满，除了演《红灯记》，还在小学里代课，人们见了她，都称呼白老师，白老师都笑盈盈地答应。村子里的人，都觉得白老师是很有品位的女子。

听到李玉和叫去大队，白秀老师感到奇怪。不可能是背台词，《红灯记》已经演了无数场次了，那些台词唱段，两个人倒背如流。想想就多了个心眼。白秀的丈夫，在外县水利部门工作，一年半载才回村一次。白秀是聪明的女子，丈夫不在家，村子里许多眼睛都盯着，是非有些多，她得有些防范。

下了课就往大队赶。村子有些宽，几百户人家呢。学校是村子边上从前的寺庙，到大队去，要走过一条大马路，路过一片黑压压的瓦房。瓦房错落有致，鳞次栉比，道路曲径通幽。白秀走了十来分钟才到了大队部里。

大队部是旧社会大地主杨光龙家的老宅，典型的四合院，砖瓦房，大院套小院，回廊转角，布局十分得体。院子的走廊比较宽，窗户门廊都是雕梁画栋，感觉气象不一般。

这时候，大队部里没有什么人，只有几个人在供销社里买点盐巴、茶叶，扯几尺青布、白布。李玉和坐在办公室里，有事办事，没事用那部摇把子电话往外打。这时候，他刚把电话放下。

白秀看到了，从容地喊道：阮团长——阮团长。

李玉和姓阮，是造反兵团的团长，白秀就喊得很得体的。

李玉和在办公室里答应说：白老师你进来一下。

白秀老师信步进了李玉和的办公室。她知道，大队部里还有一些人，不能犹豫，犹豫了就好像做贼心虚。

进了李玉和的办公室，李玉和看似从容，却也留心看了一下白秀。圆脸秀发，皮肤呈苹果红，表情端庄。端详的时间很短，但感觉与在台上演母子不一样。感觉不一样，也只能赶紧说正事：我说白老师，找你来是想问一下，你看欧阳芬给有点异常？

白秀心里打鼓。欧阳芬的事，她也有所耳闻，但她不敢确定。同时，在《红灯记》里，她是欧阳芬的奶奶，演多了，就有了些感情，便说：欧阳芬有名气，群众信口开河也是有的，我们还是要有证据才敢发言。

李玉和以为自己让白秀演李奶奶，关键时候会靠得住，然而，也没有问到可靠信息。

于是说：白老师你关注一下。《红灯记》是样板戏，我们主要角色出了问题不好交代。鸠山、王连举、侯宪补他们出问题都不怕，就怕我们三个主要人物出事，很丢妃子村的脸。

白秀看到李玉和说得认真，也是拍心的话，于是说：我也再观察一下，你也做一些调查研究才好。

说话的口气，真还有点像是《红灯记》里的母子。

李玉和若有所思地点了一下头，再琢磨了一下。琢磨了一下，似乎还想做点什么。想想，又似乎只是想找个理由与白秀多待一会。

于是抬头看了一眼白秀。白秀眼睛透明，表情温和，还想继续配合李玉和做调查研究呢。李玉和却找不到什么话了，想做点其他的，又不知从何做起。表情有些不自然起来，场面突然有些尴尬。于是也就不好多留白秀。

就这样，谈话就结束了。

没有结果，议论却不断。说到欧阳芬为什么会没有结婚就怀孕，妃子村人更感到十分蹊跷。特别是一些年轻人，整天老想这件事，想从前欧阳芬是高高挑挑、苗苗条条的，虽然胸口有些高，但腰身很细的。走路也麻利，从她的身边过，总是感觉到一阵微风起来。现在不是那个情况了，欧阳芬好像胖了一些，典型的变化就是腰没有了，臀部大了，整个人都比从前丰满了。想到这些，那些年轻人还在背地里叽叽喳喳：婚没结怀什么孕啊……

说这话的人，还要看看旁边有没有人听见，吐一下舌头——不能乱说话哦，人家是红人呢……

议论来议论去，总是没有个结果。妃子村就由一场《红灯记》，被欧阳芬和张美兰两个女演员搞得风风雨雨。但是，《红灯记》是革命样板戏，出现什么情况都不得不演。

只是，这个演李铁梅的欧阳芬，不知怎么避得过这风口浪尖。


# 第三章　李玉和罢演


这天是国庆节，晚上，大队部的场院里又要演《红灯记》了。

其实，这戏村子里人看过好多次了，不但在妃子村里看，还跟着宣传队到其他村子里去看。这个晚上，人们对《红灯记》兴趣不大了，最主要的，是想看欧阳芬和张美兰。

太阳还没有下山，就有人去大队部的院里占位置。人们从四面八方往大队部的四合院里赶。戏台早就搭起来了，台面坐西向东。台子也不宽敞，充分利用了房子的走廊，再用木方往外延伸出两米左右。戏台后面，挂了一块枣红色的幕布，演员就在幕布后面化妆，再根据剧情的需要，从幕布的一侧依次出场。

戏台下的院子也算大的了，可以容纳二三百人，还长着古槐树、紫金花、金银花藤蔓。人们就依着这些古树或坐或站，说笑话，吸烟，打情骂俏……

天色渐渐黑了下来，场院里的人也越来越多，慢慢的便是人山人海了，原因是其他大队也来了不少人。其实，有的年轻人，不但是为了看欧阳芬和张美兰，他们是找机会谈恋爱，有的，又是趁演出的时候在暗地里摸女人。

有的男人，趁自己"物色"好的一个女子不注意的时候摸人家的乳房。不知道男的有心无心，也不知那女子愿意不愿意，有时候，总是会看到男的女的，眼睛都似乎专心地看演出，那男的手却是不停地在女的胸前抚动……

演员们差不多天黑了才到大队里来，来了也不可能马上演出，他们还要化妆。欧阳芬来得比别人早一些，她刚走进场院，院子里的人都扭头朝她看去，表情有些异样。从前不是这个样子，她来的时候，大家都习惯了，觉得比较平常。很有可能，大家都看出欧阳芬已经怀孕了，都在小声叽叽喳喳。

也有人小声说：时来运来，讨个婆娘带肚来。

欧阳芬照样昂着头，只是走路好像没有从前麻利了，腰肢不像从前那样灵活地扭动，屁股也是显得有些浑圆。她的肩上挎着一个黄色的挎包，挎包里装的是她演李铁梅时的衣服。她演出穿的衣服不复杂，一件红底碎花的衣服，一条青色的裤子。还有两条辫子，又粗又黑又长。这两条辫子，是欧阳芬的母亲为了支持革命样板戏从自己的头上剪下来的。

在观众嘈杂的议论声中，其他演员也陆续来了。李玉和、李奶奶、鸠山、王连举以及磨刀人和卖粥大嫂张美兰等演员都走进后台去……他们都是从地里干完活又来演出的，身上都还有许多的汗味呢。当然，他们都拿着自己的演出服装。这些演员的服装，也都是他们自己准备的。李玉和不知从哪里找了一顶大盖帽，这是他作为一个铁路扳道工代表性的标志。演鸠山的王大宝，他演出时穿的黄大衣，是土改时从地主家分得的。其他演员，穿的就简单了，上台都穿他们平时出工的衣服，只不过，演出前在脸颊上擦一点红颜色，用墨汁画一下眉毛。

时间一点点地过去，演员们都化好妆，站在后台无所事事。从前，演出都是天黑一会儿就开始了的，今天却迟迟不开始，台上的气氛好像有点异样。李玉和是宣传队的队长，从前，演出前总是忙前忙后，指挥演员走台化妆，安排尽快出台。这天晚上，李玉和却站在后面，阴森着脸，化好妆，却不忙着上台。

台下有些骚动，观众叽叽喳喳——有的还打口哨，说怎么还不开始演，这样一来，乐器才奏响了。

还是从前的老样子，先是锣鼓和"镲""当当嚓嚓"地打起来。两个锣鼓手中有个是独眼，一边敲锣，一边歪着头，认真地听着锣鼓的节奏。

其他乐器就只有二胡和笛子。二胡和笛子都是乐手们自己做的。做二胡的时候，胡佑贤还去田野里打蛇，用蛇皮来蒙二胡筒子。虽然是自己做的，但二胡和笛子的音色都非常好。

　　拉二胡的是胡佑贤。胡佑贤是个结巴，说话不顺畅，却对音乐、乐器十分有灵性，妃子村《红灯记》唱腔用的花灯调，就是他配的乐谱。这时候，胡佑贤也受独眼鼓手的影响，偏着脑袋，听着旋律，卖力地拉着"花灯调"的"过门"。锣鼓、笛子、二胡有节奏地奏响后，台上的灯泡光线暗了下来，几个日本兵抬着长枪，鬼鬼祟祟地巡逻。日本兵巡逻过后，突然一声枪响，我们的地下交通员就从后台摔了下来……

　　台上的这些情节观众都十分清楚，交通员摔出以后，李玉和和王连举就应该出来接应。但这个晚上却是太异常，交通员摔倒了好一会，台上一个人也没有出来，台上便冷场了。

　　台下一片哗然。

　　过了好一会，李玉和才上场了。从前这个时候，李玉和上台应该是亮起灯泡，手提"号志灯"，先来一个威武的亮相，然后指挥王连举接应交通员。然而，这晚李玉和上台后，他没有演戏，他站在台上，对着观众大声说：

　　革命同志们，知道我为什么不出场吗？！唵？

　　台下什么声音也没有，想听李玉和要说些什么。李玉和放下"号志灯"，拉了拉他的大盖帽，提了提青色卡其布制服的领子，然后又清了一下嗓子才大声说道：一些人可能知道了，我能和一个不干不净的人演革命样板戏吗！

　　台下一片骚动，一些人，显然不明真相。李玉和知道不能不挑明真相了，大声说道：欧阳芬她够资格当李铁梅吗！乡亲们，同志们，革命群众们！

　　台下一片哗然，一些人窃窃私语，互相在交流着什么。没过多久，一些人站了起来，情绪很激动，呼喊起来：

　　没有资格！没有资格！

台下乱成一锅粥了，秩序十分混乱。

欧阳芬到底怎么个没有资格演李铁梅，谁也说不清楚。这时候，大家是多么期待着欧阳芬出来，回应李玉和的质问。一些不明真相的年轻人，他们不知道欧阳芬怀孕了，但他们觉得欧阳芬更好看，更有魅力。他们怀疑李玉和是因为派别不同而对欧阳芬如此不满。

一些观众，看到台上的变化，比看样板戏还热情高涨，眼睛瞪得大大的，有的还握紧拳头，他们都期待着欧阳芬与李玉和演出一场更好看的戏来。但是，欧阳芬却迟迟不出来回应，大家都觉得她应该告诉人们，她有没有资格当李铁梅，她到底出了什么问题？

欧阳芬不出面，观众都对她有着极大的期待。在观众的眼里，李铁梅是革命后代，红色接班人，是大家的偶像。

然而，欧阳芬还是没有出来。

这时候，还是鸠山出面了。鸠山已经化妆好了，穿了双马鞋，挎了把指挥刀。黄呢大衣有点脏，有些皱。鸠山的上嘴唇上的两撇八字胡，不知是用什么胶水粘上去的，说话的时候一动一动的，随时有掉下去的可能。

鸠山是"井冈山"造反兵团的头头，他和欧阳芬都与李玉和不是一个派。

鸠山挪了挪他腰间的长刀，胡子一动一动地说：欧阳芬没有资格当李红梅，我们大队谁有资格当李红梅？！现在，我们让欧阳芬上台来说明！

这时候，欧阳芬才挺胸出场。

欧阳芬把两条大辫握在手里，她的脸上抹了一层胭脂，打了口红，用墨汁描了眉毛，眼睛里因气愤而闪闪发亮。她的胸脯挺拔，一起一伏。她站在了台上，与李玉和、鸠山平行。他们谁都不看谁。

　　喘了一会儿气，欧阳芬像演李铁梅的时候一样拉了一下辫子，提高声音说道：我没有资格当李铁梅？请先查查我家的祖宗三代，都是贫农！毛主席教导我们说：没有贫农便没有革命，谁反对他们，就是反对革命！

　　李玉和昂了一下头，脸不正面对着欧阳芬，用有些不屑的语气说：你不要说家庭出身，你先说说你自己，你的身体给有变化，你的身上给有多了什么东西，不干净的东西！

　　欧阳芬马上回击：没有！我身上的东西，都是干净的，如果不干净，你拿出证据来！

　　看到欧阳芬斩钉截铁的气势，李玉和的气焰打下去了一些，他有点傻眼了，他看了看欧阳芬，一时说不出话来。

　　李玉和一看再看，欧阳芬好像又没有什么变化。

　　场子里寂静了一会，鸠山趁机说：什么都等到明天晚上到辩论会上说！今天不能影响演出革命样板戏！

　　这时候，台下的观众才如梦初醒，大家才想起自己是来看演出的，便高喊起来：赶快演出，我们要看《红灯记》！

　　李玉和有些傻眼了，觉得众怒不可犯，便悻悻走到后台，准备演出。

　　演出就又重新开始了。

　　刚才演出的场景当然不能算，要重新开始。锣鼓乐器重新奏响。地下交通员重新从"火车"上摔了下来，李玉和和王连举紧张地上台，看到地下交通员左手戴着白手套，便知道是送密电码的自己人。李玉和指挥王连举说：左手戴手套，自己人——我背走，你掩护！

　　李玉和背走地下交通员，转移到了安全的地方，拿到了密电码，便回到"家"。

李奶奶和李铁梅早就等在了"家"里，这时候，李铁梅便不再是欧阳芬，而是李玉和的女儿李铁梅。欧阳芬见到了李玉和上场，亲切地叫了一声：爹——，声音很甜的。

欧阳芬叫了李玉和一声爹，提着竹篮出了门。望着欧阳芬的背影，李玉和道了一声——"好闺女"，然后深情地唱道：

> 提篮小买拾煤渣，
>
> 担水劈柴也靠她，
>
> 里里外外一把手，
>
> 穷人的孩子早当家，
>
> ……

## 第四章  李铁梅走出险境

看完演出，村民们沉浸在极度的兴奋中。那个独眼老鼓手敲响了最后一声锣鼓，说话口齿不清却对音乐很有感觉的胡佑贤好像才从他的花灯音乐中走出来，说：今、今、今天晚上真是戏中有、有戏！

说完，也把二胡收拾在一个布口袋里。

人们才依依不舍地离开场地。

演员们都留在后场。只是鸠山出乎人们的想象，他还来不及卸妆就匆匆忙忙离开了。看着鸠山匆匆离开，演员们还没来得及多想，听到李玉和宣布宣传队要开会。

宣传队的队员都知道李玉和为什么要开会。李玉和宣布要开会的时候，队员们都还没有卸妆，都还抹着点红脸朵，脸上像站着两个苹果；描着黑眉毛，眼睛上面像爬着两条黑蚕。李玉和的卡叽布制服和大盖帽都还没有摘。李玉和的旁边站着两个人，李奶奶和王连举。演李奶奶的白老师因为年龄还不大，为了更像李奶奶，她戴了妃子村老年妇女的"首巾"。现在，她把"首巾"摘了，一副不愠不火的样子。

王连举"中弹"受伤的绷带也还留在手上呢。

王连举半晚都没有抽烟了，他下意识地瞄了一眼张美兰。从前，张美兰的旁边，都会站着鸠山。王连举有些不太明白，张美兰是李玉和扶持起来演"卖粥大嫂"的，然而，她与鸠山在一起的时候反而多。想着这些，王连举歪着嘴抽着"红缨牌"香烟。

他与其他演员一起，不约而同地朝着欧阳芬看去。

他们有的不敢正面看欧阳芬，就假装不经意地看，看欧阳芬的身子，看她稍微翘起的肚子和浑圆的臀部。

其实，李玉和虽然说开会，心里想要解决欧阳芬怀孕的问题，但却不知道如何来处置这件事情。李玉和文化不高，他参加《红灯记》排练的时候，总是把台词记不住，其他队员等他背台词等了好长时间。所以，"文革"初期妃子村的临时负责人老姜觉得选择他演李玉和不是最好的人选。

李玉和个子还算高大，只是脸不圆，是个长脸，与电影里《红灯记》的李玉和不太一样。但后来演出《红灯记》以后，大家也就认可了，觉得妃子村里的李玉和本来就应该是这个样子。再说，演李玉和的人，必须根红苗正，在"文化大革命"中要有突出的表现。

选择李玉和，与他在"文化大革命"中的不凡表现有一定关系。李玉和给人印象最深的是他大义灭亲，第一个站出来斗争他的岳父。

李玉和的岳父是村子里的老文书杨学书，属于走资本主义道路的当权派。揪走资本主义道路当权派的时候，李玉和只是南昌战斗兵团的一个积极分子，但斗争当权派十分积极，他的岳父也不放过。斗争他的岳父的时候，李玉和首先揭发杨学书调戏妇女。群众的眼睛是雪亮的，都知道杨学书有作风问题，李玉和高明就高明在别人没有开始斗争的时候他就已经冲锋陷阵了。

斗争会上，李玉和要他岳父杨学书交代作风问题。杨学书看了一眼李玉和，感到有些无可奈何的样子，只能交代。杨学书想了想，就交代在人民公社食堂化的时候，调戏过一个炊事员。

群众都要杨学书交代调戏这个炊事员时的具体时间、地点和过程。

杨学书说，他们发生关系的时间一般是在早上，炊事员起来做早饭的时候，因为那时候一般没人发现。地点却是在厕所里。

李玉和听了，马上高呼口号：打倒杨学书！

李玉和高呼口号的原因是因为他觉得厕所里无法发生男女关系。

杨学书详解说：可以的。

然后解释说他们是站着做的。

杨学书的交代，许多人都觉得可以理解，会场安静了下来。李玉和百思不得其解，他不知道怎么会可以站着做，说杨学书幻想逃避斗争。于是，他提出要对杨学书用点刑罚。

李玉和文化不高，斗争当权派也不善于说话表达，但他最大的特点是善于用刑，什么样的刑法他都想得出来，而且使用得恰到好处。

他常用的刑罚是"脑箍""打秋千""压杠"等等。

对于他的岳父杨学书，李玉和说：我们来个文的，用"脑箍"。

"脑箍"这个刑罚是李玉和根据电影《孙悟空三打白骨精》里的"紧箍咒"演变而来的。他选择了一根筷子粗的麻绳，先拴在杨学书的头上，然后，用一根铁棍绞进绳子里。

革命群众都知道，铁棍绞一转，绳子紧一截，绳子勒脑袋的力量就大一些，慢慢地，直至杨学书受不了为止。

铁棍始终是掌握在李玉和手里，他的铁棍只绞紧了两转，杨学书又交代了两件调戏妇女的重大问题。

李玉和也就在造反兵团里有了一席之地，不久发展成了团长……

这个晚上，李玉和想要解决欧阳芬的问题，远不如对待岳父杨学书那样简单。李玉和觉得，欧阳芬和他一样，根红苗正，同样是造反派的头头，在造反派中有人支持。所以，怎么才能做到有理有据，他心里一点底也没有。

于是，他把目光转向了王连举。

王连举与李玉和同属一个造反兵团，留个小平头，眼睛细小，但随时都眨一下，好像在不停地思考问题，给人一种神秘感。据说，王连举是李玉和争取加入这个造反兵团的。李玉和争取王连举，为的是要他出主意，写大字报，充当军师。

李玉和看着王连举，眼睛里透出征询意见的光亮。

王连举是村子里的文化人，在"文革"中一般情况不冲锋陷阵，但看到李玉和依赖着他，便说：看起来，我得亲自处理一下欧阳芬的事件。

又加了一句，想不到啊！

好多年后，王连举都还说，他根本不相信欧阳芬会怀孕，那么红的人，那么革命的女子，怎么就会未婚先孕了呢？他想不明白。

李玉和说：你处理？你觉得要怎么处理。

王连举说：第一，要文斗不要武斗。

李玉和说：这个我知道。

王连举说：第二，目的是要打掉她在群众中的威信。抓住事实，让她交代后，我们把她交代的事实公布出去，我们就可以更换李铁梅的演员了。

李玉和想了想，对着王连举伸出大拇指，说：高，高家庄的高！

然后，会议就开始了。

会议是在四合院房的耳房里开，宣传队员们都坐在小凳子和桌子上。谁都不说话。

会场冷了一下场，都不说话。李玉和只好开门见山，说：欧阳芬，你要知道事态的严重性，毛主席的三大纪律八项注意中，第七条是不准调戏妇女——我也知道，这不是你的错，你只要如实反映情况，我们不追究你责任。

这时候，欧阳芬有些摸头不着脑。她四处看看，鸠山怎么不见了，自己成了孤家寡人。

她看了一下张美兰。张美兰站得有些远，也看不到幸灾乐祸的表情。

经过几年的"文化大革命"，欧阳芬也见过些世面，于是提高调门说道：我不知道自己犯了什么错误，毛主席教导我们，要重证据，重调查研究！

又是演出前的情况在重演，欧阳芬要李玉和拿出证据。李玉和找不到话说了。

王连举看到形势不对，马上站了出来，先眨了眨眼，说：欧阳芬你不明白你的身体有什么变化吗？事实真相就在你的身上！

这时候，欧阳芬才下意识地看了一下自己的下身，用手抚摸了一下自己的肚子，她好像才发现自己的身体确实有些不对。

看到欧阳芬的表情，宣传队的成员都感觉到她还不懂事。

白秀老师更是觉得有点吃惊，这欧阳芬，自己怀孕了还不知道是怎么回事！

李玉和、王连举也都有些愕然。

这时候，王连举看到了曙光，他想到要乘胜追击，忙诱导说：你想想，有没有和什么男人接触过？

欧阳芬皱了一下眉头，陷入了深思。她在认真地回忆……

大家正在息声屏气地听欧阳芬要说什么的时候，突然，只听得"碰"一声巨响，窗户发出了玻璃的破碎声，接着，又是人声喧哗。

李玉和冲出那所房屋，跑进了办公室，拿出"七九"步枪，朝天连续开了三枪。

欧阳芬仿佛被枪声惊醒，抬脚就往外跑。她跑的方向是她自己的家里。

## 第五章　贫协主席出高招

欧阳芬跑到家，她的母亲也回家不久。

欧阳芬的母亲高学英，当过大队妇女主任，年轻时当过"青年突击队队长"。妇女主任虽是妃子村的"虚职"，但调解家庭纠纷或妇女们有什么麻烦事都找她。女人当村干部，很容易成为争议的人物，所以，村子里的人对她的评价，也是褒贬不一。说好的，叫她高主任或高队长，说不好的，给她取了个外号，叫母队长、母老虎。

这天晚上，高学英刚打开大门，一块卵石打了过来。高学英知道，这是丈夫欧阳富贵打来的石头。欧阳富贵瘫了，靠双手支撑，挫着地走路，但只要心里有气，他手边有许多石头，会毫不留情地打过来。丈夫的这一石头，让高学英觉得自己的预感是正确的。

这天，高学英心里总是发紧，预感不太好。多年的经验证明，只要自己心里发紧，就要出事情。预感不好，高学英回家的脚步很快，她要回家去看是不是丈夫欧阳富贵要出问题。多年来，欧阳富贵瘫在家里，大门不出，二门不迈。欧阳富贵是怎么病的，也没有去医院检查过，也没有住过院。莫名其妙地越来越消瘦，最后就瘫了，也是瘫得莫名其妙。然后面容又恢复正常，头脑相当清晰，看不出是有病的人。只是瘫痪的毛病，始终是难好。

瘫在家里了，却是照样霸道，表现出一个贫协会主席的威风。

欧阳富贵这个贫协主席，一直是妃子村大地主杨光龙的孙子杨大武心里的病。杨大武的爷爷土改时被镇压的时候，欧阳富贵是村子里唯一的"刀斧手"。杨大武舅舅的一双腿，听说也是由欧阳富贵用铡刀铡下来的。有一天，欧阳富贵在杨大武面前讲述他当"刀斧手"的故事。他说，大地主杨光龙天生胆小，土改镇压的时候，被五花大绑带到刑场，吓瘫如同一摊稀泥。欧阳富贵说这话的时候，得意地看了杨大武一眼，让杨大武感受到了巨大的耻辱。但也是敢怒不敢言，只好默默地听着。

停顿了一下，欧阳富贵说：

用刀砍头，颈项太软了难一刀砍下来。这时候，我先用刀背在你爷爷的颈项上用劲砍一下，你爷爷便紧张起来，一紧张，肌肉便收缩，我再翻过刀面，一刀下去，整个脑袋下来的时候齐齐整整的，不留一点痕迹！

讲到这里，整个场面鸦雀无声，杨大武的心里却充满了恐惧，连仇恨也吓跑了。

欧阳富贵却还没有讲完，他说他在执行杨大武舅舅的时候，已经用枪毙的方法镇压地主富农了。但由于杨大武的舅舅罪大恶极，他在一枪结束了杨大武舅舅以后，又用铡刀铡下了他的双腿，这双腿后来由杨大武外婆用围裙包回了家里……

高学英走进大门，欧阳富贵的一石头让她如释重负。

欧阳富贵说：你干的好事！

欧阳富贵说，过去当马帮赶马的时候向"东巴"学过风水会看八卦，不出大门，却已经感觉到，欧阳芬怀孕了，并且，今天晚上可能出事。这事也有人怀疑，说欧阳芬怀孕的情况，是欧阳富贵平日里观察出来的。

这个晚上，欧阳富贵故弄玄虚，高学英还没有开口问这一石头的原因，便把女儿怀孕的事告诉了她。

骂道：你干的好事！你当了一辈子妇女干部，还不知道自己的女儿出了问题！

高学英晕了，感到天旋地转，她知道，如果欧阳芬怀孕，自己在村子里没有脸面，怎么再走千家串万户，在村子里受人尊重！

但没有办法，她只能等待着欧阳芬的归来。

欧阳芬刚跑到家门口，便迎来了母亲的三记耳光。这耳光响声清脆，干净利落，一般人打不出来。欧阳芬只觉得脸上火辣辣的，眼里有点泪花，她神情麻木地望着母亲，说不出话来。

神情麻木，但头脑却是清醒了。

事实上，李玉和的枪响以后，这枪声就已经震醒了欧阳芬。欧阳芬好像才明白，她差点忍不住说出那个让她身体发生变化的男人和经过，如果是那样，自己今后的人生路就变了，自己就变成另外一个人了。她将不再是李铁梅，不再是红色革命接班人，不再是造反派的当红人物了，会被踏上一只脚，永世不得翻身。这些都是自己在批斗会上和与造反派辩论的时候呼喊的口号，这些口号将应验到自己身上了。

清醒了的欧阳芬却没有话说了。

高学英看着女儿，首先想到追问她是谁的孩子。

话刚出口，欧阳富贵的另一块石头又砸了过来。

高学英简直回不过神来了。

欧阳富贵骂道：我不想知道这个人是谁！我只想赶快处理了她肚子里的东西！

欧阳富贵这样一说，高学英想想真不敢知道这个男人是谁，也不想知道。世界上的事，全都知道，人生就显得更悲惨了。那么，女儿怎么渡过这一难关？

打了三耳光，高学英站在那里，什么话也说不出口。她是气糊涂了，欧阳芬所发生的一切，真是来得太突然。这个晚上，身为大队妇女主任和曾经的青年突击队长，对自己的女儿好像有点束手无策。

作为大队妇女主任，高学英本来就是教育别人，拿别人的作风问题说事的人，今天晚上，她却才知道女儿怀孕了。这个能说会道的妇女主任，面对欧阳芬的男女作风问题当然是哑巴吃黄连。

说起来，高学英也是村子里的风云人物，一直都是以抓妇女的作风问题出了名。村子里所有女子，只要是想起高学英，任何男人挑逗，她们也不会敢动心。高学英抓男女关系的事是从不手软的，而且，她会有一种心灵感应，哪个男人会勾引哪个女人，哪个女子容易犯作风问题，她都心里有一本账。她读书不多，也不会记录，她的事都是记在心里，而且，记的，都只是妇女和男女关系的事。所以，村子里，被她抓到，又被批斗的男女，已经不计其数。

这么个有名的人物，却不知怎么处理女儿的事。没有办法，高学英首先扇了欧阳芬三个耳光。

扇了欧阳芬三个耳光，同样想不出具体的办法。

欧阳富贵骂道：败家子！还不快去找陈骗匠！

# 第六章　李铁梅投奔陈骗匠

欧阳富贵告诉妻子高学英，要她带欧阳芬去找陈骗匠。

高学英听了，气急了，骂道：你这老不死的！女儿再错，也不至于要这样污辱她！好歹是我们亲生的，你以为女儿是从哪里捡来的！

说着，眼泪掉了下来，鼻涕也流了出来。高学英简直是气傻了眼。她觉得丈夫是在气她，同时也是在污辱女儿欧阳芬。

高学英这样生气，这样骂，原因在于陈骗匠是有名的劁猪匠，而且有特点。把女儿带去找一个骗猪的人，意思显然带有污辱性。

妃子村人是最清楚陈骗匠的，他每个月至少来这个村一次，他来妃子村，大人小孩都知道，都会出来看热闹。陈骗匠个子高，但十分瘦，可以用骨瘦如柴来形容，走路左右摇晃，飘飘如仙。然而，看似站不稳，但走那些小田埂却从不会摔倒。后来大家才知道，陈骗匠吸大烟，把人也吸瘦了，身体吸垮了。村子里人很少听到他说话，招揽生意，用的是一面小铜锣。

每到一个村子，或者看到有人群，他就敲小铜锣，敲锣的声音，也是固定的：当，当当当。然后依次反复。总是会有一群小孩跟在陈骗匠的后面，远远地嬉笑着说：当，劁猪匠。当当当，陈骗匠……陈骗匠也不恼，我行我素，边走边敲他的锣。

陈骗匠敲锣，还有一个特点是对着自己的耳朵敲，好像是敲给自己听的，一直到现在，妃子村人都怀疑陈骗匠的耳朵有问题……

高学英高声在骂，欧阳富贵却还是一脸严肃，说道：是要去找陈骗匠——他的老婆能打胎。

高学英这才缓过神来，她这才想起陈骗匠的老婆叫王婆，出名的打胎能手，但名声不好，专为婚前怀孕的少女打胎，曾多次遭批斗游街。

有一次，王婆因为未婚女子打胎被民兵押在赶集路上，站在路旁示众。赶集人有的知道王婆被示众的原因，有的却不知，总是要和旁人打听。那天，刚好高学英走过，看了看王婆，又听到人们的议论，便走到民兵面前说：你们要王婆自我剖析，要她自己承认错误，向世人说自己错在哪里。

民兵都知道高学英是有名的"高竹竿"，有些惧怕，同时觉得高学英说得有道理，便指示王婆，只要有人路过，她就要做自我检讨说：过路人不要学我打胎。

王婆只敢照办，每当有人路过，便要说一次：过路人不要学我打胎。

高学英知道，王婆对自己怀恨在心，怕带女儿去打胎凶多吉少。而且，王婆已经被批斗了那么多次，她到底还敢不敢打胎，高学英心里没有数。

欧阳富贵说：你把我的锣带上，直接找陈骗匠，他便知道要上心帮忙。

高学英从里屋把锣找了出来，是一面金黄色的铜锣。这面铜锣，是欧阳富贵土改时传人开会用的，那时候开会斗地主，镇压地主恶霸，他就是用这面锣来集合人。当时，有权利敲锣的另一个人，便是陈骗匠。欧阳富贵要当"刀斧手"的时候，锣就交给了陈骗匠，敲锣传人的任务就落到陈骗匠手里。

陈骗匠名声不好，新中国成立前吸大烟，本来是要被批斗的，但欧阳富贵念在他们一起赶马跑江湖的情分上，力保他说，陈骗匠虽然吸大烟，但也上无片瓦，下无插针之地，属于无产阶级。所以，陈骗匠靠敲锣有了吃饭的地方。

欧阳富贵说：你把锣带上，他会助我一臂之力。

第二天，高学英把锣用围裙包好，便带上欧阳芬出发了。

高学英带着欧阳芬往马路湾走去。去马路湾，可以从赶集路走，但高学英想往小河走，避开人们的视线。她决定不能走正路，不能走去马路湾的正路，高学英想回避众人的视线，不能让人知道是去找王婆的，这个时候去马路湾，谁都会怀疑到打胎这件事上。

高学英出门，从来都走大道，从来都需要人们关注她，看到她的存在。她喜欢抛头露面，只要不在大庭广众下露面，心里就不自在。今天，她却想绕道而行。

出门后，高学英往河边走，欧阳芬却站住了，她说：去马路湾，应该往大队部那条路走。

高学英说：还不避讳！你不害羞，我还抹不下这张老脸！

欧阳芬说：越躲藏，越让人怀疑，找到口实。

高学英听了，变得哑口无言。同时想想欧阳芬的话也有道理。从来都喜欢抛头露面的人开始躲躲藏藏，不打自招嘛！高学英没有办法，就跟上了欧阳芬。

其实，欧阳芬是想去大队门前看看有没有出现新的大字报。

欧阳芬好像有第二感官，她觉得这天要出现新的大字报。果然，到了大队部门口，墙头的大字报，都是新的。

欧阳芬看大字报的速度相当快，看着看着，眼睛突然亮了起来。大字报是"井冈山兵团"和"南昌兵团"贴出来的。李玉和是民兵连长，他的内容，总是与军队与武装有关。李玉和在大字报上引用了一条毛主席语录，马上便被欧阳芬看出错误来：没有一个人民的武装，便没有人民的一切！

欧阳芬自言自语道：歪曲最高指示。没有一个人民的军队，从来没有听毛主席说过没有人民的武装！

高学英听了，说：放屁！军队和武装还不是一个意思？过去，民兵和游击队都一样打仗！

欧阳芬说：毛主席指示是放之四海而皆准的真理，不容篡改！

很显然，欧阳芬看到大字报便忘记了去打胎的事。高学英想想非常生气，连怀胎这样重要的事，都没有引起女儿的注意，她为女儿的前程担心，一气之下，想给她两个耳光，但忍住了。

高学英恶狠狠地说：走！

不由分说地带着女儿往马路湾走去。

# 第七章　王婆下奇药

终于找到王婆家。

门开了，王婆看到高学英，吓了一跳，下意识地说道：过路人不要学我打胎。

王婆见到高学英，本能地想到是来抓自己打胎的。

高学英说：把陈骗匠叫出来，没有你的事。

陈骗匠出来了，走路摇摇晃晃的，依然飘飘若仙的样子，好像是发大烟瘾了，打着哈欠，流着鼻涕。

看到高学英，陈骗匠说：她早不打胎了，她变好了，你们又批斗、又站街，她不会是吃豹子胆，你们放心吧，我都会管好她的！

高学英说：不是，你看我身边这位。

陈骗匠看了看欧阳芬，刚想动心，想有一份收入，但马上又怀疑高学英使的是一种诱惑手段，想让自己上当，便慌忙改口说道：

请高主任把她带走，就是出几百几千万，她也不敢打胎了。

高学英：不是那个意思，她是我女儿。

陈骗匠吃惊了一下，但马上就冷静下来了，想必是高学英的把戏。一个劲地摇头。

高学英有点无可奈何，转念间，她才想起身上的铜锣，看看没有旁人，便解开围裙，让陈骗匠看。然后说：我丈夫说的，一定要你帮忙。

陈骗匠仔细端详了铜锣，心里一阵感慨的样子，看了看高学英和她身边的女儿，说道：你们等着。

进去不多时，陈骗匠出门来，招手把母女俩带进了房子。

欧阳芬一直处于被动状态，这时候，她茫然地跟在母亲后面，走进了王婆家的大门。

王婆老了，牙齿差不多落光了，只剩下两颗门牙，嘴瘪得连脸都变形了，让欧阳芬觉得恐怖。近来，王婆不太出门了，成天待在家里，也不用钱。她打胎，一是陈骗匠的用意，二是想方便那些未婚怀孕的女子。那些年，去医院打胎，等于是自投罗网，只能找王婆。所以，王婆窃以为自己是在为那些年轻女子做好事。

王婆打胎当然要收费，但她不知道打一个胎要收多少钱，都是由陈骟匠决定的。陈骟匠依然偷偷地抽大烟，王婆打胎收到的钱，完全用于抽大烟了。当然，打胎的女子越来越少，陈骟匠吸大烟的钱总是接不上。很多时候，陈骟匠很恨毛主席的政策，说毛主席什么都好，就是管男女关系太紧，这样一来，意外怀孕的便太少。没有人打胎，大烟瘾又来，便没钱买烟土。所以，有时候偶尔碰运气遇到打胎的，陈骟匠拿到钱就往外跑。没有人来打胎，劁猪又没有生意，他就没有大烟抽。

那时候，村子里写着许多毛主席语录，陈骟匠私下里不喜欢毛主席语录三大纪律八项注意的第七条：不准调戏妇女们。

不准调戏妇女，哪里会有人来打胎，哪里找钱抽大烟？

好在，高学英带着女儿来了。这一次，陈骟匠没敢与高学英讲价，高学英却没有忘记给陈骟匠付钱，她付的价，欧阳芬也没有看见，陈骟匠接过钱，飞也似的就跑了。

拐弯抹角，王婆抖抖索索把欧阳芬带到一个房间里。房间里点了一盏煤油灯，光线很暗。欧阳芬闻到了一股潮湿、油腻的人体味，显然，床上的被子是很长时间没有洗了。王婆把欧阳芬母女带到了屋子里，然后做出很讲卫生的样子，用一个木盆打了半盆水来，清洗一下手。欧阳芬看到王婆的手上全是皱纹，皱纹里布满了污垢，这一洗，把水洗黑了，手还是不干净。

欧阳芬皱了一下眉头，王婆没有看见。她让欧阳芬坐在床边上，脱下了裤子。开始，欧阳芬犹豫了一下，但还是脱下了那条黄色的军裤。脱下裤子，欧阳芬用双手捂住了自己的生殖器。

王婆说：把手放开。

欧阳芬只好放开，生殖器便暴露无遗。王婆用手指去试探欧阳芬的生殖器，欧阳芬往后缩了一下。

王婆说：这不行。王婆让欧阳芬身子往后仰，尽量突出生殖器，那样才好放药。

高学英看了，把头掉朝一边。

王婆的手指在欧阳芬的生殖器里探寻了一会，好像找到了部位，然后抽回手指，从枕头下拿出一个纸条。纸条是当地产的土纸，透水性好，又有韧性。这个纸条是王婆早就准备好了的，里面放了麝香。王婆的主要技术，就是要准确地把这个纸条放进子宫里去。

王婆眼睛不行了，安放那个药纸条，主要凭手感。王婆的手指在欧阳芬的阴道里探索着，嘴里喃喃地说：道口还这么紧，表面粗糙，没有光滑感——是男人最喜欢的啊！可惜了！

感叹了一下，又摸索了一会，拿出手指，说：好了。

速度快得惊人，什么疼痛感也没有，高学英和欧阳芬都还呆在那里，不知如何是好。

王婆手也不洗，揩了一下鼻涕，说：你们赶快回家，走到家以后，药物就会有效了。

# 第八章 欧阳富贵初尝处女胎

高学英带着欧阳芬从马路湾回到家。该做的事做了，表面上无事一样，心里却不平静，总是希望发生改变，改变欧阳芬的身体。原来，她怕欧阳芬路上就要出事，然而，到了家里，欧阳芬平静安然，一切毫无改变。高学英看看欧阳芬，还是那么个微微发胖的身体，让人心烦意乱。

走进家门，欧阳富贵还没有吃饭。原来以为回家晚，高学英给他准备了两个苞谷饼，但没有吃。一直都是这样，高学英和欧阳芬都是忙人，都要参加"文化大革命"、演出或参加生产队劳动，欧阳富贵的饭，很多时候都是准备成干粮。

欧阳富贵没有吃苞谷饼，高学英只好为他做饭，然后要欧阳芬躺在床上，哪里也不许去。要欧阳芬躺在床上的意思是要她在家里等待，不能出门，不能出现意外。

大白天躺在床上，欧阳芬有一百个不愿意，但也只能是上床了。欧阳芬喜欢活动，从来不愿意待在家里，更不用说是大白天躺在床上了。躺在床上，欧阳芬眼望着天花板，安静地听着鸡叫虫鸣，她从来没有这样静过。欧阳芬睡在家里是有任务的，目的是要把肚子里的东西整下来。欧阳芬肚子里的东西是自己的，原本该她自己着急。现在，这事摊开了，就摊给了高学英，欧阳芬反倒以为这事与自己关系不大，反正有母亲在想办法，母亲比她着急，她自己就心里有底，不太着急了。

就这样静眼睡了一会，什么动静也没有，欧阳芬才开始着急起来。

欧阳芬着急的是，如何把李玉和歪曲毛主席语录的事上升到一个高度。把李玉和打到毛主席的对立面，这叫反戈一击有功！欧阳芬觉得唯有这样才能为自己出一口气。

一时间，欧阳芬把自己肚子里孩子的事给忘记了。

看着欧阳芬无动于衷的样子，高学英很生气，也很着急。对于欧阳芬肚子里的孩子，高学英真的比欧阳芬着急，到了家里，她一直关注着欧阳芬，希望听到女儿发出呻吟声，感觉到疼痛。然而没有，一切都很正常。

高学英怀疑是不是被王婆骗了，出了钱起不到效果不说，面子也丢大了。如果这次打胎不成功，高学英不知道自己还会有什么主意。高学英这时又想起来，王婆在街道上站街示众的时候，自己给她出过难题，她怕遭到王婆的报复。这种报复是致命的。

高学英忧心忡忡地看着欧阳芬睡了两个小时，欧阳芬还是什么动静也没有。欧阳芬睡不住了，要起来。高学英不许，说道：起来做什么，出门是不可能的！

高学英觉得，这时候欧阳芬出门让人们看到，那便是自己的耻辱。一个要起来出门，一个不许，母女俩争执不休。争执了一会，欧阳芬突然感到肚子产生了疼痛感。高学英走近欧阳芬，像是听到了特大喜讯。高学英让欧阳芬再说一遍感觉怎么样。

欧阳芬想了一下说：刚才还只是下腹"冷疼"，现在，"下身"（阴道）里面也有点疼了。

高学英放心了：你忍耐着，自己做的事，你自己不检点，不然如何会遭此罪！

高学英心疼女儿，但也不心疼。她有自己的盘算，如果轻而易举地让女儿把胎打下来，怕以后还会发生什么见不得人的事。

各自想着心事，欧阳芬的疼痛却更加剧烈起来，让她感到痛苦不堪。

高学英问道：现在有什么感觉？

欧阳芬呻吟着说：下腹如坠了一块石头。

高学英放心了，她知道这属于正常反应，说：你的身体还会因疼痛出现麻木感，那时才有可能打下胎来。

欧阳芬受不了母亲的解释，她的脸上出汗了，身体像是被撕裂了一样。

这时候，欧阳芬才深刻地感觉到她的这次灾难来得自己也不明不白。欧阳芬怎么会怀上孕的，好在母亲不问她，不愿意问她，如果问起来，自己真的不好作答。

刚从王婆家回来，欧阳芬都不相信自己怀孕，她觉得不疼痛就是没有怀孕。然而，疼痛开始了，自己真的是怀孕了。她不能不考虑过去的一些事。

欧阳芬一直不明白，让自己怀孕的那个人，好像是鸠山，又好像不是。都怪自己不明不白地喝了那么多的酒，自己不省人事了，怎么也认不清那个人，也没有想到事情的严重性。人不经过一事，不吃亏，总是看不到事物的复杂性。

那是一个深秋的夜晚。这天，大队要宣传中央颁布的"文化大革命"运动的"十六条"。村子里的"文化大革命"正在如火如荼地进行，"十六条"发表了，大队宣传队要配合广播电台宣传学习，深入进行"文化大革命"。宣传的节目，都是自编自演，李玉和和鸠山都积极地编写关于"十六条"的歌词，再把歌词套在花灯调上，到各个生产队去演出。为了使"十六条"深入人心，他们不但晚上进行文艺表演，白天也到田间地头演出。那久正是秋收，社员们在田间打谷子，欧阳芬他们就到谷田里去歌唱"十六条"。欧阳芬是主角，歌唱"十六条"声情并茂，群众反映很好。

这天，欧阳芬到了大队，鸠山便乜着眼睛看了一下她，说：今天我们喝酒庆祝一下。群众真正发动起来了，正像毛主席教导我们说的，最近形势越来越好，这三个月比头三个月好。

鸠山不知从哪里抓来了一只羊，炖了羊汤锅。又不知从哪里抬出几瓶苞谷酒，要大家喝。

欧阳芬不喝酒。但这天情况不同，鸠山说："文化大革命"进入到了一个崭新的阶段，不喝酒庆祝就是对毛主席不忠。你忘记了，我们要对伟大领袖毛主席"三忠于，四无限"。

欧阳芬举起杯子，拿不定主意。

鸠山说：忠不忠，看行动。

欧阳芬便仰头把酒喝了。欧阳芬喝了一杯酒，后面的酒就不再拒绝了，哪个敬酒都喝，后来好像自己倒着喝了。由于酒喝多了，那个晚上，欧阳芬住在了宣传队的宿舍里。欧阳芬不知道其他宣传队的女队员喝酒没有，但好像其他女队员都没有来宿舍。那个晚上，夜深了，月光从窗里照进宿舍里来，但自己一直处于朦胧中，什么都不清楚，什么都模糊。

也不知道是什么时候，窗户打开了。欧阳芬感觉是一个男人，那动作轻飘，鬼祟，让人心悸。欧阳芬想喊，感觉自己是在喊了，但又感觉没有声音。那个人却一直在继续着他的行动，没有惧怕，一直走到床边。欧阳芬闻到了一股烟味，好像还有酒味。

欧阳芬来不及多想，那人已经掀开了自己的被子。欧阳芬清楚地记得，自己一直在拼命地反抗，但不知为什么，自己的反抗是那么无力，那人轻而易举地就脱自己的衣服。欧阳芬双手紧捂自己的前胸，但是没有力气，好像轻轻容易就被人把双手掀开了，那个人就压在了自己的身上。

后来的事，欧阳芬只是感觉自己麻木了，什么也不清楚了。意志开始衰退，渐渐进入了梦乡。然后就是一夜的噩梦，直到天亮。天亮以后，欧阳芬赶紧看自己，抚摸自己，自己的衣服好好地穿着，除了下体有点潮湿以外，什么也没有变。

奇怪，是梦？但欧阳芬感觉到自己的身体，明显受到了侵害，这一点，欧阳芬应该是清楚的。但再看看自己穿好了的衣服，身上痕迹，这让欧阳芬产生了模糊感。欧阳芬明知道自己受到了伤害，但就凭穿好的衣服，她想自欺欺人一次。她想让自己什么事也没有发生一样，出现在村子里，这样，她还是李铁梅，还是战斗队里的人。如果发生了什么，她可能什么也不是了。

但阴影总是难以消除，欧阳芬总是在考虑一个问题，那个人是谁？什么人侵害自己都不知道，欧阳芬有苦难言。

虽然，欧阳芬一直怀疑这个人是鸠山，但第二天，她却遭到了鸠山的教训。第二天，鸠山见到欧阳芬就是一通严肃的批评，批评她对"十六条"理解不深不透，唱起来也就没有激情。鸠山的批评，让欧阳芬思维一片混乱……

欧阳芬痛苦地回忆着，自己的肚子里的疼痛和下体疼痛却是越来越加重，她的身上开始冒汗，脸上开始冒汗。她更加仇恨那个人，那个夜晚，还有酒。

但这时候的高学英心里轻松了许多，她知道，欧阳芬的疼痛越来越大，表明打胎药已经起效。高学英始终是守在欧阳芬面前，她知道女儿的下身开始流血，她心里想，快了。为了不把被子弄脏，高学英让欧阳芬坐了起来，躺在床上，欧阳芬会更加疼痛。坐起来以后，高学英为女儿找来一个瓷盆，让她把裤子脱了，赤裸着下身坐在瓷盆上，血液就流到了盆里。

欧阳芬的疼痛继续加重，她流汗流血，但那个东西却是没有下来。高学英好像也没辙了，她只能让欧阳芬自己用力。高学英让欧阳芬双手抓住床边，然后蹬紧双脚，用力往外挣扎……这样一来，流血更多了，瓷盆里都快盛不下了。但那个东西还是没有下来，瓷盆里的鲜血，还是那样的没有任何杂质。高学英有些慌了，她想去找医生，她怕弄出人命来。但就在她想出门的时候，欧阳芬感觉到自己的下体里掉下一个东西。那个东西落在瓷盆里的时候，发出了"咕咚"的声音，这声音让高学英欣喜若狂，她仰头喊了一声"天啊！"

欧阳芬却是不敢看自己的身体下面，她不敢看那个让她感到疼痛、感到耻辱的东西。但是，在巨大的疼痛之后，欧阳芬获得了巨大的轻松，欧阳芬想起了一个莫名其妙的词，这种轻松，只能用巨大来形容。

高学英也轻松了，她长长地舒了一口气，把欧阳芬拉起来，睡到了床上。高学英看了一眼瓷盆里的东西，想往外面倒。

高学英抬着那个东西往门外走的时候，欧阳富贵在一个角落里说，把它留下，我来处理。

高学英犹豫了一下，她知道，村子里有一种传说，说吃少女的胎盘和打下的乳儿能滋补身体，胜过人参鹿茸，能让久病者痊愈。高学英曾经为欧阳富贵寻找过这种东西，但高学英的身份让她怎么也寻找不到。这次，终于如愿以偿。高学英说，我帮你去把血清洗一下。欧阳富贵说：不用，这东西上面有新鲜血液更有效果。

拿着那个沾满鲜血的东西，欧阳富贵挫着身体，往厨房方向移去……

# 第九章　鸠山出山

堕胎后的欧阳芬，心里有着从来没有过的委屈感，她好像是受了天大的委屈。她觉得自己怎么会在前天晚上把事情处理得那么糟糕，根本不像一个革命造反派战斗队员的风格。

欧阳芬想，李玉和与她辩论怀孕的事，当时怎么没有去找自己的组织，自己的战斗兵团。同时，欧阳芬想到鸠山为什么没有站出来为自己说话，让自己成了单枪匹马。欧阳芬觉得奇怪，鸠山和她都是井冈山战斗兵团的主要成员，在关键时刻，为什么没有了踪影。欧阳芬把所有的烦恼都怪在鸠山头上，气愤地想：鸠山不说话，自己还能说什么呢？

所以，她决定去找鸠山，昂首挺胸到了大队部。

大队部里，李玉和出奇地不见了。或许他已经知道欧阳芬要找自己的麻烦，办公室里不见他的人影。

欧阳芬直接去鸠山的办公室。

鸠山在小院子里转着圈，他在思考如何处理欧阳芬的事情。鸠山一直不明白，欧阳芬的事，总是与自己有关。那一天，鸠山知道欧阳芬喝醉了，自己也喝醉了。但是，酒醒以后，觉得自己是送欧阳芬去了宿舍，又好像是跟着欧阳芬进了宿舍。同时，鸠山想不起当时是跟着欧阳芬进房间去的，还是从窗户里进去的，想去想来都没有明确的记忆。总之，他感觉到，欧阳芬怀孕的事，同自己有着密不可分的关系。然而，鸠山不能一错再错，他在欧阳芬面前，从来都不表现出自己的内疚，一旦被欧阳芬怀疑到自己头上，后果不堪设想。

这样想着，鸠山觉得那一切是多么的不真实，如果是真实的，那种感觉也是虚幻的，感觉又不过瘾……

抬起头来，鸠山看到欧阳芬，首先是吃了一惊。倒不是欧阳芬的气愤表情让鸠山感到惊诧，只是面前的欧阳芬，一夜之间为何瘦了身，让鸠山感到困惑。

鸠山 30 多岁，1.7 米多一点的个头，脸膛棕色里透着红，穿着乡村里少见的咖啡色灯芯绒的夹克衫，藏青色卡其布裤子……鸠山的穿戴举止，总是会与一般社员不同。原来，鸠山在供销社工作了两年，只因说不清的原因，被下放到了村子里。当时没有人看到他的档案，乡亲们也不知他被下放回乡的原因，只有一些传说。一说是经济问题，说鸠山在供销社售货短款；第二种说法，是男女作风问题，说他老是调戏前来购物的村女。但这些都只是道听途说，不知底细。而鸠山给人的解释，说他没有犯什么错误，是因为编制问题而被解雇。

回到村子里，鸠山依然放不下工作人员的架子，穿衣、走路、说话，都要与社员群众有所不同。"文化大革命"开始，鸠山没有跟随村子里成立的战斗兵团，他喜欢独出心裁，另立门户，所以，他成立了自己的组织。战斗兵团是村子里至高无上的组织，鸠山与其他的造反派形成了不同的组织，便可以不出工，不劳动，却也要大队记给工分。

除了在大队组织造反派，鸠山还喜欢外出，一曰革命串联，二曰搞外调。外调是调查走资派的反革命言行，谁也不敢阻拦，还可以领到工分和补助，所以，鸠山等于是免费外出旅游了。如果不出门外调，鸠山还会自作主张在墙壁上写毛主席语录，召开批斗会，反正他总是会想出办法来为自己铺一条道路……

欧阳芬进门，让鸠山感到出其不意。他认为欧阳芬一时不会到大队里来，所以，欧阳芬的突然出现让他有些措手不及。欧阳芬看到鸠山，心里的气想一下子吐出来，她看着鸠山说：

昨天晚上你们去哪里了！

鸠山想解释，但欧阳芬不由他说话，又嚷道：李玉和审讯我，你们也不来帮我一把！

欧阳芬一急，说的又是李玉和的事。鸠山听了就放心了，说：我们根本不知道他们在审讯你，我们以为你们要说演出的事！

欧阳芬说：你们应该知道的，开始演出，他们就拿我作难，你们看到已经演不下去了，他们会善罢甘休吗！

鸠山心里是感到失职的，但他知道，欧阳芬怀孕的事，如果有了把柄，谁也帮不了忙，所以，就绕开了。然而，现在他也不承认错误，只说：你想想，他们审讯你的时候，那一石头是谁打的！

欧阳芬想起了那天晚上救命的那一石头，心里亮堂了。

不说话。

鸠山看到了曙光，说道：我们马上反击！我就不信打不垮一个李玉和！

欧阳芬说：我们怎么和他们斗？

鸠山说：越快越好，革命不是请客吃饭，不是做文章……革命是暴动，是一个阶级推翻一个阶级的暴力行动！

听到鸠山的话，欧阳芬的情绪高涨了起来，她现在最想的，就是要和李玉和一分高低。

鸠山看到欧阳芬气消了，自己的情绪反而稳定下来。鸠山再细看欧阳芬，心里也有些奇怪，怎么一个夜晚，欧阳芬完全变成了另外一个人。村子里许多人都议论欧阳芬的事，而且，欧阳芬是李铁梅，在人们心中的分量不轻，都不希望她出事，但这事却谁也帮不了忙。前天晚上，鸠山说他不知道李玉和审讯怀孕的事，是真是假，也只有鸠山自己才清楚。连欧阳芬自己都清楚，其他事好说，唯独怀孕的事，谁都不好说话，怎么说都不理直气壮。所以，欧阳芬估计鸠山是故意回避，好在，现在终于可以理直气壮了。

欧阳芬自己可以用身体说明自己的清白，她在鸠山的面前转了个圈，好让他把自己看清楚。

鸠山现在面临的是，如何与欧阳芬一起对付李玉和。他在思考着，偶尔抬头看一眼欧阳芬。鸠山又一次想起那天晚上自己酒后进入欧阳芬房间的细节。从前，鸠山想都不敢想那天晚上的事，现在，欧阳芬瘦身了，自己才敢想他们确实是发生了那种关系。所谓酒壮色胆，鸠山此时是体会到了。鸠山本来就是从供销社被开除回家的，原因别人不清楚，自己却清楚也就是那种男女关系。好不容易走出"农门"，就为这事被开除回来了，现在再犯，怎么好意思见人？

至于是怎么进欧阳芬的房间的，他一直没有清醒的记忆。只是清楚地记得，他压住了欧阳芬，伸手去解她的裤子的时候，自己还是有些力不从心了。就在那一刹那，鸠山想到了自己的从前，还想到了自己的未来。后来的事是怎么发生的，自己也感到莫名其妙了。自己怎么离开那个房间的，鸠山也不太清醒，只是到了第二天，看到欧阳芬也好像意识不清醒，他就感到放心了。于是，鸠山当时来了个先发制人，在气势上给了欧阳芬一个下马威……

看到鸠山不说话，欧阳芬说：团长，我们要进行一场辩论会，大鸣大放大字报，我觉得要和"南昌战斗兵团"辩论清楚！

鸠山正想着问题，听到欧阳芬说话，被这突然的声音吓了一跳。镇定了一下情绪，才说：我们不能打无准备之仗，我们要想好和他们辩论什么。

想了一会，鸠山说：我们的策略有两条路可走，一是和李玉和辩论，二是斗争走资派。辩论针对的是李玉和，斗争走资派，同样可以针对李玉和！但到底是辩论还是斗争，留在晚上商量。

欧阳芬被鸠山说得有些玄虚，一时没了主意。

鸠山翻了一下眼仁，停顿了一下，又说：抓革命促生产，我们今天要到田间去宣传，宣传"文化大革命"的"十六条"。你们准备好。

抓革命促生产，是毛主席的指示，"十六条"的宣传也十分重要，欧阳芬不敢再说什么了。

鸠山已经想明白了，他已经知道，斗争走资派，与李玉和辩论，都是当前他们兵团要做的事。但鸠山同时明白，目前他和欧阳芬关键先要让群众都知道，欧阳芬根本不存在怀孕的事。只有先把群众基础做好，斗争会和辩论才有发言权，才能理直气壮。

想到这些，鸠山感觉到一身轻松。

# 第十章　李铁梅栽秧出故障

鸠山高兴起来就想出风头。很明显，李玉和已经知道了风声，他采取了回避，不在大队里。鸠山知道，此时正是他表现的机会。鸠山出风头，不是开斗争会就是开辩论会，再就是表演节目。现在，欧阳芬瘦身了，鸠山感到从来没有过的兴奋，但是，这时候开什么会都没有机会，唯一的就是到田间做文艺宣传。到田间去宣传，什么都是现成的，节目和宣传队员都没有问题。

鸠山下了通知，宣传队员不一会就集中起来了。队员们来了，鸠山说：宣传"十六条"，歌唱"十六条"，"十六条"定得好，指引我们向前方！

队员们的情绪一下就调动起来了，他们打着红旗出发了。田间演出宣传，不用化妆和换服装，他们轻装上阵，走出大门，便敲起了锣鼓。

顺着一条流淌着山水的村道往前走。村道不宽，两边都是房屋、竹林、荆棘、蔷薇……路上尽是稀泥。欧阳芬总喜欢带头，她和宣传队员都赤着脚，挽起了裤脚，他们要表现出与社员同甘共苦。

不久就出了村子。社员们正在栽秧。田地里长着绿色的秧苗和金色的麦子。一些水田要栽秧了，泡上了水，亮汪汪一片。这些田地里，男的在使牛犁田，女的在栽稻秧。太阳很亮，微风很轻，田野里一片热气腾腾的景象。

看到如此景象，鸠山便高声说：不要光打鼓敲锣了，我们唱个歌！于是便起了头，他起头唱的是毛主席语录歌，而且很有时效性：

> 目前正当春耕时节，希望一切解放区的领导同志，工作人员、人民群众，不失时机地掌握生产环节，取得比去年更大的成绩。

宣传队唱着歌，干活的社员都抬起头来看。鸠山便更来劲了，昂首挺胸带着宣传队员们到了田地里。兴奋起来，鸠山突然想到队员们要与社员同劳动。鸠山同时想到，这时候要让欧阳芬也一起与社员们下田栽秧，想想看，欧阳芬不怕下水，能与社员共同劳动，更能说明她的纯洁，她没有怀孕，她是清白的，她是正宗的李铁梅！

然而，鸠山并没有忘记他们的本职工作，于是，他让宣传队先演节目。在田间，就不能演样板戏了。宣传演出，当然是欧阳芬先出场。欧阳芬还是忘记不了自己是李铁梅，她先来了段清唱，唱的是《红灯记》里李铁梅的唱段："打不尽豺狼决不下战场。"

欧阳芬唱到最后一句"打不尽豺狼决不下战场"的时候，习惯地扬起了头，并用手去握自己的长发。

欧阳芬唱完了一曲，鸠山打了一个快板：杨桂兰，栽秧组，一天栽秧二分五，都是带儿母……

栽秧女子们聚精会神地听，听了后笑了起来，说：把我们都写进快板去了。鸠山队长不得了！

最后，王连举开始背诵毛主席"老三篇"中的《纪念白求恩》。王连举虽然背了"老三篇"，但他的兴致不高，李玉和没有来，王连举心里有些不高兴。但他知道是因为欧阳芬瘦身了，李玉和才不想参加今天的宣传，可能是想把矛盾交给自己。

王连举虽然有情绪，但他文化高，记性也好，还是把几千字的《纪念白求恩》一字不落地背下来。

鸠山对演出很满意。

这时候，节目全部演完了，鸠山说：我们要和群众打成一片，我们要和革命群众一起，打响春耕生产第一炮！

欧阳芬听了，首先响应，她正想表现一下自己呢，所以，什么也不惧怕，她绾起了裤子，赤脚下田了。

下田栽秧，李铁梅从前就经常干。但是，今天下了水田里，她感到头有点昏，她想告诉鸠山，她想回家去。然而，欧阳芬还没有开始说话，鸠山就说：同志们，我们边栽秧边唱歌吧。

鸠山就起歌头了：下定决心，不怕牺牲，排除万难，去争取胜利。

唱着毛主席语录歌，欧阳芬来了精神。一首唱完，她又说：我们再唱一首！

所有干活的社员都跟随着宣传队员们唱歌，正唱得起劲，突然有个女子喊叫起来：你们看，水都红了！

欧阳芬低头一看，自己的身下，稻田里的水变成了红色！再一看，自己的脚上全是血。

欧阳芬大流血了！

演李奶奶的白秀老师见此情景，急忙说道：赶快把"李铁梅"送医院。

欧阳芬觉得他们是大惊小怪，自己什么问题都没有，他们却要把自己往医院里送！

欧阳芬稀里糊涂地被宣传队员和干活的社员扶出了水田，走出水田不久，她突然眼前一黑，昏了过去。

# 第十一章　谢老中医解大难

欧阳芬被宣传队员和干活的社员抬着往大队合作医疗室去。

欧阳芬晕过去了，干活的社员都感到惊讶，刚才还打着快板，唱着革命歌曲的欧阳芬，怎么就会突然晕倒了呢？又说要把欧阳芬送到医院去，社员们都争先恐后，田地里有许多挖地的和使牛的男人，他们有的是力气。

抬欧阳芬，用的是"软抬"。用担架抬人叫"硬抬"，但此时不可能有担架，只能是"软抬"。几个人拉着欧阳芬的手，几个人抬着她的脚，这就是所谓的"软抬"。田埂窄，道不好走，还要爬坎过沟。过沟的时候比较危险，大家就喊着号子，尽量做到齐心协力，不出故障。但"软抬"速度慢，耽搁时间。看着昏迷过去了的欧阳芬，鸠山有些着急。到了平坦的地方，鸠山便让男人背着跑。背欧阳芬，男人们就更积极，都争着背。第一个背着跑不远，后面就有人嚷着要换人。但背欧阳芬的人却连说不累，舍不得换人。

鸠山当然也轮不到背了，几个小伙子，背得大汗淋漓，心里却是美滋滋的，一脸的高兴。他们怎么能不高兴呢，总算是背到李铁梅了，身体也能亲密接触，谁能碰到这样的好事呢。要知道，平时，欧阳芬只是在台上看到呢……

终于到了大队，快到合作医疗室了。医疗室设在大队部里面，有中医和西医两个诊断室。背欧阳芬的人问道：往哪里背？

鸠山不假思索地说道：往中医室！

背欧阳芬的人觉得有些奇怪，像欧阳芬这样的重病，按常理应该去西医，犹豫着进退两难。想想鸠山的话也不敢不听，便迈开了脚步，背着欧阳芬直接进了中医室。

鸠山在路上就盘算，西医里的万医生，与李玉和是一个派，如果看出欧阳芬是流产发生了流血，那便是不打自招，便对形势不利。

鸠山指挥着把欧阳芬背进了中医室，看到值班的是谢老医生。

谢老医生 80 多岁了，长长的花白胡子，穿青布棉长衫，眼睛模糊了，戴个老花镜，说话都口齿不太清楚了，嘴里不时会流口水。谢老中医看到欧阳芬昏迷的样子，却是不慌不忙，说：把她放在那张床上。

诊断室的门后，有一张简易木床，木床被烟火熏过，每个部位都是纯黑色，显得那床并不干净的被子也有了白的颜色。欧阳芬被放到床上，谢老医生伸出手来，先给她号脉。谢老医生的手瘦得像干枯了的树枝，皮肤发皱，筋骨裸露，号脉的时候也是抖抖索索的。说也奇怪，按了一会欧阳芬的脉搏，老医生的手便不抖了，微闭上了眼睛，一会点头，一会摇头，然后慢条斯理地说：脉搏还好，有劲，不会有大事，止血就好。

鸠山始终站在欧阳芬的床边，听了谢老医生的话，松了一口气。鸠山庆幸的是，谢老医生没有说欧阳芬的病根。一般情况，谢老医生看病，总是爱卖弄他的医术，把病的来龙去脉都要说透，这次却是十分意外。鸠山想，谢老医生应该查得出欧阳芬是产后大流血，然而，谢老中医也知道欧阳芬是李铁梅，根红苗正，根本不敢从流产上去下结论。后来，鸠山也怀疑谢老医生是故意不说出欧阳芬的病根，像他这样的老中医，不可能诊断失误，他肯定知道是流产后引起的大出血，只是不说破而已。

谢老医生不说病根，但他却有独到的止血药。他也来了个中西医结合，先给欧阳芬打小针，再服他祖传的特效止血中药，血马上就止住了。

止住了血，欧阳芬眼睛便睁开了，慢慢地，气色变好了。看到自己躺在了医院里，又有那么多人在看着自己，欧阳芬觉得鸠山他们是大惊小怪，把她抬到了医疗室来了，便说道：团长，我是轻伤，轻伤怎么能轻易下火线！

鸠山不置可否地望着欧阳芬。

欧阳芬继续说：下午还要去田间宣传"十六条"！

谢老医生却对欧阳芬的豪言壮语只字不理，不由分说地给欧阳芬开了好几包葡萄糖粉，让她一天喝三次，连续喝三天。那时候，一般病人是不能开葡萄糖粉的，欧阳芬开到这么些葡萄糖粉，让在场的人都有些羡慕。老医生似乎看到人们的表情，解释说：李铁梅的病非常严重！

谢老医生只知道欧阳芬是演李铁梅，不知道欧阳芬的真实名字。包好葡萄糖粉，嘱咐鸠山说：用开水冲水喝。

鸠山到大队找到了那把篾箩外壳的保温瓶，掂了掂，里面有开水，马上冲了葡萄糖让欧阳芬喝。欧阳芬一饮而尽，用手绢擦拭着嘴巴，并且打了个饱嗝。喝了葡萄糖，欧阳芬气色好多了，血也止住了，又能考虑与李玉和辩论的事了。

这时候，抬欧阳芬的社员依依不舍地走了，看热闹的也不多了，床上只躺着欧阳芬。欧阳芬看到鸠山站在床前，便说：要尽快和李玉和辩论，在大是大非面前，我们不能含糊。

鸠山赶快附和，说：在大是大非面前，我们要坚定地站在毛主席革命路线上来。

欧阳芬听了，心情非常激动，马上从床上翻起身来，要下床。鸠山伸手止住她，说：我们不忙开辩论会，辩论会效果不大！

欧阳芬着急地说：那怎么办，时间长了，他们就有准备了！

鸠山说：我们要设计个陷阱让他们往里跳。

欧阳芬有些不明白，愣在那里。

鸠山说：你想想，李玉和他们也正忙准备辩论会，他们早有准备，辩论起来，我们没有优势。

欧阳芬觉得鸠山的话有道理，但又不知怎么办好。

鸠山说：他们准备辩论会，我们暗地里准备批判大会，批判走资本主义道路的当前派。

欧阳芬说：开斗争会，那不是把李玉和放到一边，便宜他了！

鸠山紧接着说道：我们要有超前意识，党中央"十六条"已经下发了，我们的重点，就是要斗争走资本主义道路的当权派，如果他们不斗争，他们就是"保皇派"，我们在革委会中的地位就会高起来，参加我们的造反派成员就会更多。

欧阳芬觉得鸠山讲得有道理，说道：那时候辩论起来，我们就有了主动权。

鸠山说：就是这个意思！

# 第十二章 斗"走资派"搭大台

鸠山与欧阳芬的意见统一了，先斗走资派。两个人始终是势单力薄，鸠山又把战斗兵团的其他几个主要成员通知到大队来，他们要集中火力斗争走资本主义道路的当权派。

鸠山的几个得力干将都在田里干活，听到鸠山的指示，以为欧阳芬的病又犯了，要送区医院。他们从田里跑到大队，都是气喘吁吁地，脸上流汗，进了大队就往中医室里跑。一看，欧阳芬气色不错，就问鸠山：团长！发生了什么情况？

看到几个人神情慌张，鸠山觉得自己不能乱，拿出稳坐钓鱼台的姿势，扫了几个人一眼，说：有人要造反，他们不造走资派的反，想把矛头对准我们革命造反派！

几个造反派骨干一惊：有这种事！谁要是把矛头对准我们，我们就和他斗到底！

鸠山说：那我们现在怎么办？

几个人听了，感到莫名其妙，他们说话口气大，但到了关键时候没有主意，互相望望，不好作声。

其实，这几个人不知道鸠山的用意何在，真也拿不了什么主意。鸠山也不想听他们的，主意都得自己拿。

鸠山说：我们先斗争走资本主义的当权派，算是对他们有力的回击！

听说是斗争走资派，大家都摩拳擦掌，问道：那我们先斗谁？

这话问到了鸠山的心上。他一直在考虑，斗争当权派，村里的老干部以哪个为主，还是一个也不落下？

看到其他人不说话，欧阳芬马上说先斗争杨学书。杨学书是李玉和的岳父。

鸠山立即阻止，说：李玉和是斗争岳父出名了的，这次，我们不能让他再出风头。

欧阳芬说：在理！我怎么没有想到这一层！

其他造反派的成员也频频点头。

鸠山感到自己的策划英明，内心有些自负，继续说：我们先斗主要的当权派汪宝丰，其他的，让他们在台下接受教育。

汪宝丰是大队书记，老资格的当权派。大家都觉得，斗争走资本主义道路的当权派，理所当然要从汪宝丰开始。所以，都同意鸠山的意见，决定先从大队支部书记汪宝丰开刀。

斗争对象确定了，大家都摩拳擦掌，等待鸠山安排下一步的行动。

看着大家的眼神，鸠山说：那就说干就干，先写海报，我们先把妃子村斗争走资派的第一炮打响。

欧阳芬说：多写几张海报，把声势造大点！

写海报，也得鸠山亲自出马。大队没有几个人能写好毛笔字，鸠山经常在墙上写毛主席语录，毛笔字写得好，标语口号都得他亲自写。

大家都起身去鸠山的办公室。欧阳芬忘记了自己是病人，现在正在住院吃药。但她待不住了，也要跟着走。鸠山也不好阻拦，又看看欧阳芬脸上的气色，说：再把那包葡萄糖粉兑水喝了。欧阳芬就真的又喝了一包葡萄糖，然后才跟着大家一起出了中医室。

谢老医生看到了，赶到门口，想让欧阳芬留下治疗，但几个人都已经跑远了，摇头叫道：晚上再来打一次小针！

谢老医生的话，欧阳芬没有听见，一溜风跑了。

到了鸠山的办公室，他拿出墨汁，几个人早已摆好了纸笔。

鸠山拿起毛笔，蘸上墨汁，凝神运了运笔，在白纸上先写上了两个字：海报。

然后再斟酌一番，用眼睛瞄了瞄旁边的人，才开笔又写下去：兹定于5月23日召开大会批判走资本主义道路当权派，勒令汪宝丰到会接受革命群众批判，勒令杨学书、黄德尧到会在台下接受教育。

时间：5月23日。

地点：本村小学。

最后落款：井冈山革命造反兵团。

海报写好，一群人马上去到大队外的墙壁张贴。鸠山和欧阳芬也亲自上阵，他们的后面还跟了一群没事做的孩子。

欧阳芬居然像没事一样了，先还躺在病床上，这时，已经拿着海报，精神抖擞地准备战斗了。看到欧阳芬英姿飒爽，其他人也振奋起来，决心要大干一场的样子。鸠山也一马当先，用洗脸盆端了一盆面糊。面糊热气腾腾，散发着清香味道。

鸠山在大字报专栏的旁边选择了一块相对平整的墙面，刷好面糊，欧阳芬便把海报展开，仰起身来，平整地贴了上去。欧阳芬贴上海报，往后走了两步，站在一个小凳子上看海报的位置给端正。鸠山眼睛乜一下欧阳芬，又看一眼海报，欣赏了一下他的书法，然后示意欧阳芬说：就这样了，很显眼的！

说完，欧阳芬下了凳子。

鸠山说：再叫几个兵团的人回来，把批斗的台子搭起来。

几个造反派的骨干又去田里叫人。当几个兵团分队的队长被鸠山从田间叫了回来后，鸠山说：

不要干活了，去搭批斗会的会台。

这些小头目听说是要搞批斗会，第一次搞这种大会，大家都情绪高涨，又没有经验，有点紧张。

欧阳芬看到战斗队这几个小头目神情有点紧张，突然想起什么似的，问鸠山：团长，要不要通知生产队长，劳动力都来开会，工分的问题不解决，参加会议的人可能不多！

鸠山不屑地说：谁阻挡批斗会，就是阻挡"文化大革命"！这个罪名，谁愿意承担谁承担！

欧阳芬也附和道：革命造反派的决定，还要当权派批准？！让他们规规矩矩来参加斗争会，并要给开会的革命群众记工分！

鸠山也理直气壮地看了看旁边的造反派成员，扬了一下头，说：我们的任务，是先布置好会场。

造反派成员都说：会场的事，就由我们来操办，你们俩应该准备批斗的材料，不然，到时候束手无策。

鸠山说：对，毛主席教导我们说，不打无准备的仗，不打无把握的仗。

于是，鸠山和欧阳芬便去准备斗争的材料，其他成员去布置会场。

斗争会的会台搭在学校操场上。几个造反派的小头目在学校里找不到搭台子的材料，搭台子需要木板、檩条。几个头头在教室里寻找，只看到一些破烂的课桌和矮小的凳子，材料怎么也找不够。

几个造反派成员看到一间瓦房教室，说：教室是木头房子，有檩条，有方匹。

一个人说：不能因没有材料影响批斗会，先把房子拆了！

几个人先是犹豫不决，但仔细想，也再想不出别的办法，再说，学生也可能不会上课了，"文化大革命"才开始，老师都不知去向。

都说：只有去拆教室了。

一个人说：拆了一间教室，材料就够了。

说完就往房子上爬。

刚开始拆瓦，房屋上发出了噼里啪啦的响声，鸠山和欧阳芬就来了。

鸠山急忙问：你们要干什么？

几个人都说：木料不够，台子要搭，只好拆教室。

鸠山一听生了气，高声说：我们拆了教室，我们在妃子村里怎么站得住脚！

几个造反派站在房子上，开始为难了。明天开会，现在木料都没有着落。

鸠山看了看，学校操场真的什么也没有。但教室绝对不能拆，批斗的台子不能不搭。鸠山说：我们去河边砍树！

听了鸠山的话，大家都回家去拿斧子。

河边有榆树，矫健挺拔。

砍了几棵榆树，再加上水闸上的闸门板，批斗台的材料看起来够了。就扛着往学校跑，学校里堆起了树干和木方。鸠山也赤膊上阵，干得汗流浃背，批斗会的台子到了晚上才搭好。

然而，大家都累得筋疲力尽了。晚饭还没有吃，鸠山问道：大家饿不饿？

造反派成员齐声说：不饿！

鸠山说：我们再加一把劲，再把会台两边的标语贴上！

欧阳芬说：会台中间，也要挂上伟大领袖毛主席的画像。

毛主席画像是现成的，但标语又只能鸠山写。又闹腾了一两个小时，会场终于布置好了。

但大家都觉得台上那张桌子太旧了，不太雅观。

欧阳芬说：把我家的毯子拿来铺上！

说完，欧阳芬跑到了家里，把自己床上的红色棉毯拿来，铺到了桌子上。

红棉毯铺好后，几个人又去大队把扩音器拿来安上，把话筒接好了。

鸠山打开电源开关，在麦克风上用指头轻轻敲了几下，高音喇叭里"可可可"直响。

听到呼声，大家才松了一口气，开始回家吃饭。

鸠山说道：大家要养好精神，明天开批斗会的时候拿出革命干劲来！

# 第十三章　两派阵势吓倒老书记

批斗会的会场布置好了，海报也贴出去了，鸠山和欧阳芬都为自己的设计安排感到自豪。然而，等他们第二天准备开会的时候，看到李玉和的战斗队已经先到会场了。李玉和头戴军帽，腰扎"八一"军用腰带，精神抖擞地站在了会场中间。其实，鸠山和欧阳芬布置批斗会的时候，李玉和也在准备自己的一招。

本来，李玉和也是想举行批斗会的，但走资派只有那么几个，如果自己的战斗队也开批斗会，那就落在鸠山他们战斗兵团的后面了。但李玉和也要和鸠山、欧阳芬一决高低，要表现在斗争资产阶级当权派上不落后。所以，李玉和安排自己造反派的人在鸠山他们的批斗会场中间安了个扩音器，挂上了两个高音喇叭。

李玉和的这招也是很绝的，他表面上是支持批判走资本主义道路的当权派，实际上是为自己的造反兵团造声势。

鸠山突然觉得李玉和的这一招比较狠。

欧阳芬说：我们的批判会，他们来掺和是什么意思，把他们赶出去！

鸠山想了想说：不能赶！如果赶，我们会犯方向性路线性的错误，让他们表演！毛主席教导我们说，让牛鬼蛇神自己跳出来，暴露得越彻底越好！

欧阳芬说：让他们跳出来，我们再批判。扫帚不到，灰尘照例不会自己跑掉！

鸠山说：马上开会。

刚说完话，鸠山看到有人往台上传条子。那是一张白纸条，鸠山看了一下，轻声念道：把国民党旧军官王兴全赶出会场。

王兴全是鸠山的叔叔，听说过去是国民党兵，据说还当过连长。鸠山知道，这条子准是李玉和的人搞的恶作剧，赶王兴全是假，目的是要给鸠山来点难堪。

其实，鸠山明白，叔叔并不是国民党的旧军官，那完全是王兴全自己吹嘘的，他知道自己的叔叔喜欢自我吹嘘。但这条子是台下传上来的，是革命群众的声音，不能不听。再想想，李玉和连自己的岳父都批判斗争呢，叔叔就不能顾那么多了，于是，便念条子：

把国民党的旧军官王兴全赶出会场！

台下的群众便高呼：快快快，把王兴全赶出会场！

王兴全就只好悻悻走出会场。

鸠山看到叔叔王兴全背了个孩子，边走边嘀咕着什么出了会场。

把叔叔王兴全赶出了会场后，鸠山定了定神，又站到了台上的桌子前，用手敲了敲扩音器，再清了清嗓子，大声喊道：

首先，把走资本主义道路的当权派汪宝丰押上台来！

鸠山的话音刚落，李玉和赶快在场子里安放的扩音器里叫道：快快快！把汪宝丰押上台！

然后又举起右手高呼：只许老实交代，不许顽抗抵赖！

李玉和那阵势，比鸠山还要威严。

汪宝丰上台的时候，是光着头的。但李玉和却为他准备了一顶白纸糊起来的高帽子。高帽子上写着：打倒流氓叛徒汪宝丰。汪宝丰三个字，还用红笔打了叉叉。

台上的鸠山被李玉和的举动气得倒吸了一口冷气，但也只能是继续进行第二项，喊道：

勒令杨学书、黄德尧等到台下接受教育！

杨学书已经领教过自己的女婿批斗的阵式，赶快提前到了台下，但他没有和汪宝丰一样戴高帽子。李玉和便指挥他手下的人说：把杨学书的头发剃成"阴阳头"！

不一会，杨学书的头上半边有头发，半边剃得干干净净。

批判会马上要到了发言揭发阶段，李玉和却意欲未尽，在台下的扩音器里高呼口号：

抓生产，促革命！打倒汪宝丰，打倒杨学书！

这时候，鸠山清醒过来，对欧阳芬说：听到没有，"抓生产，促革命！"

欧阳芬说：毛主席指示我们要抓革命，促生产！我们与他们辩论的话题有了，他们根本站不住脚！

鸠山振奋地说：好！我们先开批判会！

然而，批斗会没有什么进展。上台批判的，都没有经验，批判都是按稿子念。一些学生，受到大人的影响，也上台批判，但同样只是在台上念写好了的批判稿，根本没有什么杀伤力。一些上台斗争的战斗队员，从前都没有发过言，念稿子的时候，手都在发抖。汪宝丰是老书记了,看到这种情况,也就没有畏惧了。

批斗没有了新意,李玉和在台下的扩音器里呐喊助威,要汪宝丰交代问题。汪宝丰根本没听懂批判者提出了什么问题,感到一头雾水,但只能做出老实的样子,说:我交代,我坦白。

汪宝丰说坦白交代,但却没有交代具体内容。鸠山高呼道:当权派汪宝丰幻想逃避斗争!

李玉和也高呼口号:走资派还在走,革命人民要战斗!

谁都看得出来,批判大会似乎都是空谈。

然而,会场马上出现了转机。这天的批斗大会上,直到欧阳富贵的出现,才可以说是真正达到了高潮。谁都没想到瘫痪多年的欧阳富贵会站起来走路,并且是这样的精神焕发!整个会场骚动起来,都朝欧阳富贵面前挤,像是看一场神话故事。

场子里的群众,已经有多年没有见到欧阳富贵出现在公开场合了,人们只是偶尔看到他坐在自家门前,从不说话,不能走动。这个时候,欧阳富贵却是威风凛凛地出现了,那气势,让当权派也有些胆战心惊。

这时候的欧阳富贵,身背毛主席语录包,肩上戴着红袖章。他不是战斗队的成员,但他很巧妙地只戴红袖章,没有标上任何战斗队的名称,他要独树一帜。

欧阳富贵走上了台,停顿了好长时间,终于发话说:

我已经看出来了,大家都怀疑我瘫痪了这么多年为什么能站起来!唵?是毛主席的革命路线让我有了第二次生命!我只要听到斗争的声音,我就有使不完的力气,用不完的劲!

说到这里,欧阳富贵情绪高昂,喘着气说不出话来了。

欧阳富贵的话是这样说,但实际上,只有高学英心里明白,自己的丈夫是吃了处女胎。

看到瘫痪的欧阳富贵都站了起来，鸠山更是激动起来，感觉到是毛主席的革命路线让革命群众真正发动起来了。这时候，他不能让李玉和再占上风，接过话筒，振臂高呼：

无产阶级文化大革命万岁！敬祝毛主席万寿无疆，敬祝林副主席身体健康，永远健康！

鸠山的口号呼喊完了，欧阳富贵也平静下来。他从语录包里拿出了红宝书，翻开了第32页，念道：革命不是请客吃饭，不是做文章，不能那样雅致，那样温良恭俭让，革命是暴动，是一个阶级推翻一个阶级的暴力的行动！

会场寂静起来，欧阳富贵停顿了一下，说道：我们不用批判了，不用他交代什么事实了，我们首先让汪宝丰站在凳子上来！

李玉和在台下高喊：快快快！快快快！

一条凳子便摆在了台前。汪宝丰站了上去，他有些抖了。

革命群众的口号呼完，欧阳富贵继续说：我当贫协会主席的时候，就与汪宝丰在一起了，凭我知道的，大队的档案室里，有许多的黑材料，要汪宝丰拿出来，当众烧毁！

大队的档案室里，到底有没有黑材料，大家都没有底。但是，鸠山最怕的是档案室里有他被从供销社开除的材料，便趁机说：

汪宝丰交出黑材料！

这时候，大队文书杨学书，怕烧毁档案的事牵扯着自己，便开始说话：大队的档案，都是一些上面下来的文件，大队没有自己建立档案。

鸠山便带头高呼口号：走资派交出黑材料！受蒙蔽无罪，反戈一击有功！

杨学书是富裕中农出生，鸠山呼喊"受蒙蔽无罪，反戈一击有功"便是针对他的。杨学书也是个明哲保身、但求无过的人，那些文件，都与自己无关，如果不交出来，只能是引火烧身！所以说：

我去拿，我全部交出来！

几个民兵带着杨学书，取来了材料。

鸠山说：当众烧毁黑材料！

群众马上高呼口号，一致要求烧毁黑材料。

汪宝丰站在凳子上，摇摇欲坠，颤声说：有的材料，包含有合同、地契，烧毁了便没有证据！

鸠山又挥起了拳头：打倒汪宝丰！革命无罪，造反有理！

革命群众听说是黑材料，情绪激动起来，不由分说，把那些材料全部码在了汪宝丰的凳子下。

鸠山马上点燃了火，有的还主张浇上汽油。但没有汽油，就到供销社要来了煤油，把材料点燃了！

大火熊熊，整个会场烟雾弥漫。

汪宝丰想跳下凳子来，但看到欧阳富贵站在旁边，眼睛不眨地看着他，他知道，欧阳富贵是斗争的好手，如果往下跳，他会就势把他推到火里。然而，烟雾越来越大，汪宝丰只觉得眼前一花，头昏脑涨，身体一晃，便从凳子上摔倒下来。

参加斗争会的群众都觉得情况不妙，都呼喊起来：汪宝丰摔倒了！

欧阳富贵就在汪宝丰的身边，如果他想救，可以顺手就拉起来了。但是，他却是显得无动于衷，站在那里，黑着脸。这时候，有人喊叫起来，要出人命了！

一个站在台下接受教育的地主分子杨大武快步跑了过去，从火烟里把汪宝丰拉了起来，并且为他扑灭了身上的火，清理了脸上的火纸灰。

汪宝丰抬起头来，看了一眼这个地主，这个新中国成立初他专政过的地主。但是，他已经不能说话了，他已经不省人事了。

# 第十四章　辩论会上鸠山挨黑枪

汪宝丰被地主分子杨大武从火里拉了起来，清理了脸上的纸灰，大家都看到他已经昏迷过去。这时候，主席台上的人慌了手脚，不知道下一步该怎么办，原因是他们不知道汪宝丰会昏迷，汪宝丰昏迷过去，台上就没有了斗争的对象，而且，汪宝丰如何处理，也让人无所适从。

好在，台上的人正没辙的时候，汪宝丰的家人来了，他们扶起了这个昏迷过去了的走资派。走在前面的是汪宝丰的儿子汪再权。汪再权初中刚要毕业，"文化大革命"就开始了，高中不能上，"红卫兵"又不能参加，外地"串联"也没有资格，只好在生产队里劳动。汪再权年龄不大，但显得比较沉着。他走到父亲身边的时候，看到自己的父亲昏迷了，先不乱动，向鸠山说道：

报告政府，能不能把他抬走？

汪再权向鸠山报告，鸠山却为难起来，此时，他也不知道该说什么。后来，鸠山说，汪再权看似年幼老实，但他却给鸠山出了难题，让他难以解答。

会台上又是一阵沉寂。

就这样沉寂了片刻。那个地主分子杨大武看到这尴尬的场面，用胳膊拐了一下汪再权，意思是让他们把人抬走。

有杨大武的暗示，汪宝丰被他家的人抬回去了。汪再权抬走父亲的那一刻，深深地望了杨大武一眼。

汪再权和家人抬着汪宝丰快速往外走，还没有出学校，李玉和便挥起拳头对着扩音器喊了起来：

打倒走资本主义道路当权派汪宝丰！无产阶级文化大革命胜利万岁！

鸠山这时好像才回过神来。他得考虑下一步怎么结束这场批斗会。汪宝丰抬走了，批斗会便没有了主题。至于汪宝丰到底会怎么样，死？活？基本上没有人管，也没有人过问。

这时候，欧阳芬提醒鸠山说：应该宣布把汪宝丰赶出会场！

鸠山用欣赏的目光看了一眼欧阳芬，赶快在话筒里喊道：

把汪宝丰赶出会场！

台下的革命群众便高声呼喊：快快快，快快快！

整个会场，情绪又高涨起来。

李玉和的广播里，也放起了毛主席语录歌曲：马克思主义的道理，千头万绪，归根结底，就是一句话，造反有理，造反有理。根据这个道理，于是就反抗，就斗争，就干社会主义……

在歌声中，批斗会开完，群众都散场了。

鸠山和欧阳芬觉得批斗会圆满结束了，兴高采烈地走出会场。

鸠山说：批斗会开得好，群众真正发动起来了！

欧阳芬出了口气，她觉得自己在群众面前又找回了信心，她看着鸠山，说：一不做二不休，辩论会要及时开起来，在群众面前辩论出是非，让革命群众都站在毛主席革命路线上来！

鸠山回答说：毛主席教导我们说，路线是个纲，纲举目张。在路线问题上，没有调和的余地。我们要抓紧时间和他们辩论，把"南昌兵团"辩得体无完肤！

两个人越说越高兴，满面红光。

说到高兴处，鸠山挥手召集着战斗队的人，要到大队部去准备晚上的辩论会。

回到大队部，鸠山马上开始写海报。

拿起纸笔，鸠山不忙下笔，他想卖一下关子，用自负的口吻说：大家说，是勒令"南昌兵团"参加辩论会？

几个造反派面面相觑。然后附和说：勒令就勒令！

欧阳芬说：不能用勒令。辩论会还属于人民内部矛盾，勒令只能针对走资派！

鸠山当然知道，要与李玉和辩论，不能用勒令，他只是想用这种口吻给队员们打气。

队员们听了欧阳芬的话，又说：还真是不能用勒令。

一个队员说：不用勒令，那用什么好呢？

鸠山不说话，在白纸上写上：号外。

大家都向鸠山投去赞赏的目光。用"号外"，恰如其分。

号外的内容，是要在村子十字路口和"南昌兵团"展开辩论会，辩论革命路线的大是大非，请全村的革命群众参加。

一个造反派成员说：怎么要在十字路口辩？干脆去大队演《红灯记》的台子上辩！

鸠山说：大队是李玉和的老巢，在那里辩对我们不利！

大家若有所思地点了点头，表示同意。

写好"号外"，鸠山要队员马上张贴出去，趁革命群众散会的时候都看到。

看到"号外"，村子里的社员更加兴奋，他们参加了批斗会，情绪正在高涨，批斗会刚结束，都等待着天快黑，参加另一场会议。这天又没有劳动，田野里静悄悄的，连牛羊都关在家里了一天。

一天没有劳动，社员们的精力更旺盛了，晚上的辩论会，大家都觉得更有看头。

辩论会实际上就是妃子村里两个战斗兵团派别之间的争论会，辩论会上，两派之间是平等的，政治上不存在高下之分，不像斗争走资派那样，说话可以居高临下，所以，在辩论的观点上不能让对方抓到把柄。

辩论会也就没有批斗会组织得严密，地点是随意的，不需要正式的会场，不需要搭会台、拉布标写标语。辩论时，话题也是可以随时变换的，所以，就要辩论者随机应变，才能在气势上占上风。

这天晚上的辩论会，鸠山特意在安排大队外的十字路口也比较得体。妃子村的房子，以这个十字路口为中心，向四方延伸开来，便成了赶街路和赶马路。路边的那些土木瓦房，鳞次栉比地排列着，而在房屋的某一个段落，又会出其不意地出现一个巷道，把人们引向一户户更加神秘的人家。很多的时候，村子里的人都会从不同的方向集中到大队外的这个十字路口来，聊天，观望，或蹲在墙根下，一言不发。

鸠山和欧阳芬知道这里人最多，是和李玉和他们辩论的好地方。

到了晚上，天都还没有黑，欧阳芬穿着青色的新军服，黄色的军裤，英姿飒爽地站在了十字路口。不知道为什么，她还扎了一根军用腰带，背了一个军用水壶，与军人相比，就只差扎绑腿和扛枪了。欧阳芬的样子，简直就是红军长征的模样。

鸠山也到得早，他到十字路口的时候，看到欧阳芬已经站在路口的小溪边了。小溪的水不大，溪上有一座小木桥，是供人过路的，牲畜就直接从溪中走过。所以，溪边上有一些稀泥，也难免会有一些牛马的粪便味。但是，人们都不会在乎这些，都静静地等待着辩论会的开始。

鸠山看到欧阳芬，对着她点了一下头，便站在了道路边，和来参加辩论会的革命群众一起，迎接李玉和和他的战斗队成员。

鸠山和欧阳芬神情都比较严肃，心里也多少有点紧张。他们两人都斗争过走资派，斗争过地主富农，但他们却是第一次与李玉和的战斗团正面交锋。与走资派和地主富农斗争，他们心里有底，但与造反派辩论，这是头一次，所以不能轻视。

鸠山马上给欧阳芬打气：我们要怀着必胜的信心，通过辩论，提升造反团的威信，更多的群众就会来参加我们的兵团。

欧阳芬说：我知道！

鸠山就放心了，欧阳芬天不怕地不怕，有她在前面，局面就好控制。于是，鸠山有意识地与欧阳芬靠拢，站在十字路口。

参加辩论的革命群众越来越多，李玉和却没有来。是不是没有看到号外？鸠山想，但又觉得不可能。李玉和看不到，他的战斗队成员应该看得到，会通知他。

李玉和没有来，鸠山意外地看到大队门口出现了几个民兵，仔细一看，都是武装民兵。鸠山知道，大队只有七八支枪，李玉和是民兵连长，他就靠这几支枪组成了武装民兵，这几个民兵，都由李玉和管。李玉和不忙着来参加辩论，而是带着几个民兵背着枪，在大队门口转来转去。鸠山和欧阳芬马上就明白，李玉和是先用民兵来示威，打击一下鸠山他们的士气。

鸠山说：他不可能把民兵带到辩论会来，如果这样，我们就告他把枪对准无产阶级造反派。

当然，李玉和不可能把民兵带到辩论会来。他不会那样傻。转眼间，鸠山和欧阳芬看到李玉和带着民兵在大队门口操练起来。

几个民兵中，有的穿着羊皮褂，有的穿着草鞋，但神情严肃，士气高昂。鸠山看到李玉和先带着民兵走齐步，再走正步。最后，民兵们居然练起了刺杀。

李玉和洪亮的声音传过来，参加辩论会的群众目光都朝民兵看去。李玉和拉开嗓门喊着口令：预备用枪，突刺刺，突刺刺！

武装民兵抬起枪，按李玉和的口令向前刺着刺刀，每"刺"一下，都要高喊一声"杀！"刺杀动作十分整齐，那些民兵都知道有人在观察他们，所以，精神十分集中，声音同样十分整齐洪亮，让整个大队都听得到。鸠山和欧阳芬看到一些小孩子和大人，都陆续去看民兵训练。

看到这种情况，李玉和越发来劲了，一个劲地喊"突刺刺""突刺刺"。他的嗓子都有些沙哑了，脸上直冒汗。

欧阳芬沉不住气了，问鸠山下一步到底怎么办。

鸠山也一时没有主意。李玉和不是汪宝丰，不是走资派，不能强制他来参加辩论会。

鸠山一时没有作答，他却意外地看到了自己的弟弟王大才也在武装民兵队里。弟弟名叫王大才，人高马大，有一肚子的力气，却没有鸠山这个哥哥聪明，村子里的人都说，王大才家的聪明，都被哥哥王大宝鸠山占了，所以，王大才就憨了。从前，弟弟王大才是武装民兵，鸠山感到光荣，但这个时候，鸠山看到弟弟也跟着李玉和操练，却感到十分气恼。

鸠山生气起来，一挥手说：让他表演，让他跳，让他暴露，让革命群众看清他的本来面目！

欧阳芬却说：那我们现在该怎么办，我们不能让他在那里表演而无动于衷。

鸠山想了一下说：我们先跳"忠字舞"，表达我们对毛主席的忠心！

欧阳芬马上响应，她大声说：同志们，李玉和他们不来参加辩论，说明他们的理论站不住脚！

鸠山高声叫道：我们先跳"忠字舞"，等待他们来应战！

所有来参加辩论会的人立即响应，马上围成了圈。

欧阳芬开始唱歌，她唱道：大海航行靠舵手，万物生长靠太阳，雨露滋润禾苗壮，干革命靠的是毛泽东思想。鱼儿离不开水，瓜儿离不开秧，革命群众离不开共产党，毛泽东的思想，是不落的太阳！

欧阳芬唱歌的同时，站在了人群中间，带头跳了起来。

鸠山站在人群外面，他看到人民群众真是发动起来了，跳舞的人，不分男女老少，也不管动作好看以否，都跳得认真，唱得动情。

于是，鸠山把欧阳芬叫了出来，说：你看这种情形，革命群众是站在我们一边的，我们就等着和他们辩论了！

辩论会没有开始，天却是更黑了。鸠山让战斗队成员在十字路口的屋檐下，挂上了一个 60 瓦的灯泡。然而，李玉和却还是没有来。但是，群众都舍不得离开，都盼望着李玉和来参加辩论。

鸠山对欧阳芬说，我们要沉住气，他不来，表明他没有真理，真理在我们的一方！民兵起不了多大作用！

欧阳芬说：我知道，我才不怕他们哩。

看到李玉和不来，群众都有些泄气了，本来可以看到一个轰轰烈烈的场面，却被李玉和搞得冷冷清清，群众的倾向便偏向了鸠山一边。再说，李玉和是大队民兵连长，是和当权派一个类别的人物，给社员群众的印象不是很好。

天色更晚了，李玉和才很勉强地到了辩论会场，站在了人群中间。

李玉和到底还是来了，鸠山却先不说话，示意了一下欧阳芬。

鸠山知道，欧阳芬对李玉和有恨，并掌握了辩论的材料。

欧阳芬与李玉和已经为怀孕的事正面交过锋，心里正有气，想报一箭之仇。看到鸠山示意，便清了清嗓子，面对李玉和说：

请问我们的阮团长：没有一个人民的武装是什么意思，是不是毛主席说的？

李玉和想了想，他知道话是写大字报时出现了笔误。但不能承认，狡辩说：民兵也是武装，游击队也是武装，军队也是武装。

欧阳芬说：原来，你是想代表军队或军事一条线！

鸠山觉得欧阳芬已经打到了李玉和的"七寸"上，不由自主地走到了欧阳芬的面前，面对着李玉和，高声声援道：阮爱国就是阮爱国（李玉和），他不代表民兵，更不能代表人民军队！

鸠山说的这话，是从区里的大字报上捡来的，然而，大家都听着高深莫测，都觉得鸠山辩论有水平。

李玉和感到有点被动，便背起了毛主席语录，说道：毛主席教导我们说，枪杆子里面出政权！

鸠山说：听到没有，李玉和要把枪杆子对准我们革命群众，我们要夺他的权，罢他的官！他是实实在在的保皇派！

辩论会场有些骚动。鸠山感觉自己已经在气势上占了上风。然而，就在这时候，只见几个民兵站了过来，站到了鸠山身边。鸠山看到持枪的民兵，心里有些慌。

旁听的群众也感到气氛有些紧张，都往民兵那边挤。突然，一声枪响，鸠山应声倒下。全场人都吓呆了，枪声就在会场内。

大家正感到突然的时候，王大才却高声说：我的枪走火了！

原来，鸠山的弟弟王大才看着辩论的阵势，手直哆嗦，便扳动了枪机。子弹不偏不正，打到了鸠山的脚上。

鸠山高呼：不得了了，枪杆子对准无产阶级造反派了！

欧阳芬已经听到是鸠山的弟弟枪走火，而且听到鸠山的喊叫，知道不能再论是非，当机立断救命要紧，忙叫道：赶快送医疗室！

欧阳芬知道自己是送中医门诊的，也想把鸠山送中医。但鸠山却喊道：送西医，可能要做手术的！

鸠山知道，如果找中医谢老医生，自己的脚可能就完了。

西医室里，万医生是主治医生，这时候，医疗室里也就他一个人。西医室里，贴满了毛主席语录和毛主席画像。万医生看病，穿了白大褂，胸前还佩戴着毛主席像章，口袋里，装一本毛主席语录。

其实，不到万不得已的情况，鸠山是最不情愿去西医室找万医生治病的。

说起来，万医生也是《红灯记》里的一个人物，他出演的是一个日本特务，在剧中，万医生出演特务却化装成一个皮匠，假装帮人补鞋，暗中监视李玉和。演皮匠，万医生觉得台词不多，不吸引人，便自己插科打诨，边补鞋边晒太阳边脱下外衣翻虱子，一翻，故意装出惊异装，说道：哦嗬！半斤大的虱子又跑掉！

惹得台下观众哈哈大笑。

万医生台上风趣，在医疗室以活学活用毛主席语录著名。任何人看病，都得先背诵毛主席语录，还参加过区里学习毛主席著作积极分子培训班。村子里发生两派斗争后，万医生与李玉和站在一条线上，所以，鸠山不得不防。

进了西医门诊，万医生看了看鸠山的脚，不忙上药，也不忙做手术，面对鸠山说，我们先背一段毛主席语录。

万医生让鸠山背毛主席语录，鸠山也不好说什么，只好背。

万医生说：我们共同背，就背伟大领袖救死扶伤那一段。

鸠山咬着牙，跟着万医生背：毛主席教导我们说，救死扶伤，实行革命的人道主义。

语录背完了，万医生拿来了一把剪刀，说：这个脚趾是无法救了，只能把它剪掉。

鸠山看不到自己的脚，也不知该不该剪，看了看欧阳芬。欧阳芬也拿不定主意，但主意又只能拿，不能表现得自己优柔寡断，便说道：只能剪。

万医生把剪刀放到酒精瓶里消了一会毒，再拿出剪刀，用力下去，鸠山的大脚趾就不在了。

鸠山的那个大脚趾，欧阳芬用一个盘子装了起来。


# 第十五章　李玉和抓出暗藏地主杨光龙


李玉和看到鸠山进了医疗室，又知道万医生把鸠山的脚趾用剪刀剪了下来，没有出生命危险，便走出了大队部。

走出大队部，李玉和觉得王大才走火的这一枪又解恨，又让人后怕。如果不是王大才走火打伤了鸠山，也不知这晚的辩论如何收场。但如果这一枪打死了鸠山，自己也脱不了干系。

好了，现在，鸠山躺在了医疗室里，自己的弟弟走的火，他已经是哑巴吃黄连。李玉和表面冷静，内心却十分惬意。同时，李玉和觉得自己要有一点动作，把这次辩论造成的负面影响化解。

天色已晚，要做什么动作，已经是不大可能。但李玉和却始终感觉心里有事，好像有什么东西堵在喉咙里。李玉和觉得还有什么事可能要发生，便停住了脚步，转身往大队部走去。刚到了大队部门口，只见巡夜的武装民兵跑步来汇报，说发现了"地富反坏右"有活动，然后，又把李玉和叫到一边，如此这般地说明了情况。

李玉和听到武装民兵汇报，表现出了极大的警惕，他已经感到事态的严重性。他跑步赶到办公室，挎上了七九步枪，马上集中了大队民兵。

民兵已经集中到了大队里，夜已经很深了。

民兵们已经排好队，李玉和站在队伍前面，严肃地说：同志们，现在，我们要去抓一个历史和现行反革命！大家要听从命令，服从指挥，圆满完成任务！

刚才，民兵们还以为李玉和是搞训练，是在打演习。听了李玉和的话，又看他的表情，知道事态十分严峻，便都严肃起来。

看到民兵们严肃起来，李玉和还用电影里指挥员的口吻问道：同志们有没有信心！

民兵们都压低声音回答：有！

李玉和指挥着民兵悄悄地出动了。他挎着枪走在前面，民兵紧跟其后。夜已经很深了，天十分黑，看不清路面。民兵们一个跟着一个，谁都不说话，只有脚步声。

立马到了妃子村最大的地主杨光龙家大门口。

李玉和指挥民兵包围了杨光龙家的房子，然后敲大门。

这时候，杨光龙家的人还睡得很熟，突然听到有人敲门。敲门的声音很大，巨大的声音，震得墙壁"嗡嗡"直响。这时候，李玉和觉得自己犯了错误。怎么能敲门！应该把门砸开！

李玉和抬起"七九"步枪，几枪托下去，大门开了。民兵迅速赶到院子里，不一会，院子里已经站满了人，都是荷枪实弹，一个个都神情严肃。

进了大门，民兵们把杨光龙家的人带到了院子里，他们都乖乖地站在院子中央，神情十分沮丧。杨光龙家的人抖成了一团，但李玉和认为，地主是死心塌地地与共产党作对，他表面的害怕是在伪装。

李玉和让几个民兵看管地主家的人，其他民兵开始搜查。民兵们先从里屋搜，箱柜，床头床下，甚至裤子都翻过了，墙壁上也用锤子敲过，每个角落都搜过了，什么也没有搜到。

民兵撤出地主家的正房，然后开始搜厕房。这时候，李玉和看到杨光龙的儿子杨大武突然脸色煞白，他好像知道事情马上就要败露。民兵们往厕房走，拉开了厕房门口的那架破旧的风箱，风箱一拉开，杨大武的眼睛都闭了下来，简直不敢看了。

风箱拉开，厕房后面出现了一个地道。

李玉和高声叫道：发现目标，卧倒！

李玉和指挥民兵全部卧倒在厕房外的石坎下，他怕地道里有阶级敌人发射子弹。

民兵们卧倒以后，"稀里哗啦"推动着枪栓。卧倒观察一阵以后，地道里面什么动静也没有。李玉和站了起来，指挥民兵说：提高警惕，进行搜索！

几个民兵便往暗室里匍匐前进，只听到一阵翻箱倒柜的声音。时间不长，武装民兵张长贵持枪跑了出来，叫道：连长，有情况！地道里发现一个阶级敌人！

李玉和便带着武装民兵进了地道，抓了一个老头出来。

李玉和感到震惊。他仔细一看，知道这个老头就是杨光龙，是新中国成立时被镇压了的一个地主，他的身体里还有人民政府的子弹！但不知为何现在还活着，并生活在这个地道里十多年！

杨光龙是土改时被人民政府镇压了的地主分子。据欧阳富贵说，杨光龙执行死刑时，他是妃子村唯一的"刀斧手"。欧阳富贵说话，喜欢添油加醋。有一天干活，欧阳富贵看到人们干活没有情趣，便开始讲述他当"刀斧手"的故事。他说，杨光龙天生胆小，土改镇压的时候，被五花大绑带到刑场，吓得如同一摊稀泥。欧阳富贵说这话的时候，得意地看了杨光龙的儿子杨大武一眼，让杨大武感受到了巨大的耻辱。但也是敢怒不敢言，只好默默地听着。停顿了一下，欧阳富贵说：用刀砍头，颈项太软了难一刀砍下来，这时候，我先用刀背在杨光龙的颈项上用劲砍一下，杨光龙便紧张起来，一紧张，肌肉便收缩，我再翻过刀面，一刀下去，整个脑袋下来的时候齐齐整整的，不留一点痕迹！

后来才知道，用刀砍杨大龙的头，是欧阳富贵自我吹嘘。

然而，镇压杨光龙的时候，确实是欧阳富贵开的枪。

那一天，欧阳富贵的枪声一响，杨光龙便应声倒下。这时候，杨光龙的老婆马上跑了上去，用一块白布包裹住了丈夫的尸体，准备回家装棺安葬。想不到的是，杨光龙的尸体到了家里还是柔软而暖和。杨光龙的老婆怀疑丈夫没有死。于是，她赶紧熬了一碗菜汤，用汤匙轻轻往丈夫嘴里喂。想不到的是，杨光龙居然还能往下咽，后来，便睁开了眼睛，奇迹般地活了下来。只不过，他的身体里还有一发子弹……

这时候，李玉和看到杨光龙脚上扎了绷带，已经不能走路了，是被民兵们提着两只手提出来的。杨光龙穿着黄袍，戴着东巴帽。到了院子里，民兵拿了一把椅子出来，让他坐下。民兵发现杨光龙发白的脸突然就变黑了，在暗室的时候，杨光龙的脸纸一样白。出了暗室，见了光亮以后，脸色就黑了，眼睛阴森可怕。

杨光龙被几个民兵紧紧地看押着，李玉和带着其他民兵们继续搜家，但后来他们只搜出几本经书，一些香烛纸火。

于是，民兵把杨光龙往大队里押去，说是押，其实是抬，杨光龙的脚不能走路了。后来才知道，杨光龙是自己开枪打伤了自己，自己打自己一枪。据说是杨光龙用"卦"测出自己马上要败露。杨光龙所谓的"卦"，说荒唐也荒唐，说神也神。

大队里，已经有人升起了大火。那些都是地主富农出义务工时砍来的柴火。大火熊熊燃烧着，火堆四周围满了人，大人小孩都有，他们早已经等待着看一场"西洋镜"了。村子里没有什么新鲜事，没有电视电影，他们看得最多的是斗争会、批判会、辩论会，除此之外，看捉奸拿双是最好的节目。

这时候，妃子村抓到了一个被枪毙了多年的地主，成了最大的奇闻逸事。

李玉和不管人们说什么，对民兵叫道：把檩条扛来！把皮条拿来！

大家都知道李玉和要拿这些东西做什么。檩条拿来了，李玉和用皮条绑在了房梁上，然后，把杨光龙绑在了檩条的另一头。等到杨光龙绑好，李玉和往檩条上使劲一按，便用杠杆的原理轻轻就把杨光龙吊了起来。这时候，杨光龙像一只鸡，一只落汤鸡。杨光龙被反剪着手吊了上去，双手往后，头往下。李玉和对这个地主太仇恨了，他把杨光龙吊上去后，又放下，然后再吊上去……杨光龙声嘶力竭地叫着，喘着气。已经没有多少力气了，杨光龙喘着粗气对李玉和说：我怎么得罪你了，我连你是谁都不认识！

李玉和眼睛都红了，说道：我是革命群众！你不是"道士"吗？你不是会"东巴"会做"法事"吗？我要让你尝尝群众专政的味道！

杨光龙却耷拉下了脑袋，一点生气也没有了。

有人说：要出人命了！

李玉和这才把杨光龙放下来，一摸鼻子，还有气，便叫民兵把他关押起来。

把杨光龙关押起来，第二天要往县里送。但县里不接受，原因是这个地主的腿被他自己打瘸了，就只能在大队斗争。这时候，妃子村人才明白，杨光龙为什么要自己打自己一枪了。

李玉和却不善罢甘休，把杨光龙和他的儿子杨大武拉出来轮番斗争，他要让妃子村的革命群众知道，他是妃子村最革命的人，他没有把气势输给鸠山！

# 第十六章　鸠山巧遇张美兰

鸠山是唯一没有参加斗争杨光龙的造反派头头，这其中的原因，是他的脚被"七九"步枪走火打伤后还没有痊愈，还住在大队的医疗室里。然而，依鸠山的脾气，他就算是脚还没有痊愈，只要是能走动，都不会放过表现自己的机会，这让人觉得有些奇怪。

妃子村的一些人都在想，鸠山这久怎么了？

原来，鸠山好上了卖粥大嫂张美兰，正如胶似漆呢，哪有闲心管一个地主富农的事呢。他趁自己受伤的机会，走自己的"桃花运"。鸠山心里想，俗话说：因祸得福，这话真是不假呢。

张美兰虽然是李玉和提议参加演《红灯记》的，但却没有积极参加李玉和的战斗兵团。群众对张美兰演卖粥大嫂的表现呼声比较高，她人又生得漂亮，人气就更旺了。然而，她却对派别不太热心，所以，后面发生的事，一般人都说是真没有想到。

张美兰家住在河西靠山的一个村子，离大队最远。但是，她却是喜欢一个人静静地走到大队里来，步履沉稳，神情也淡然。然而，内心却是很复杂的。这可能是在家里待着太寂寞了的原因吧。想想也是，张美兰结婚不久，丈夫就出门去了，那种孤单无助之情，也是可以理解的。

张美兰的丈夫是西南矿务局的一名职工，矿区嘛，单位上男的多，女的少，只有到家乡里来找媳妇，找到媳妇，又没有能力带到单位去，原因是矿工本来工资就不高。再说，张美兰是生产队的人，要在生产队抓革命促生产，演《红灯记》，不能轻易外出的。张美兰就这样被"晾"在了家里，现在想下来，那是再苦闷不过的事情了。

张美兰的丈夫叫邓德军，从前村子里人对他没有印象，他娶了《红灯记》里的张美兰，人们印象深了。

邓德军年龄三十多了，在乡村里，三十多还不结婚的，可谓少之又少。但邓德军三十多了还能娶到张美兰这样漂亮的媳妇，主要他是吃"国家粮"（国家定量供应粮食）的，过的是"敲钟吃饭，盖章拿钱"的生活。在当年，这是乡村里最向往的生活。村子里许多年轻人常常说：就算是打扫厕所，也想外出工作，跳出"农门"。

没有参加工作的时候，邓德军是村子里有名的"鼻涕浓"，他家贫农出生，父亲去世得早，母亲抚养六个孩子，可谓儿多母苦，所以很穷。小时候，邓德军也不讲究卫生，最典型的是鼻子里随时流着鼻涕，鼻涕流出来，就抬起手来用袖子擦，时间长了，袖子上糊上了厚厚的一层鼻涕。"鼻涕浓"的外号也就来了。

但是，邓德军人高马大，体力强壮，有的是力气。那一年矿务局招工，要的是力气大的职工，而且要招贫下中农的子弟，这样一来，邓德军就理所当然地被推荐上去了。

两年后，邓德军从矿务局回来，情况就变了，走在村子里的巷道上，鼻涕没有了，衣服光鲜了，走路昂首挺胸，挎一部收音机，音量放到最大，引一群孩子跟随着，过路人看到此情景，无不投来羡慕的眼光。

本来，邓德军是"国家人口"，是想找个吃国家粮的媳妇的，两口子都吃"国家粮"，那是最好不过的了。但是，几年过去了，这个目标一直没有实现，年龄却等大了，人也仿佛变憨了一些。逢年过节，邓德军请假回村，见人就憨笑一下，然后拍一下人家的肩膀，发一支香烟。发的烟也是升级了，过去是"红缨枪"（红缨牌香烟），现在是"金沙江"了，有人说，邓德军厉害了，去年扛的是"红缨枪"，今年便过了"金沙江"！

家里便开始做邓德军的工作，在村子里找媳妇。

邓德军说：在村子里找，就要找最标准的！

邓德军在各个村子里寻找，找来找去，找到了张美兰。

村里人看到新娘，看到张美兰，都说：你们不要看着邓德军憨，其实非常有眼光。

张美兰这么美，居然同意嫁"鼻涕浓"，这让人感到意外，也好像是意料中的事。结婚后，邓德军带着张美兰去矿务局住了一久，又送她回到村子里来，过起了牛郎织女的生活。

丈夫走了，一个新媳妇难免显得寂寞，便更喜欢热闹，喜欢到处走动。好在后来李玉和让她演卖粥大嫂，她有事没事喜欢去的地方，依然是大队。大队部来往的人多，有干部办公室，有购销店、医务室，许多人都喜欢去，能遇到新鲜人物，听到新鲜的事。

张美兰到大队去，要走过许多条田埂，要过一条小河，然后走过一条赶马大路，才到大队。

张美兰到大队去，都要经过一番打扮，对着镜子，头发梳整齐了，在刘海上拍点水。衣服都是新的，比新娘时候穿的都还新呢。衣服换好，张美兰还系了一条围裙，围裙上是绣花的飘带，白飘带上绣上了黑色的花，飘带头上还有彩色的花瓣，花瓣是银片和玉片做成的，在阳光下发光，亮晶晶的。

张美兰系上围裙，腰显得小小的，但她的胸不算高，所以曲线也不明显，但身材更苗条，走起路来，像柳絮飘摇，很有风韵。

张美兰到大队，表现得很低调，不轻易与人说话，也不苟言笑，有点道貌岸然。与张美兰说话的人也不多，她家居住的西山村离大队较远，算是旁村人，人不熟悉不算，又是才嫁人的新娘子，应该矜持一点才好。张美兰到大队，又不常常演《红灯记》，她就去两个地方，一是购销店，二是去医疗室。虽然是演《红灯记》有点名气，但大队部她不敢去，都是造反派头头，轻易不敢接触。

这天张美兰进了大队的老房子，第一个想到的是购销店的小焦。小焦是购销店的售货员，村子里人都称小焦为"社干"，意思是供销社的干部，很牛的。所以，李玉和也让小焦演了《红灯记》里的侯宪补。侯宪补没有唱段，只有几句台词，小焦却也是在台上露了面，脸上也有光了，与张美兰也有联系了。

村子里人对小焦也更熟悉了，有人去供销社，都会叫道：社干，卖半斤盐来，再扯二尺士林布。

小焦就会很麻利地用小杆秤称盐，用竹尺扯布，再用算盘"噼里啪啦"地拨算盘珠子，再收钱补钱。人们都觉得小焦精明能干。

村子里的年轻人都喜欢小焦的背兜头，梳得整整齐齐的，有人说，小焦的头上，连苍蝇飞上去恐怕都得拄拐棍呢。衣服呢，又是白卡叽布的新军服，灰卡叽布的西裤。裤子的脚故意缝得小，很紧身的，可能是想特别显示自己的曲线。小焦的这种打扮，很被村子里的年轻人追捧。

张美兰觉得，小焦虽然在《红灯记》里演的是侯宪补，与自己接触不多，但在生活中却最是个多情的男子，每次去店里买东西，都对自己含情脉脉。后来，张美兰也喜欢去买东西了，买东西仿佛只是个借口，买一条肥皂、买两包火柴，都要去那个小店里。其实，那时候整个村子都得在这个店里买东西，有的东西，还要购物证呢，然而，张美兰买任何东西都不需要购物证，小焦都从来没有问她要过购物证。

最让张美兰难忘的是，每次递东西、收钱，小焦都要有意无意地捏一下她的手，捏得人心里痒痒的。有一次，小焦还顺手捏了一下张美兰的乳房。张美兰的乳房，只有自己的丈夫邓德军才抚摸过，然而，那一次，却让小焦也摸到了。

乳房倒是不大，也没有戴文胸，所以，记忆是那样的清晰。

这天，张美兰是要去买一块香皂的，然而，购销店却关门了，说是小焦去调货了，货要到镇上去调呢。张美兰感到失落，想想，大老远来到大队，不能就这样轻易走了，于是，她便款款地走过四合院的走廊，看似漫不经心却心事重重地走进医疗室门。

进门就看到了万医生。

这天，医疗室的病人好像不多，万医生身上背着个红色的语录包，手里正拿着"红宝书"在读呢，读得非常认真的。张美兰听到万医生轻声念道：谁是我们的朋友，谁是我们的敌人，这个问题是革命的首要问题……

读得正用心，万医生抬头便看到了张美兰，便说：美兰啊，你来得正好！刚想说什么，但想起病人进医疗室门便要背毛主席语录的事，便说：你先背一段最高指示吧。

张美兰说：万医生，要背就背毛主席的"老三篇"。背语录，太短了。

张美兰想显示一下自己背毛主席语录的水平，便先背《纪念白求恩》：白求恩同志，是加拿大共产党员，五十多岁了，不远万里，来到中国。这是什么精神，这是共产主义精神，这是国际主义精神……

张美兰背白求恩的时候，鸠山正躺在病床上。看到张美兰站在医疗室明亮的走廊上背诵毛主席的最高指示，自己的眼睛也亮了起来。鸠山突然在想，自己忙着进行"文化大革命"，怎么把这个张美兰给忘记了！这样想着，便情不自禁地唱道：临行喝妈一碗酒，浑身是胆雄赳赳……

鸠山的声音很大，张美兰吓了一跳，那声音太突然了，便把她背《纪念白求恩》的思维打乱了。

张美兰停下来，转眼看是鸠山睡在床上唱的，就放心了，笑笑说：鸠山怎么唱起李玉和来了！

鸠山的这一声叫唱有些突然，突然得连他自己都想不到，怎么见到张美兰会这样唱，像是尖叫。

张美兰先是有点不太自然，但心里马上便安静了。鸠山平时看自己都含情脉脉，她早就看出对自己是有点意思的。张美兰其他的都不想，就想谁对自己好，那些对自己好的人，好像鸠山也有些让自己动心。

万医生这时候也才想起医疗室里还有鸠山住着，便拿着"红宝书"到一旁去读了。

张美兰也就停下了自己要背的"老三篇"，独自站在医疗室里，忘记了自己是来干什么的了。

鸠山见状，便学着医生的口吻对张美兰说：美兰，我的绷带掉了，帮我绾一下。

张美兰正觉得自己站在医疗室里尴尬，便就走了过去，鸠山不但与自己一起演《红灯记》，还是造反团的团长呢，大小也是个知名人物，去帮他一下也觉得脸上有光。走到鸠山面前，绷带只是有点松，并没有掉下来，但还是去帮忙绾纱布带子。弯腰的时候，鸠山在她的柳腰上摸了一把，张美兰一闪身，说：不要像十冬腊月的天气，"冻（动）手冻脚"的。

继而轻言说道：伤筋动骨，还有那心事，不容易好呢。

鸠山听了，胆就大了，说：不要紧的。

抬手的时候，又摸了一下张美兰的乳房。鸠山的手十分轻柔，让张美兰感到十分温柔体贴，出人意外地没有闪身。后来，鸠山喜欢说张美兰的乳房，说想不到结婚那么长时间了，乳房还小小的，只有鹅蛋大呢。

这个时候，万医生看似在读最高指示，眼睛却乜着鸠山和张美兰。

张美兰也不好多待，深情地望着鸠山，风摆柳似地出了医疗室门。

# 第十七章　万医生施计捉奸

鸠山和张美兰在病床边调情的情景，其实已经被万医生看在眼里，记在心里了。

万医生站在远处，手里也一直没有放下毛主席语录，嘴里还念念不忘毛主席教导：领导我们事业的核心力量是中国共产党，指导我们思想的理论基础是马克思列宁主义……他还接着往下念呢，但是，鸠山知道万医生表面上在读毛主席语录，眼光却没有离开他和张美兰，耳朵也留意着他们在说什么。所以，鸠山和张美兰也做得十分隐晦，虽然有点恋恋不舍，但也只好适可而止。

万医生与鸠山不是一个战斗兵团。鸠山的井冈山战斗兵团成立得早，是"文化大革命"开始后村子里的第一个新生事物。万医生喜欢赶潮流，一开始就积极地报名参加井冈山。但鸠山的井冈山要求高，嫌万医生家庭出身不好。万医生虽然不是地主富农，但属于"上中农"，不是"下中农"，如果吸收万医生，就显得井冈山兵团的成员阶级路线不清。

就为这事，万医生心里十分压抑。好在，后来李玉和让他演《红灯记》里的一个特务，让他在台上出了一下风头，心里的压抑才减轻了一些。其实，万医生演的特务这个角色戏也不多，主要任务是伪装成皮匠，守在李玉和家门口监视，不要让人把密电码取走。万医生演特务，又由特务假扮成皮匠，没几句台词。但他又不甘心演一场《红灯记》还默默无闻，便自己插科打诨边扮作皮匠帮人补鞋，边脱下上衣找虱子。找虱子的同时，突然冒出一句：哦荷！半斤八两大的虱子又跑掉一个！

惹得台下哈哈大笑。

再后来，李玉和又成立了南昌战斗兵团，万医生更是争取加入。李玉和的南昌战斗兵团成立得晚，原因是井冈山也不愿接收李玉和，他属于妃子村"老班子"里的人，不宜参加造反兵团。李玉和只能是自己竖旗帜，但兵团里人数有些少。这其中的原因，是李玉和本来就是当权派老班子里的人，人们对他的兵团的前景不看好。所以，参加李玉和南昌兵团的人，不是老弱病残，就是边缘村子的人，还有就是像万医生这样的成分特殊的人。

万医生从内心感谢李玉和接收他参加了南昌战斗兵团，同时也恨鸠山了。没有参加战斗兵团时，万医生便有了一个心病，现在，这个心病终于好了，但恨却留下来了。恨归恨，万医生也不敢过分地表现出来。万医生出身不好，胆量也就小了。万医生参加了南昌战斗兵团，随时都戴着兵团的红袖章，怕人家说他对毛主席的革命路线不忠。不敢十分抛头露面，常常在暗地里唆使人或帮忙李玉和出谋划策，开批斗会的时候，呼喊口号也只站在僻静处，只有看到真的是被打倒在地，永世不得翻身的人物，他才敢理直气壮地表达态度。

所以，也有人在背地里叫他"保皇派"。

可想而知，万医生看到了鸠山与张美兰的所有举动，也不敢张扬，怕引火烧身。同时，当鸠山的手触摸到张美兰的乳房的时候，万医生的心也跳得厉害起来，甚至浑身都发热。这一年，万医生刚好40岁，正是生命旺盛的时候，哪有见此况不心动的道理。万医生想，张美兰本来是来找自己的，却被鸠山吸引过去了。越想越生气，鸠山怎么总是会与自己作对，战斗兵团不让进，来找自己的女人，也会被勾引过去！

万医生心里火冒三丈，但再大的火也只能往下压。压住了火气，万医生悄悄地找到了李玉和。

万医生去找李玉和，同样挎好了他的红色语录包。出了医疗室，走在大队部的走廊上，便看到李玉和正进办公室。还没有进门，李玉和便说：万医生，我正想找你！

继而又说道：万医生，这久给有学了新的最高指示？

万医生就背了两句毛主席诗词：战地黄花分外香，不似春光，胜似春光。

　　背完了，万医生对李玉和说：团长，我想你也应该找我了解一下鸠山的情况了。

　　李玉和听着万医生话里有音，便说：有情况？

　　万医生不明说有什么情况，神秘地对李玉和说：让张美兰来医疗室护理鸠山。

　　李玉和说：凭什么要让护理，他不成了资产阶级？！

　　万医生便在李玉和耳朵面前嘀咕了几句。

　　李玉和转了一下眼珠，说：真有这情况？

　　万医生说：千真万确！鸠山从前在供销社，放着"社干"不当，要回大队来，还不是作风出了问题！

　　李玉和想了想，感到上下为难。心里想，自己让张美兰出演卖粥大嫂，在妃子村一演就红了，自己什么好处都没捞到，反而要让鸠山占便宜？

　　万医生也是聪明人，看到李玉和的表情，也就猜到了几分。事情明摆着的，张美兰演卖粥大嫂，是李玉和亲自挑选的，其中的用意，谁都能想得到。但事情已经到了关键的时候，两个造反派针锋相对到了白热化程度，万医生想应该以大局为重，先把鸠山拿下再说，于是劝道：

　　团长啊，虽然，让张美兰护理鸠山可能也不是上策，但是，为了顾全大局，这一步还是要走，不然，我们战斗兵团一直处于被动也不是办法。

　　李玉和想想也是，斗争当权派的批斗会鸠山占上风，辩论会差点出了大问题，如果再不果断出击，把鸠山的势焰打下去，自己在妃子村的地位都不保，难道还有其他，难道还顾得上一个卖粥大嫂张美兰！

　　把这些事情想清楚了，李玉和就同意让张美兰到医疗室护理鸠山，让万医生去处理。

李玉和同意了，万医生匆匆回到医疗室。进了医疗室，看到还没有病人，便直接往鸠山的病床前走。

鸠山自从被医生万医生割掉了一个脚趾，每天每时都只能无可奈何地躺在大队医疗室里。鸠山躺在医院里，每天换一次药、打一次小针，其他时间就没有事做了。鸠山觉得太无聊了，他还从来没有这么长时间在床上睡过呢。

太阳从窗户里照进来。一个人躺在床上，什么也不做，没有书看，没有电视，连收音机都没有，鸠山就想起《红灯记》的欧阳芬与张美兰。

鸠川觉得，自己与欧阳芬同在一个战斗·兵团，同是妃子村小有名气的人物，同时，自己也与她有说不清道不明的关系，但是，两个人在男女关系上，总是隔着一层纸，这层纸虽然薄，但又不容易捅破。他们可以在革命中结成同盟，是革命同志，是战斗伙伴，但在生理和心理上，都难以相互满足。所以，鸠山把张美兰与欧阳芬做了个比较，相比之下，张美兰更容易让鸠山动情，更容易让他想入非非。

这样想着，鸠山看到万医生往病房里来了。

鸠山知道万医生见到他就要求背毛主席语录，便来了个先发制人，就说：万医生，今天我们背哪段最高指示？

万医生说：团长，我们今天背一段实用而且短一点的。就背毛主席"6·26指示"，"把医疗卫生工作的重点放到农村去"这一段。

于是，万医生开了个头，两个人便背道：伟大的领袖，伟大的导师，伟大的舵手毛主席教导我们说：把医疗卫生工作的重点放到农村去！

背了毛主席语录，万医生又检查了一下鸠山的伤口。说：团长啊，伤筋动骨一百天，我看团长是工伤，现在走动不方便，还是从生产队派一个人来护理你一下。

鸠山从来没有想到这一层：派人护理？

万医生点了一下头。

鸠山问道：那派谁来合适呢？

万医生说：只有张美兰有这个条件。

鸠山的心"啵啵啵"跳了起来。他怎么就没有想到让张美兰来护理自己呢？完全可以的嘛！张美兰的男人不在家，自己又是"因公"负伤，那是再恰当不过的了，几全其美嘛！

虽想得高兴，鸠山却也不是等闲之辈，他马上觉察到这是万医生和李玉和用的美人计。

很为难啊！一方面是张美兰漂亮的脸蛋，让人飘飘然的风韵，一方面又是李玉和与万医生阴险的伎俩，让他难以做最后的决定。

鸠山看着万医生，万医生看上去态度十分诚恳，没有半点邪念的样子。鸠山便给自己找理由，他觉得，自己是病人，护理又是李玉和派的，应该心安理得地受用。这可能是天意，"叫花子"还有三年的"花花运"呢，可能自己是因祸得福。

鸠山便说：那就让张美兰来，她记性好，可以带动一下我们学习毛主席最高指示的积极性，互相鼓舞，互相促进，把学习毛主席指示提高到一个崭新的水平！

万医生急忙说：对对对，就是这意思！

鸠山说：那你明天就去通知她。

# 第十八章　革命大联合冲击妃子村

万医生离开鸠山，要去找李玉和汇报情况。但李玉和的办公室门锁着，说是接到通知，到区革委开会了。

这天，终于等到李玉和上班了，万医生挎上毛主席语录包，又要去找李玉和汇报情况。万医生心里十分得意，走路一步三摇，还想哼一段《战士爱读老三篇》呢。万医生得意的是自己终于做了一件对战斗兵团有意义的事。万医生心里想，别人都说自己是"保皇派"，现在这事可得让他们刮目相看！看看自己做事多么有远见！此时，万医生觉得脸上有光了，高兴起来，走路就有些摇晃了。

但是，就在他走出医疗室，走在大队部走廊上的时候，心里有了一点说不清的感觉，他不知道自己为什么突然会感到有点失落，有点醋意。在走廊上停顿了一下，万医生才发现自己内心里对张美兰有点意思。

万医生知道鸠山是打着张美兰的主意的，万医生也知道鸠山的男女作风一直都不清楚，所以，他觉得现在把张美兰派来护理鸠山，那便是羊羔送入虎口！想想有点难堪，就在自己的眼前，看着自己喜欢的女人和别人在一起调情，让他怎么能接受。但是，让张美兰护理鸠山的主意也是自己出的，并且已经把这主意告诉了李玉和。万医生想，现在已经没有退路了，自己做的事，不能自己打自己耳光。

所以，只能咬紧牙关去见李玉和，看事情怎么发展又说。

再往前走，刚要进大队部，万医生便见李玉和扛着"七九"步枪从大门口来了。万医生感觉有点奇怪，李玉和上班是从来不扛枪的，除了民兵训练，李玉和的这支长枪都放在家里或办公室里。

这个时候，李玉和却把那支长枪背在了肩上，枪托拖到了屁股上，枪管却伸出脑袋一尺多。

进了大门，李玉和也见到万医生了，几步走到万医生面前，便说：万医生，你天天背诵毛主席语录，我怎么没有听到你背毛主席关于军队的最高指示！

万医生想了一下，正想背，李玉和抢先说：今天我背一条给你听！毛主席教导我们，"没有一个人民的军队，便没有人民的一切"。

万医生说：团长"三忠于四无限"，主席语录背得"呱呱叫"，值得我们学习！

说着还伸了一下大拇指。

李玉和高兴地咧了一下嘴，说：万医生，没有想到形势变得这么快！毛主席教导我们说，形势越来越好，这三个月比头三个月还要好！

停顿了一下，又接着说：万医生，毛主席号召我们实行革命大联合，大队要成立三结合革命领导小组，你说，形势是不是大好！

万医生喜欢听大队的广播，广播里除了播歌曲《东方红》《羊鞭催马运粮忙》外，还播放新闻和报纸摘要节目。所以，万医生知道最近全国都在实行革命大联合，但是，大队成立"三结合"革命领导小组对李玉和有什么好处，却是不太清楚的。

万医生想，李玉和这样高兴，想必是被"三结合"进去了。于是，更有点巴结李玉和了，便说到了今天的正题，并故弄玄虚，悄声耳语说：团长，鸠山同意张美兰护理！

说完还捂着嘴"扑哧"地笑了笑。

想不到，李玉和对万医生的耳语并不关心，把头扭一边去，也不避讳，大声说：不必了！形势发生了变化，不用多此一举了！

万医生说：机不可失，失不再来！不把张美兰叫来护理，错过了机会！

李玉和说：以后看形势又用此计，吃屎的狗，改不了性，迟早会跳出来的！

万医生有点失落，有点不甘心似的，但也不好再说什么。

就在这时，欧阳芬急匆匆地进大队部来了。

万医生不希望欧阳芬看到自己和李玉和靠得太近，便赶紧走开，朝医疗室走去。

李玉和也进了自己的办公室去了。

欧阳芬急匆匆赶到大队，直奔医疗室。这个时候，欧阳芬步子很快，两个发辫在身后乱甩，胸口起伏，喘着粗气。这时候，欧阳芬心急如焚，她要找鸠山，商量革命大联合，大队成立"三结合"领导小组的问题。欧阳芬是头天晚上才听说大队要成立领导小组的，"三结合"到底哪些人进，她自己一点也不清楚，所以，有些着急，怕自己的战斗兵团进不了人。

进了医疗室，看到鸠山还悠闲地躺在病床上，样子显得清闲，欧阳芬有点生气。但也不好发作，好歹，鸠山组织辩论已经丢了个脚趾呢，她觉得，鸠山受伤也是为了战斗兵团的发展。

其实，欧阳芬是看错了人。这时候，鸠山看似悠闲，内心并不平静。鸠山已经知道，毛主席已经号召全国的造反派实现革命大联合，组成"三结合"领导班子。并且，要尽快实现祖国山河一片红。然而，妃子村的大联合，就是要组成"三人领导小组"。鸠山知道这个信息以后，认真分析了妃子村的形势，这次的"三结合"领导小组，欧阳芬最有可能被结合进去，结合不进去的是自己。事实在那里摆着，欧阳芬年轻，又是女干部，还有是造反派"青"字派的人物，不结合不合常理。鸠山虽然是团长，但区里的干部知道鸠山的作风问题，对自己也是有看法的。不管鸠山在战斗兵团中的表现如何，但作风问题是怎么也洗不清的。

情况虽然要发生变化，鸠山觉得自己要表现出冷静，他不能乱了方寸。这时候，他躺在病床上，看到欧阳芬，才想起好几天没有见到这个人了。

鸠山知道欧阳芬堕胎是为了自己，只因自己做得巧妙，没有被欧阳芬发现，自己庆幸，但同时隐约觉得对不起眼前这个人。所以，他仔细看了一下欧阳芬，他突然发觉，欧阳芬变了，开始堕胎的时候，鸠山没有看到欧阳芬有什么变化，但过了十天半月后，鸠山发现欧阳芬人瘦了，脸上的血色也不见了，而且有了一些让人不易觉察的雀斑。

鸠山多看了欧阳芬一眼，内心还是有一点不安。于是，他把张美兰的事也暂时放到一边去了，赶紧招呼欧阳芬到病床边来。

欧阳芬说：团长，人家都忙着三结合，你心里是怎么想的？

鸠山说：三结合的人，大概要上级来定，我们无能为力。

欧阳芬说：我们不能坐等，如果不结合我们兵团的人，我们要造反。毛主席教导我们说，革命是暴动，是一个阶级推翻一个阶级的暴力行动！

鸠山说：我们不能和他们正面交锋了。毛主席号召革命大联合，我们唱反调便不得人心，我们也要做革命大联合的准备，把声势先造出来。

欧阳芬说：那我先去通知战斗兵团的人，要举行全村大游行，表示战斗兵团的决心。

鸠山觉得欧阳芬的主意不错，表面不与李玉和交锋，暗地里与他针锋相对，这才是革命大联合时期的最佳斗争方式。

想到这，鸠山激动起来，翻身下了床。他说：走，我去写海报，号召全村人开始革命大游行!

欧阳芬吃惊地望着鸠山。

鸠山觉得奇怪,欧阳芬为什么会用这种眼神看自己。想了想,才知道自己脚趾被割,一激动就站立起来了。躺在床上近一个月了,从来都觉得自己不能走路,但激动起来竟站起来了。

鸠山在原地走了一圈,觉得自己居然能走路了。原来怕下床,怕走不动路,现在情况紧急,居然情急之下能走起路来了。鸠山怕是幻觉,再在原地走了一圈。真的能走,没有问题,只是稍显有点跛。

# 第十九章　鸠山要创"根据地"

鸠山与欧阳芬商量着进行游行示威的事,情急起来就没有回避其他人,所以让万医生听到了。鸠山这时候才想起医疗室里有个万医生。抬头一看,万医生却假装什么也不知道,嘴里还哼哼唧唧念叨着毛主席语录。鸠山也看不出万医生听到没有,但也顾不了那么多,觉得这事也没有保密的必要,就离开了病房,要去写海报。

万医生放下毛主席语录,马上来制止。鸠山与欧阳芬要搞示威游行,这可是件大事,关系到自己这个兵团的发展,所以,他想借鸠山的病情把他挡在医疗室里,然后再找李玉和汇报,从长计议。

鸠山要走,万医生挡住,说道:身体是革命的本钱,伤筋动骨一百天呢！

鸠山不理万医生那一套，也不做更多的说明，只背了一段毛主席语录：革命不是请客吃饭，不是做文章……边背语录就边离开了医疗室。

万医生对着鸠山无可奈何地苦笑了一下，等鸠山才出门，就马上找到李玉和，把情况汇报了。

李玉和刚才还高兴和激动，想自己马上就要进三结合，那时候大队当权的就是自己，想到那时自己怎么把握局面，把无产阶级"文化大革命"推向一个崭新的阶段。现在听说鸠山要进行游行示威，李玉和觉得有点被动。他觉得，无产阶级革命大联合还没有在大队里进行，鸠山他们就搞起示威游行，有损自己的形象，对自己今后在大队掌权不利。但是，他也想不出更好的办法应对当前的形势。

着急起来，李玉和想起了王连举。李玉和一着急就会想起王连举这个军师。李玉和心情有豁然开朗的感觉，他想到，自己进了三结合领导班子，就要把王连举结合进来当文书，做自己的参谋，不然，根本斗不过鸠山和欧阳芬。

王连举听到信，便赶到了大队，步子很快的，他知道李玉和遇到了麻烦。王连举也知道，自己也只有依靠李玉和，才会有出路。

王连举进门刚站稳，李玉和就讲了鸠山和欧阳芬要举行游行示威的事，也把革命大联合和成立"三结合"领导班子的事告诉了王连举。王连举习惯地眨了眨眼，他眨眼睛就是表示出了很慎重的样子。同样要卖一下关子，做出仔细思考状，然后说：

团长，革命大联合是大趋势，不能违背。现在，毛主席号召实现全国山河一片红，妃子村怎能例外？你是三结合的人，就要做出姿态来，不能与他们一般见识，主动和他们联合，只有联合起来，才有出路，不然更被动。

李玉和觉得有理，但联合鸠山和欧阳芬，也不是一件容易的事。三结合把他们整进来，名额不够不说，结合进来也不好开展工作。如果不把他们结合进三结合吧，那几个人就不会善罢甘休。所以，王连举说要联合他们，但怎么联合，下一步该如何做，李玉和望着王连举，希望他能拿出办法。

王连举说：我想退一步吧！

李玉和：怎么退？难道要把革命领导权拱手相让！

王连举：不可能！给他们个虚职，先安抚下来，把你的位置坐稳了，再收拾他们也不迟。

李玉和听了，心里便有底了。但也不过分表扬王连举，反而故作深沉，说：这事我再考虑一下！

于是离开办公室，就去和鸠山、欧阳芬商量庆祝"全国山河一片红"的事。

李玉和先是去了大队的医疗室，万医生说：早去他的办公室了，在这里待不住了！

李玉和就去了鸠山的办公室。

鸠山正想着怎么与李玉和斗，没想到李玉和自己来了，有些措手不及。

李玉和进了门，不谈正题，却说起了张美兰护理的事：

团长是工伤，理应有个人护理——但还是不要叫张美兰了，怕影响团长的名誉。

鸠山没想到李玉和不谈革命大联合，不谈三结合，却是谈到了张美兰。谈到张美兰，又是为自己着想，真是想不到。

其实，鸠山已经火烧眉毛，革命大联合与三结合的事迫在眉睫，他早就不敢想张美兰的事了。

于是，脸上带有不屑的神情，说道：那都是万医生的主意，这个"保皇派"，可能是他自己心里想着张美兰，还想先把我拉下水！

李玉和看到鸠山的话涉及了自己派里的人，转换话题说：三结合的事，你也可能听说了，那是区里定的事，全国都一个模式，我们村里，我的情况特殊，可能要结合进去——但我也不会忘记井冈山的人！

鸠山一时没有话说。李玉和要进三结合班子是明摆着的事，全国局势难以稳定，中央的"三支两军"工作，李玉和在民兵这条线上沾了光，想拗也拗不过去。但他不知道李玉和要把井冈山的人怎么安排，想听他的意思。

李玉和看到鸠山犹豫不决，便说：大队从前就有个副业队，专门搞外包工程，"文化大革命"开始就垮掉了，现在，革命大联合了，我们也要开始抓生产，促经济，我们要把副业队做大点，成立经济联合会，你当会长。

鸠山听了，心里不太好受，他不想接受这个事实呢，那自己真的不好摆，如果接受这个事实，还真是有点掉价。

鸠山还没有表态，李玉和又说起欧阳芬来。

李玉和一直与欧阳芬过不去，但又不能把欧阳芬怎么样。如果不把欧阳芬安排好，单是她的母亲高学英就惹不起，现在，她的父亲欧阳富贵的腿已经好了，更是惹不起。于是，他想让欧阳芬放弃领导，去学接生员。

鸠山听了更不高兴了，想李玉和如此安排，真是别有用心，想把井冈山兵团的人全部排斥在外。便说：欧阳芬恐怕不需要你安排，她恐怕是能结合进去的人！

李玉和没有想到鸠山对三结合想得比自己还透彻。他没想到欧阳芬会结合进班子里去。想想也是，老中青，欧阳芬是绕不过去的人选。李玉和感到有些头疼了，支吾了一下，便离开了鸠山的办公室。

李玉和离开了，鸠山在办公室里跛着脚徘徊起来。他知道李玉和是怕自己战斗兵团会闹事，在自己面前也想走折中路线，话也说得好。但不管李玉和的话讲得如何好，鸠山都有点难以接受。现在，自己坐的还是从前那间办公室，但鸠山总觉得感觉不一样了。从前，他自己感到与李玉和是平起平坐的，如果三结合班子成立，自己便低了一个档次，是李玉和的下属，连这间办公室，也好像是李玉和的了。

经济联合会，当会长。鸠山有点不愿意，他不想在李玉和的眼皮底下做事，他想另辟一条出路。

想到这些，欧阳芬就来了。

看到了欧阳芬，鸠山不想告诉她可能进三结合班子的事，他要先把欧阳芬和自己绑在一起，便说道：我们现在在大队站不住脚了，没有我们的地位，没有我们的阵地，我们要成立一个根据地。

欧阳芬说：根据地？毛主席打日本人的时候，才成立根据地，现在有这个必要吗？

鸠山说：有必要！我们要学习毛主席的战略战术，建立根据地。解放战争时期，毛主席是农村包围城市——我们要生产队包围大队！

欧阳芬听了，觉得有道理，便商量着到生产队里夺权。

要建立生产队里的根据地，只能是回到他们自己的生产队里。鸠山属于红卫队，红卫队位于村子边上，队里都是客家人。所谓客家人，大多数是外来户，说话都是川腔，都不知道自己的老家在哪里。性格也直爽，藏不得半点假，不轻易参加派别斗争。鸠山觉得去自己的红卫队，有些不好夺权，不好挑起事端。

欧阳芬便说：那去我们生产队。

但是，欧阳芬他们前进队，也不好弄，前进队的队长是樊正清，虽是个文盲，但在生产队里，口碑极好，要把他拿下，不是一件容易的事。

鸠山伤透了脑筋。

欧阳芬说：那你先在医疗室待着，我们再商量。

鸠山觉得有理，他等欧阳芬离开办公室后，便跛着脚走到了医疗室。这间办公室鸠山不想待了，他就理所当然地住在医疗室里。他觉得自己出院就没有了去处，造反派暂时不吃香了，革命大联合了嘛，三结合了嘛。鸠山想，自己的脚受伤，也算是为公，住多久都要记工分。所以，在没有其他出路以前，他想赖在医疗室里。

# 第二十章　鸠山动情李铁梅

"全国山河一片红"是政治任务，从上到下都要实行大联合，成立"三结合"革命委员会，这是响应毛主席的号召。忠不忠，看行动，不进行三结合，就是对毛主席不忠。尽管造反派意见很难统一，但马上成立革委会是大趋势，所以，村子里的"三结合"班子很快就定下来了。

班子当然是区里定，村子里的两个造反派，都只能等待上面的通知。这天，李玉和通知鸠山开会，说区里领导来宣布"三结合"领导班子。鸠山早有准备，他知道自己结合不进去。鸠山从前在供销社工作，与区里的干部都熟悉，当然也就知道他怎么会从单位回到村子里的原因，所以，尽管鸠山的井冈山战斗兵团成立得早，支持的革命群众也多，但要他出任三结合领导，区里还是有考虑。

鸠山有自知之明，当然不会去开会，他还住在医疗室里，说自己行动不方便呢。鸠山想象得出来，让李玉和通知开会，"三结合"不可能有他的位置了，去开会只有让自己难堪。他不参加会议，反而会让区里和李玉和感到为难。毛主席号召实行革命大联合，也没有说停止战斗兵团的活动，自己还是井冈山兵团的团长，有这个基础在，鸠山觉得妃子村还有自己的一席之地。

鸠山不参加会议，李玉和真感到两难。区里领导已经和他通了气，让他任领导小组的乡长。然而，区革委会的领导来开会，宣布的是三结合的领导班子，宣布自己任组长的职务，而妃子村两个战斗兵团有一个团长不参加，李玉和觉得没有面子。李玉和还是有些明白事理的，革命大联合嘛，鸠山不参加会议，等于妃子村就没有联合。于是，就主动到了医疗室，要找鸠山当面谈谈，尽量把他拉去开会。

这个早上，万医生来得早。进门刚要用钢精锅进行注射器高温消毒。那时候，医院里的注射器、针头都是重复利用的，万医生上班的第一件事就是消毒。才把钢精锅拿出来，注射器和针头才放到里面，正准备加水烧火，李玉和就来了。万医生早就知道要实行革命大联合的事，看到李玉和要找鸠山，以为三结合的领导是鸠山了，不然，李玉和也不会主动到医疗室里来。万医生最会看风使舵，见此情况，马上放下消毒锅，先一步走到鸠山的病床前，要帮鸠山换药。鸠山的脚伤差不多痊愈了，这个时候，他不想让万医生打开伤口，包扎着，谁也不知道伤口的情况。

所以，万医生刚要动手，鸠山赶忙推开，说：万医生，你毛主席语录都没有背，还不忙换药的。

万医生尴尬地笑笑，刚想背哪一段毛主席语录合适，李玉和已经到病床前了。对万医生说：万医生，药不忙换，语录也待会背，我们正忙着三结合的事！

万医生一听，果然是三结合的事。但这是公事，是领导们的事，只好赶快走开了。

李玉和靠近病床，看到鸠山的脸比从前白净了，一想，在病床上躺了一个多月了呢，没有照晒日光了。李玉和从前也没有仔细端详过鸠山，各在一个战斗兵团，正面接触的时候不多。在演出《红灯记》的时候直接针锋相对，但都是化妆了的，难识庐山真面目。现在看着鸠山，觉得有一点陌生感。同时，觉得话也不好开头。鸠山的脚，是与自己辩论时负伤，但从来没有到医疗室里来看过他。好在，这一枪是鸠山的弟弟打的，事情也就简单了些。

这样停顿了一下，李玉和才说：王团长，脚给好点？

鸠山下意识地动了一下自己的脚，答非所问：都怪我那老实的兄弟，害得我言也言不得，语也语不得！

鸠山的意思比较清楚，如果这一枪不是弟弟打的，那会另当别论了。

李玉和无意挑起事端，恭维道：还好没有伤到要害，说明王团长福大命大！

然后就入正题，让鸠山去参加区干部通知的会议。

鸠山又下意识地伸了一下腿：我这情况参加什么会议？！

李玉和便做工作，说：实行革命大联合，是党中央毛主席的指示，要在三个月内实现全国山河一片红，这是政治任务，区里抵不住，我们妃子村更抵不住。

鸠山说：我们村子里的"三结合"怎么成立，基本上是区革命委员会来定，所以，我不提半点意见。

鸠山话里有话，他的战斗兵团不认可区里的决定。

李玉和也来了模棱两可，说道：什么是三结合呢？一是造反派领导，二要考虑到军队干部，三要考虑老干部，懂生产的贫下中农。所以，在三结合的时候，我属于民兵这一块，可能就被结合进去了。

话还没有说完，鸠山便接住说：这都是特殊时期的事，武斗期间，局面难以控制，毛主席就实行军事一条线了。实际情况是什么呢？妃子村也要民兵控制局面？

李玉和听了，感觉鸠山的口吻是没有把三结合放在眼里，自己也就如在云里雾里。但也不好发作，觉得只能忍，他知道，等到区里把班子宣布了，鸠山也就跳不起来了。于是接着说：区革委会的来，我们两个团的领导不参加，好像对大联合态度不端正。

鸠山说：这我知道。但我脚有问题，参加会议不可能，你们开就是了。

李玉和再也没有话说，区里的人又等着，只好走了。

李玉和走了，鸠山还在病床上躺着，万医生感到有些蹊跷。他已经把炭火烧着了，钢精锅里，放好针筒、针头，滋滋地冒着汽。看看时间还早，又去探鸠山的口气。

万医生一步三摇走到鸠山床前，还没有说话，欧阳芬又进到医疗室里来了。

万医生前久感觉欧阳芬有堕胎的嫌疑，但欧阳芬脾气急躁，她的母亲高学英和父亲欧阳富贵都是惹不起的人，所以只是睁一只眼闭一只眼。现在看到欧阳芬脸上有了些血色，表情急躁，更不敢面对她了，便只好又转身，去看他的消毒锅。

欧阳芬急冲冲地对鸠山说：王团长啊！你还有心睡在这里，

区里来"三结合"了！

鸠山淡淡地"哦"了一声，故意表现得漫不经心，挪了一下受伤的脚，才说：我知道了，李玉和来通知我开会，我不去。

欧阳芬感到蹊跷，三结合班子的事鸠山不关心，难道他还有什么妙招？于是不解地问道：我也接到了通知，那我去还是不去？

鸠山想了想，说：你还是要去，我们兵团一个都不去也不行。

欧阳芬没有多少心计，但鸠山不去开会，自己去算什么呢，一点主见也没有，内心很矛盾。

鸠山劝道：欧阳芬你不知道，我和你的情况不同。

什么情况不同，欧阳芬当然不知道，鸠山也不便说。但鸠山还是劝欧阳芬：你只管去开会，有什么情况汇报给我。

欧阳芬也就去参加会议。

鸠山望着欧阳芬的背影，看欧阳芬这天穿得单薄，曲线感也强，心里感慨万端。他觉得，欧阳芬是再单纯不过的女子了，对自己的行为居然什么也没有发觉，隐约觉得有点对不起她。心想，自己能找到这么个女子做妻子，那岂不美哉！又想，欧阳芬明显是怀过孕，堕过胎的。虽然，也明白自己在欧阳芬堕胎前有过那么一次关系，但想这欧阳芬，简直是太单纯憨厚了，又怕在其他地方上过当，那孩子不是自己的呢？

鸠山这个聪明人，真是有些两难了啊！

# 第二十一章　王连举机智解难题

区里宣布三结合班子的时候，王连举也参加了。他感到有点不解，这么重要的会议，为什么要通知他参加。后来，三结合领导班子宣布后，王连举自己都没有想到会结合进去。

其实，这事只有李玉和知道底细。李玉和知道，自己要在妃子村掌权，非把王连举三结合进班子不可。什么原因呢？第一，王连举不会与自己争权夺利。第二，王连举文化高，主意多，是难得的参谋。第三，王连举可以兼任大队的文书，印章、材料交到他的手里安全放心。

区干部宣布了三结合班子成员，王连举心里感到突然，也兴奋，但同样表现得平静自然，他是个一般不表现出大喜大悲来的人，就连当年考上大学不能去读，妃子村人都没有看见王连举的一点遗憾，一滴眼泪。

那一年，王连举是妃子村为数不多的老牌高中毕业生之一，全县只有40多位学生的一个班，全班学生参加高考，王连举与另外两名同学考上了大学。这也是妃子村历史上的第三名大学生，当时轰动了妃子村不说，在区里、县里都影响很大。按理说，王连举的家人应该高兴才是，然而，他的爷爷吴太爷却不让他继续上大学读书了，要留下来结婚生子。所有的人都为他家想不通，连县教育局局长都到妃子村来动员，说全县只考上三个大学生，不去太可惜了。

吴太爷婉言谢绝。吴太爷是个旧文人，受孔孟之道影响相当大，面对教育局长，他捋了捋梳得整齐的银白色的头发，说：不可惜，你们感到可惜，是你们不懂我们家的情况。

王连举家到底是什么个情况，连考上大学都不让读呢？原来，王连举家三代单传，到了王连举，又是独生子。那时候，生多少子女都没人管，人家都生七个八个，可就是他家生不出来。

教育局长只好惋惜地离开。

望着县领导的背影，吴太爷对王连举说道：不孝有三，以无后为大。你有多大的本事，没有香火相传，那也没有多大的意义。

吴太爷什么也不想让王连举做，只想要重孙子，就把王连举留下来。王连举就听爷爷的话，不久便找对象结了婚，如愿地生了个儿子。

然而，王连举不读大学回到村子里，倒也没有下地干活，村子里高中生不多，也珍惜人才，就让他代课，当会计，记工分，基本上是脑力劳动，和"在职干部"差不多。所以，村子里教育孩子，都拿王连举做榜样，说：好好读书，你看人家王连举，回到村子里照样不用干活不用晒太阳！

同时，王连举也给妃子村人留下了老实听话没有个性的印象，所以，也是个随时有可能叛变的角色。村子里演《红灯记》，马上就想起了他。王连举在《红灯记》里的戏不多，但人们都认可他的这个角色。本来，王连举姓吴，叫吴文杰，但村子里的人当面背地里不是叫他"财粮"（大队文书）就是叫他王连举，后来，王连举的真实姓名吴文杰，大多把它忘记了。

在村子里，王连举不愿意抛头露面，但穿戴却是不俗的，夹克衫，背兜头梳得整齐板扎，衣袋里随时都挂着两支自来水笔，形象很拿得出手。妃子村里，这样的文化人不多呢，谁上台都愿意找他配合，他算盘、书法什么都懂，领导们需要的是他的文化，再就是他与世无争，领导不但有了安全感，还可以得到他的点子。所以，王连举进三结合，表面上突然，实际上又在情理之中。

区里宣布了妃子村三结合的班子，王连举虽然有受宠若惊的感觉，但宣布结束，他却表现得十分冷静，等区里的干部一走，他便建议开个三人小组会议。

李玉和和欧阳芬也就认同，觉得要研究一下妃子村下一步的工作。三个人开了个小会，会上，王连举说：鸠山不进班子，等于大联合失去了意义——我们还是要实现真正的大联合。

李玉和觉得莫名其妙，三结合的班子都已经宣布了，三结合，就是三个人的意思，再扯进个鸠山，觉得有些不解。

王连举说：三结合，并不是指三个人，我们的主要班子是区里定的，但我们村子里可以灵活掌握。我们可以在小班子下面设立大班子，便可以把鸠山结合进来，他进来了，以后就少出乱子。

李玉和一下子就明白了，觉得主要权力在自己手里，让鸠山有个虚职也无所谓。欧阳芬正为鸠山打抱不平，听到王连举这么说，更是巴不得，想举双手赞成。于是，会后三个人一起去医疗室，要找鸠山谈话。

鸠山没有想到，李玉和、欧阳芬、王连举三人会一起来到医疗室。万医生赶快搬来了凳子，又去提保温瓶，给他们泡茶。

坐下了，都不说话。从他们的表情看，肯定不会有好事。鸠山看到欧阳芬情绪不太稳定，以为连她也没有被结合进去，心里有些发紧。但表面上很冷静，什么话也不说，单等他们说话。

停了一小会，李玉和干咳了一下，说：妃子村和全国一样，也要紧跟全国山河一片红的大好形势，实行实现革命大联合。今天区革委会里宣布的三结合，结合了欧阳芬、王连举我们三个人，现在，我们再结合王团长，实行真正的革命大联合。

鸠山觉得有些不解。区里已经宣布了班子成员，再结合自己，不知道李玉和卖的是什么药。

　　李玉和看到鸠山不解，继续说：我们三个人来，是想让你当经济联合会的会长。

　　李玉和这么一说，鸠山心里就有底了，自己真的没有被结合进去。开会的结果与鸠山的预测差不多，李玉和是组长，成了大队的一把手，欧阳芬是副组长，成了第二把手。只是王连举的安排，鸠山没有想到，成了大队的文书。但对王连举又恨不起来，只是在心里说：什么三结合！都是按李玉和的意思选的！看起来，这李玉和话不多，但有他自己的一套办法。然而，鸠山觉得李玉和也没有失言，三结合领导小组刚成立，他首先宣布鸠山当经济联合会的会长，这也是给了自己面子，让自己这个"团长"在妃子村不至于无立足之地。

　　但鸠山也不能表现出对李玉和的感恩，冷冷地说：什么会长，是不是原来那个副业组长。

　　李玉和说：我们要抓革命，促生产，把原来那个副业组搞大点，成立经济联合会，名声也好听点。

　　鸠山说：是的，三结合成立了，革命大联合也进行了，现在，革命胜利了，也该抓一下生产了。我希望能下队去，和贫下中农打成一片，我愿意去当个生产队长。

　　鸠山的这个要求，李玉和从来没有想过，想了想才说：生产队长，都是全部安排好了的，现在我们的班子才成立，一时还不好更换，你就先到队上去指导工作，等于是下派干部，看情况再做调整，而且，生产队的干部，也可以由社员自己选，到时候我们都有了主动权。

　　鸠山要的就是这句话，也就提出要去前进队当下派干部。

　　李玉和突然想起来，前进队里有个张美兰，鸠山是不是冲着张美兰去的呢，真不好说。

但也不好说话，领着王连举和欧阳芬要离开医疗室。

鸠山说：欧阳芬你留一下，商量一下兵团的事。

李玉和与王连举走了，鸠山和欧阳芬没有商量"兵团"的事，而是商量一起去前进生产队搞"生产队包围大队"。

欧阳芬心里有些不太理解"生产队包围大队"有什么好处，鸠山要着急地去干。鸠山说：如果到了生产队，起码还可以领导几十号人，金钱粮食，都掌握在自己手中，那时候就有了主动权，再与李玉和一决高低。

# 第二十二章　王连举巧妙保文物

李玉和把鸠山的事安排好，妃子村的革命领导小组也就正式运转了。"文化大革命"开始，村公所里的乡长、书记被打倒以后，领导班子一直处于瘫痪状态，群龙无首，造反派各自为政，整个村子的人成了无笼头的马。现在，妃子村成立了三结合领导小组，李玉和坐上了第一把交椅，成了村子里最大的官。这是李玉和梦寐以求的事，他心里当然满足，同时也有了成就感。要知道，历史上，能在村子里坐上第一把交椅的人也不多。保长、乡长、村长，现在又是组长，妃子村的官衔称谓随着时代的变化也在变，但村子里人们心中的地位观念没有变。所以，李玉和想，当上了三结合领导小组的组长，就要做一点实事。新官上任三把火嘛，但这三把火不知怎么烧。

李玉和也想到去问一下王连举，但马上就自己否决了。李玉和想，也不能什么事都去问王连举，得自己想想看，要不然，王连举会自高自大呢。如果是比较棘手的事，找王连举商量一下有必要，能自己解决的事，也应该"独裁"一下，体现一下自己这个一把手的"功夫"。李玉和有点畏惧鸠山，但他现在连三结合班子成员都不是，没有权力管妃子村的事！

欧阳芬和王连举，在李玉和眼里显得无足轻重了。

动了一会脑筋，斗地主，批走资派，这些都不是什么新鲜的了，从前经常搞，现在也可以根据形势，随时发动。要来就来点新的，李玉和想，现在，首要的是要在大队部门口挂一块牌子，一块"妃子村革命领导小组"的牌子，牌子挂上去，等于宣布妃子村已经实现了革命大联合。第二是要搞一次庆祝活动，说是庆祝三结合领导小组的成立，庆祝实现了祖国山河一片红，实际也是庆祝自己当上了妃子村的一把手。

这天，李玉和去大队部的时间比较早。李玉和去大队部上班，又背起了他那支"七九"步枪，走路很像是在部队搞操练，引得过往的村民驻足观看，"啧啧"直咂嘴。就这样雄赳赳地到了大队部里，打开办公室门，把枪放到了门背后，李玉和就等欧阳芬和王连举来上班。但等了好大一会还没有来，一看供销社的小焦都还没有开店门，桌子上的小闹钟，8点都还没有到，仔细想想，这时候，他们可能还在喝早茶呢，于是就在院子里徘徊。

李玉和徘徊的院子，说到底就是地主杨家旧社会的四合院。院子的四面是楼扯厦的瓦房，房子的装修都是雕花的木扇门窗，房梁上雕龙画凤。年代久了，房屋的雕花上布满了蜘蛛网，显得古老陈旧。那久是雨季，院子里的地面土砖铺得平，比较吸水，再加上槐树、紫荆花树和金银花藤蔓遮挡阳光，院子里显得潮湿。李玉和感觉有点压抑，看什么都有些不顺眼。他看到鸠山写的几条标语贴在了墙壁上，"要斗私批修""破四旧，立四新""无产阶级文化大革命胜利万岁"等等。看到这些标语，李玉和便觉得院子两边的这些雕刻有些不顺眼，仔细想想，这些才是真正属于"四旧"的东西，与"文化大革命"格格不入。李玉和明显感觉到，"文化大革命"开始，村子里的牛鬼蛇神，地富反坏右，都已经进行了批判打击，唯独眼前的这些雕刻，都是过去大地主家的东西，却随时出现在革命领导小组的视线里，他觉得有必要进行铲除。

忠不忠看行动，李玉和想，"破四旧，立四新"，如果自己不主动出击，可能会让鸠山抢在前面。于是，李玉和有点摩拳擦掌了，恨不得马上拿出刀子斧子，把眼前的"四旧"全部铲除掉。然而，做这些事，要让群众知道是自己干的，不然，做了也没有起到应有的效果。

这么想着，李玉和心情格外激动，单等欧阳芬和王连举来了，便要把"破四旧"的想法和其他两件事同时提出来，要让欧阳芬、王连举知道自己这个一把手的厉害。

这么想着，欧阳芬和王连举就相继进了大队部里。

还没有等他们进办公室，李玉和说：你们两个过来一下。

欧阳芬和王连举到了李玉和面前，李玉和不说话，把他两个带进了自己的办公室。李玉和的办公室里有一张办公桌，有一张木床，床上摆着简单的行李。李玉和坐在了办公桌前的凳子上，两个人只好坐到了床上。见他们坐好，李玉和开门见山地把当前要做的三件事提了出来。

这三件事，欧阳芬和王连举都没有考虑过，感到突然，两个人都没有做声。但不说也不妥，第一次开会，不可能什么意见都不说，那样也显得自己没有水平，只好考虑一下到底怎么说。但是，李玉和还怕他们两个提出不同的意见，还没等他们说话，他自己就接自己的话说：就这么定了！

两个人只好说都没有意见。

欧阳芬本来不想与李玉和合作做事，等李玉和说完就走了。

看到欧阳芬走了，王连举坐在那里不动声色。李玉和要做的几件事，其他的没有考虑，只是觉得要铲除大队部四合院的雕花，他实在是有些舍不得。王连举文化高，他爷爷多次说到过老房子的四合院是妃子村的杰作，他懂得这些雕刻，是地主杨家祖上精心策划请上好的工匠做出来的，现在年代这么久了，又属于大队所有，破坏了可惜。

王连举思量了一会，用探讨性的口吻说：团长啊，我想四旧还是不要破到这四合院上来，怕对你不利。

李玉和吃惊，问道：为什么会对我不利？

王连举说：你想想看，这老房子里的地主杨光龙为什么枪毙了不死？为什么在抓他的前不久他自己打自己一枪？为什么欧阳富贵无缘无故会瘫倒在地多少年？

王连举说的前两件事，李玉和没怎么想，欧阳富贵瘫痪的事，却让他有点发毛起来。他知道，土改时期，欧阳富贵是斗争地主最厉害的一个，后来无缘无故地瘫倒了，难道说与这家地主有关？

王连举说：那倒不是，你斗争地主多次了，到现在都没有事，可见你是"胜得过"的。但现在动这些房屋，那就怕不一定了。房屋都有风水，弄不好会出大事！我觉得这"四旧"，如果要破，就让鸠山去破，我们坐山观虎斗，看他有什么样的下场。

李玉和想了想，说：那就听你的，破四旧的事，我们留到下一步来进行。

王连举看到李玉和不搞破四旧，心里踏实下来，就又与李玉和商量庆祝会的事。

王连举觉得要在李玉和面前显示一下自己的存在，便小心翼翼地提出了个问题：团长啊，做牌子的事好说，但庆祝会活动要搞出点新意来。

李玉和说：什么新意，还不是领导讲话，再安排人组织喊口号。

王连举说：我想改进一下，这次庆祝会，我们要搞好"三忠于四无限"，向毛主席表达妃子村的忠心。

李玉和觉得可行，又去问欧阳芬。欧阳芬对毛主席更加忠诚，当然同意庆祝会和三忠于四无限一起搞。但她觉得，三忠于四无限要充分发动群众，让各个生产队的社员都出节目，都表忠心。

李玉和听了，觉得十分满意，他安排王连举去做牌子，王连举是文书，掌握着经济大权，李玉和让他先去做牌子。牌子很快就做好了，白底黑字，牌子的上方，是毛主席戴五角星军帽的头像。牌子做好，李玉和说不忙挂，要等举行庆祝活动的那天一起挂。

庆祝活动就有些麻烦了，村子里的全体社员都要参加，地富反坏右分子干义务劳动。李玉和首先想到要把生产队长叫到大队里，开了个通气会，布置庆祝活动的内容。

通知开会，要用高音喇叭广播。村子的高房子上，挂有两个高音喇叭，各家各户，也有小喇叭。李玉和让王连举把扩音器打开，对着话筒想说话。

王连举说：我先放两首歌，让社员干部都有个思想准备，你再讲话容易听到。

王连举就在唱机上放了一个唱片，唱片有两首歌，一首是笛子独奏《羊鞭催马运粮忙》，一首是二胡独奏《赛马》。等到两首曲子都放完了，王连举才把唱片停下，接通了话筒，让李玉和通知事情。

李玉和用手指敲了三四下话筒，感觉有回音，便清了一下嗓子，说：请大家注意一下，请大家注意一下，明天早晨，明天早晨，各生产队的队长到大队来一下，有重要事情商量。再通知一遍……

李玉和如此重复了两遍，才把扩音器关了，去忙自己的事。

第二天早晨，生产队干部都到齐了。新领导上任，都不敢怠慢。再说，"文化大革命"以后，生产队长从来没有开过会，感觉有些新鲜了。

队长们到齐了，有的用烟斗抽着旱烟，有的抽的是用烟叶卷起来的烟枝，偶尔也有抽"春耕"牌香烟的队长……不一会，院子里就乌烟瘴气的了。

看到人到齐了，李玉和笑了笑，又严肃地走到毛主席像前，招手说：都过来了。

队长们就站起来，走到毛主席像前。

李玉和说：我们来向毛主席早请示。

那时候，妃子村刚好流行对毛主席早请示晚汇报。李玉和新官上任，在生产队长面前，就得做好这件事。

李玉和看到队长们都走到毛主席像前面立正站好了，他没有让他们请示，而是自己首先请示说：毛主席，妃子村实现了大联合，是毛主席革命路线的伟大胜利，我们更要忠于毛主席，忠于毛泽东思想，忠于毛主席的无产阶级革命路线。我们对毛主席要无限热爱，无限信仰，无限崇拜，无限忠诚！

说完这些话，早请示就算完了。李玉和这才说起了开会的话题：今天召集大家伙来啊，一个，是研究妃子村庆祝全国山河一片红的问题，一个，还有妃子村实现了革命大联合的问题。

李玉和平时说话比较流畅，但在公开场合说话，喜欢在中间缀上一句"这一个"。但是，大家都还是把他的意思听明白了，都问，怎么个庆祝法，是不是又要演《红灯记》？生产队长们都觉得，李玉和主演的节目，用《红灯记》这个节目庆祝大联合可能性比较大。

李玉和摆了摆手，说：不行不行，如果演《红灯记》，就简单了。这次要改变一下，你们下去，一是要组织群众绣毛主席画像，排练跳忠字舞，庆祝会要全民参与！

生产队长们就有些摸头不着脑了，从前都没有组织过庆祝活动这种事呢，感觉有些棘手。提出了好几个问题，一是农忙，恐怕影响排练，二是没有经费，红宝书要每人一本，但都没有配齐，到时候有红宝书的人不多，体现不了对毛主席的忠心。

李玉和说：我说啊，这一个，什么是革命生产两不误？你们要想办法，白天促生产，晚上抓革命嘛！

大家就觉得再没有话说，都说晚上排练跳忠字舞和绣毛主席画像没有问题，但红宝书的经费可能一时凑不齐，眼下正青黄不接呢，连口粮都成问题，红宝书可能买不起。

李玉和说：红宝书的问题，这一个，都是你们平时没有抓紧抓好，包括你们队长，怎么都没有一本红宝书！这一个啊，毛主席语录是传家宝，不说一人一本，一家人应该有一本。以后，这一个，小学生的书包，也要用毛主席语录包代替！

说到这里，李玉和看到王连举在一边，便和他耳语：我想在庆祝会上每家颁发一本毛主席语录，你看经费够不够？

王连举：大队里没有多余的钱。

李玉和：毛主席语录是精神原子弹，压倒一切的中心，想办法借钱，每家发一本。

王连举点了点头。

李玉和这才掉头对生产队长们说：好了好了，这一个啊，庆祝会上，我想每家颁发一本毛主席语录！

生产队长们听见说大队给颁发红宝书，都鼓掌欢迎。鼓掌以后，又为怎么发红宝书的事议论起来。

红卫队队长说：发红宝书，不能一刀切，不会连地主富农都要发吧？

向阳队长笑着说：地主富农怎么可能发红宝书？连庆祝会都不让他们参加，那天他们要去干义务工！

前进队的队长樊正清，阶级立场显得更加分明，说：现在的人，阶级路线越来越不清楚，我想，各种成分的人，在毛主席语录上印的字要有分别！

王连举听了有点不高兴，他家是中农，现在是三结合的干部了，最希望的是与贫农平起平坐，但这种想法也只能窝在心里，说出来不好，就没有反驳。

李玉和听了觉得樊正清说得有点道理，发红宝书，应该区分不同的阶级成分，他那个战斗兵团的人，大多数是贫下中农，正好通过发红宝书调动一下他们的积极性。于是想了想，说：贫下中农的红宝书，这一个，印上"没有贫农，便没有革命"。

欧阳芬接着说：中农家的红宝书上就印"要斗私批修"。

樊正清觉得这个方法不错，带头鼓了掌。其他人也不好反对，就通过了。

王连举心里憋下了一口气，自己家的"红宝书"上要印上"斗私批修"了！想到这，脸色都变了，恨起樊正清乱出主意，但不好说话，闷心里。

其他的队长，都是贫下中农，当然没有意见，所以，庆祝会的事都商量好了。李玉和说：今天啊，我们这个会就长话短讲，散会。

生产队长们都挂着队里的事，最怕坐着开会，听到李玉和宣布散会了，就高兴地走了。走到大门口的时候，李玉和又嘱咐队长们说：哎哎哎！到了开会那天，不要忘记让地主富农，让他们去干义务劳动。

## 第二十三章　鸠山下派前进队

李玉和掌握了妃子村的大权，鸠山和欧阳芬心里不愿意，就不和他一条心做事。李玉和安排搞庆祝会的事，鸠山和欧阳芬表面上支持，却一心想去生产队当"下派干部"，搞所谓的"生产队包围大队"。

然而，"生产队包围大队"也不太好搞。生产队的社员白天要干劳动，干部也要去安排生产，没有时间闹革命。鸠山感觉无计可施，全国山河已经一片红，大队又才成立了三结合领导班子，要想闹点新鲜动作也不容易，所以，鸠山只好按兵不动。

这天一早，鸠山就到了大队部。三结合后，李玉和欧阳芬都有了自己的办公室，王连举更是不用说，他要管理大队的经费，要管理文件材料，大队唯一的一部摇把子电话机也锁在他的办公室里，要负责上传下达，办公室不能离人。鸠山不是三结合的成员，没有安排办公室，只是从前战斗兵团的办公室没有变。鸠山去大队，还是坐他原来的办公室，但他现在觉得自己坐在这间办公室里有点不伦不类，人家是三结合的干部，自己却还在从前的位置上，如果下一步战斗兵团不存在了，自己怎么摆都不知道。所以，鸠山在办公室里坐着有点不自在，时间不久，便去找欧阳芬。

欧阳芬虽说是三结合的干部，但她不习惯坐办公室，她喜欢唱，喜欢开会，喜欢干活，就是不喜欢待在屋子里。这时候，她正有点寂寞，鸠山就来了。

进门看到欧阳芬懒懒的，鸠山说道：欧阳芬啊，我们是下派到前进队的干部，现在，庆祝会就要开始了，我们不去督察一下准备活动，到时我们的生产队没有其他生产队搞得好，那就有点丢面子。

欧阳芬来了精神，她正想找点热闹的事做，便说：是这个道理。

想了想又说：不过，这时候去前进队，人家都去出工了，谁还等我们去搞庆祝准备。

鸠山感到头痛起来，李玉和虽说是让他俩当前进队的下派干部，但前进队的队长樊正清不一定认账。

鸠山虽然见过世面，也善于和当权派斗，但对前进生产队的队长却有些力不从心。前进生产队的队长樊正清，不太识字，连名字都不会写，基本算是个文盲，办什么事都带一个私章，同意办的事，就盖一个红印章。没有文化，便少了些后顾之忧，容易天不怕地不怕，很不吃鸠山他们造反派那一套。

樊正清还是李玉和的人，没有文化，却还安排他演《红灯记》里台词不多的假交通员。樊正清演假交通员，因为是个反面人物，心里先是不愿意，自己是志愿军出生，现在又是队长，演反面人物形象不好。但演出以后，却也有些抢眼。那密电码是八路军的命根子，观众都关心樊正清怎么能把密电码骗到手，所以，都喜欢听樊正清对李奶奶白秀老师说：

我是卖木梳的。

李奶奶看到有人对暗号，当然是高兴，她巴之不得赶快把密电码脱手，于是问：有桃木的吗？

樊正清答：有，要现钱。

暗号答对了，台下的观众，都生怕李奶奶有眼无珠，把密电码交给樊正清。好在事情发生了转机，樊正清在关键的时候把号志灯认错了，才被李铁梅欧阳芬轰出了门！

村子里的人都说，樊正清虽然没有文化，演这个假交通员还是靠谱的。所以，樊正清也就对这个反面人物没有意见了，同时，也对李玉和有了好感。

樊正清没有文化，却见过世面，新中国成立前就被抓去当兵，闯荡江湖几十年，妃子村人给他了个外号叫"兵游子"。

说起樊正清当兵，他只说是当过志愿军，跨过鸭绿江在朝鲜战场上与美国鬼子打过仗。但知底细的人，又说他是国民党兵。村子里的人，只知道他是从外面部队里回来的，具体是从哪个部队回来的，也没有人过问。

所以，他说起在朝鲜打仗的事，别人便问他给有见过黄继光，给有见过邱少云。樊正清老实，如果说他见过这些英雄，别人也相信，但他却说：我们到朝鲜的时候，已经开展向黄继光学习的活动了。

所以，人们更相信樊正清是国民党兵。

后来才有人证实，樊正清先是国民党兵，后来在解放战场上被俘，看到共产党对俘虏好，家乡又无牵挂，就不想回家，投诚了解放军，参加整编后刚好遇上抗美援朝，就上了朝鲜战场。其实，他到朝鲜战场已经是战争后期，他到朝鲜不到一年就签了板门店停战协议。所以，樊正清在朝鲜参加战斗不多，也没有什么建树，又不识字，战争结束后便退伍回到了村子里。

樊正清喝酒后也说实话，说，共产党还是记前仇的，他参加志愿军，打死了那么多美国鬼子，班长都没弄个干干，原因就是当过国民党兵。听了这话，老支书说，樊正清虽然没有立功受奖，但也算是出生入死，对国家有过贡献，现在回乡了，光棍一个，没有什么私心杂念，就让他当生产队长。

樊正清队长当上了，还有个老大难问题，就是从部队回来，没有娶老婆。那时候，没有老婆的贫下中农，都得由贫协会出面找，不能让贫苦人守寡，再吃二遍苦，再受二茬罪。贫协会也只能在妃子村里找，找来找去，大龄女青年没有了，新中国成立初期就配完了，有的，又是老弱病残，樊正清看不起不说，协会的人也通不过。想来想去，协会的人想起了妃子村张保长的三姨太夏桂珍。

把三姨太夏桂珍介绍给樊正清，社会上还是有争议的。保长的三姨太，嫁给一个志愿军，怕社会影响不好。但也有人提出异议，夏桂珍出生不是地主富农，家庭也是贫雇农，由于长得漂亮，被张保长看上，嫁张保长，本来就是强迫的。夏桂珍嫁张保长后，由于不会生育，便被冷落，结婚一年后，妃子村也就解放了，夏桂珍也就不跟那个年纪比自己大二十多岁的保长了，一个人待在小河边的蚕房里，成了自食其力的社员。所以，只要樊正清愿意，大家都觉得是两全其美的事情。

然而，樊正清也有顾虑。夏桂珍看上去生得漂亮，但终归是张保长的老婆，是个二婚，自己年龄虽然大了，却还是"头婚"，娶个二婚婆娘，心里感觉不太雅观。所以，对这件婚事，樊正清一直不表态。樊正清不表态，协会也不敢勉强，事情就这么摆了一段时间，两个人都还是单身。妃子村有好事的王媒婆，无意中向夏桂珍提起这事，夏桂珍一口否决，说樊正清无依无靠，属于无家可归的流浪汉，意思是她看不起樊正清这个"兵游子"。

王媒婆把这话传出来，传到了樊正清的耳朵里。樊正清一下子火起，想自己压根就没有喜欢过夏桂珍这个二婚婆娘，她却首先看不起自己，所以不服气，于是，便下决心要把她弄到手。从那以后，一向以大公无私著称的樊正清，对夏桂珍采取了点小小的攻坚战。樊正清对夏桂珍的攻坚战也不复杂，一是有事无事都要从夏桂珍的蚕房前走过，扛一把锄头，哼一阵小曲，特别是到了晚上黄昏晚霞上来的时候，都要到蚕房门口问一下夏桂珍，问的也只是柴米油盐的问题，从来不讲婚姻，不讲感情，一副干部关心群众的模样，夏桂珍也就没有介意。第二件事，就是在生产队安排社员农活的时候，樊正清考虑到夏桂珍当过姨太太，没有吃过苦，专门安排些轻巧活让她做，像选种籽、晒粮食这些活，总是没有割草、挑粪、打谷子这些农活重，还要经受日晒雨淋。

这样一来，有干部社员就有闲话说了，说樊正清阶级阵线不清楚，专门关心姨太太。又说，如果这三姨太嫁给樊正清，那也倒情有可原，这样不清不楚，有伤贫下中农的感情。樊正清听到这些风声，便说：这没有什么嘛，这叫人尽其能，你叫夏桂珍去挑肩磨担，她力不胜任；但人家做活细致，挑选种子、晾晒粮食都比其他人认真负责，也没有出什么毛病——人家孤苦伶仃的，共产党不讲迷信也讲良心，就不要找人家的麻烦了吧。

队上的人听了，也就没有什么话说了。但夏桂珍听了，却是感慨万端，感觉樊正清虽然不识字，是个老粗、"兵游子"，但对自己却是关心备至，自己现在独自一人，长此以往也不是办法，于是便找到王媒婆，答应嫁给樊正清。

这件婚事终于水到渠成，这一下，队里人才认真考虑这两个人的婚事，想来想去觉得有点不般配，有点拉郎配的感觉。但反过来想，这件婚事也成全了两个单身人。特别是夏桂珍，终于有了个归属。妃子村人还是有同情心的，觉得一个女人单独住在荒郊野外，孤苦伶仃也是可怜的，与社会不协调。于是，樊正清有了老婆，夏桂珍也有了着落。

夏桂珍嫁张保长的时候说是不能生育，嫁了樊正清以后，一连生了九个孩子。樊正清觉得有点奇怪，问夏桂珍原因。夏桂珍说：真是个"兵游子"，这都不懂！我怎么能和那个保长生孩子！

樊正清再深究其原因，夏桂珍才说出真情，说是自己不愿意怀张保长的孩子，每个月都偷偷地喝了避孕草药。樊正清听了，对夏桂珍更加好了。

夏桂珍与樊正清刚结婚的时候，夏桂珍很听话的。孩子生多了，妇科病也闹了出来，觉得功劳大了，在樊正清面前蛮横无理，在生产队也不爱出工，动不动就说要丢下孩子不管，回蚕房里去过单身生活。樊正清忙着生产队的生产，只好听之任之，放任了老婆的坏脾气。所以，社员们意见很大，称夏桂珍为"队长太太"……

考虑到前进生产队与樊正清的特殊情况，鸠山便想了另一套办法，对欧阳芬说：对待樊正清，只能智取，不能强攻。

欧阳芬：怎么个智取？

鸠山也不说话，说让欧阳芬听自己的安排。

欧阳芬走后，鸠山找到了供销社的小焦，买了两饼茶叶，一瓶"程海大曲"。到了晚上，鸠山提着茶叶酒水到了樊正清家。

进得门去，看到鸠山手里的东西，把樊正清吓了一跳。想虽然自己是队长，也与鸠山一起演《红灯记》，但鸠山与假交通员，分量不是同一个级别，况且，那时候，茶叶和白酒是定量供应的，要想买到这些东西，光有钱还不行，还得要"购物证"，真是些稀罕物儿。同时，樊正清知道鸠山是造反派的人物，再想喝酒喝茶也不敢收。于是，连连摇头拒绝。

鸠山说：樊队长，也没有别的意思，只是三结合领导小组正派我们到前进队来指导工作，初次见面，空着手不好见你。

樊正清看鸠山，态度是诚恳的，但还是不敢收，说：工作是工作，茶叶和酒都没有必要。

两个人便僵持在那里，让鸠山有点尴尬。

这时候，夏桂珍看丈夫樊正清做事有点不妥，人家造反派头头送礼，不收显得你大公无私，但你不收，同样会引起人家的反感。于是，夏桂珍绕开樊正清，接下了鸠山手里的茶叶和酒水，说：

王团长来闲一下就行了，何必提东西来，这样就更见外了。

鸠山有了台阶下，递过茶叶酒水，在夏桂珍抬来的凳子上坐下了。

俗话说，吃了人的嘴短，拿了人的手软，樊正清对鸠山也就不好多说话，加上夏桂珍劝说，所以，对鸠山反而有了好感。

看到气氛有了好转，鸠山坐下了。樊正清也开诚布公地对鸠山说：庆祝全国山河一片红，我是举双手赞成的，妃子村实现大联合，我也同意。村子里的人，靠盘田种地才能过日子，不能像过去那样整了，闹得整个妃子村鸡飞狗跳，不好。

鸠山接过话头，趁机说：所以，我们前进队，也要好好准备一下，把庆祝活动搞好。

其实，李玉和前两天安排搞庆祝活动的时候，樊正清就有些头疼，他最不想搞什么活动，耽误了生产不说，还要给社员记工分，再说，自己也没有那个能力安排搞文艺活动。思前想后，都没有办法。现在，刚好鸠山来提庆祝活动的事，夏桂珍就对樊正清出主意说：

你怎么这样傻！庆祝会的事，你就由王团长他们造反派的两个人搞，你搞生产，他们搞革命，你促生产，就能革命生产两不误！

樊正清看了一眼夏桂珍，想这婆娘，大门不出二门不迈，也会讲个"革命生产两不误",这运动还真深入人心了!同时觉得夏桂珍说得有理,便抬眼征询鸠山的意见。

鸠山说:庆祝会的事,就由欧阳芬和我来抓吧,樊队长就专门管生产上的事。

樊正清说:庆祝全国山河一片红,你们就搞一点自己的特色,我就不干预了。

听了这话,鸠山这才放心地出了樊正清家的大门。

# 第二十四章 鸠山圆梦张美兰

得到樊正清的许可,鸠山和欧阳芬就可以大胆地在前进队抓革命了。鸠山和欧阳芬分了一下工,鸠山负责组织女社员绣毛主席像,同时安排男社员在木板上雕刻或画毛主席像,欧阳芬就发挥自己的特长,负责教社员们跳忠字舞。

分好工,两个人都兴致很高,各理其行,抓革命抓得风风火火,整个前进队都热闹起来了,一扫过去樊正清领导时的沉闷局面。一些年轻社员高兴了,说,从前我们队什么文艺活动都落后,感觉脸上无光,这次的庆祝活动《红灯记》的人亲自来抓,我们前进队有希望了!

樊正清听了社员的这些话,心里有些不服气,嘟囔着:他妈的唱唱跳跳那些东西又不能当饭吃!这样说了,也感到气馁,同时产生一些怨恨情绪。但想到鸠山亲自到自己家送茶叶酒水的面子,不好说话。大家都是《红灯记》的演员,他们又是造反派的头头,也不好惹，就没有多说什么。只是告诉鸠山和欧阳芬，练忠字舞，画毛主席像都只能在晚上进行，不能影响生产。

鸠山和欧阳芬都说：抓革命促生产嘛，要两不误，晚上练就晚上练。

这天吃了晚饭，鸠山就往前进生产队赶。鸠山白天在大队"坐班"，没有什么事。他脚还有点跛呢，走路一踮一踮的。按理说，步枪走火只伤了脚趾，对走路应该影响不大，但他走路却是不太稳当。有人说，鸠山是故意夸大自己的伤情，这样，就算是不当战斗兵团的团长、不进入三结合，他也可以长期拿工分而不出工了。

有了三结合班子，妃子村刚实现革命大联合，鸠山的战斗兵团也不能挑起派别斗争，所以，在大队"坐班"，鸠山什么事也没有，基本上是闲着，除了看万医生治病，看他与病人背毛主席语录外，就是与供销社的小焦聊天。所以，他每天都盼望天快黑，他好去前进队指导工作。

前进队在村子西边，是妃子村最边缘的一个队，队房里的房子都是泥土墙，木屋架，黑瓦面。比较有特点的是队房大门边的一座"炮楼"，炮楼有三层楼房高，墙壁厚，只有一道出入的窄门，每层楼还设了射击口，是旧社会用来防土匪的。整个队房，又是通过仓库和厕房围成一个宽阔的场院，场院里有几个稻草垛，有几个石碾子，外加生锈了的犁耙。鸠山进门的时候，一大群低头觅食的麻雀"轰"的一声飞了起来……黑压压的一大片。

鸠山被这一大群麻雀吓了一跳，定了会神，便进了靠北的矮房子。这所矮房子是队里开会或装粮食的地方，白石灰粉刷过的墙壁上贴着宣传画。鸠山仔细一看，是几张画有孕妇生育流程的挂图，是用来宣传生育知识的。那些画像都是裸体，孕妇身怀大肚，婴儿在子宫里的形态，孕妇生殖器的形状都一目了然。不知是什么人干的，鸠山看到画像上孕妇的乳房被人抠了个眼，生殖器上用木炭夸张地画上了毛茸茸的线条。看着这些画像，鸠山发一会呆，觉得自己的某些部位耻辱地发热，有些心跳……

鸠山一个人在这些画像前待一会，便往外走，怕被人看到不好意思。

刚好出了矮房子，鸠山看到一个人，感到有点出乎意料。鸠山是看到张美兰了。张美兰也是前进队的，也是每天晚上都要到生产队来，她要参加绣毛主席画像和跳忠字舞。张美兰的丈夫还在矿山，又还没有孩子，也就属于单身女人。出工回家，婆婆已经把饭做好了，吃了晚饭，她把碗一撂就往生产队赶。

老往队里跑，张美兰的婆婆瘪瘪嘴说道：难道天天都要演《红灯记》？

张美兰听了，赶快把前进队跳忠字舞，要向毛主席表忠心的事给婆婆说了。婆婆才没有话。

这天晚上，张美兰的衣服是换了的，一件灰卡叽布的"小开领"上衣，下面是青卡叽西裤，她出工回来的脏衣服是不能穿到跳忠字舞的场合去的。乡村里的衣服，一般都缝得比较宽松，但张美兰的"小开领"上衣缝得有些紧，勾勒出很好的曲线，让男人们看了会有点神离。

其他人都还没有来，张美兰的突然出现，鸠山都有点措手不及了。原来，鸠山一直认为张美兰是李玉和的人，只是在医疗室治脚的时候与张美兰已经有过接触，才知道李玉和虽然帮助张美兰进大队宣传队，又让她演卖粥大嫂，并且出了名，但她并不买李玉和的账，相反对自己有一些好感。本来，鸠山是想进一步与张美兰发展一下感情的，由于马上就开始大联合，成立三结合领导小组，把鸠山的思维都搞乱了，一直没有去想这件事。

这个晚上，张美兰突然出现在自己面前，他不知道自己该怎么做。

张美兰却显得大方，笑着说：王团长，这么早啊，是在等谁的吧！

鸠山本来是没有话说的，经张美兰这么一提醒，就顺水推舟：是啊，在等你呢！

张美兰：怎么可能，肯定是在等李铁梅！

鸠山这才想起张美兰演卖粥大嫂，欧阳芬心里不高兴的事。李玉和为了打压欧阳芬，找了个张美兰演《红灯记》，为的就是不能让她过分趾高气扬。这个目的，鸠山是看到了。而现在的情况是，欧阳芬又与自己是一个战斗兵团，张美兰会生出些想法，也是不为奇怪的。

鸠山想解释，忙说：不要乱说，我与欧阳芬是革命同志，同一条战壕里的战友！

张美兰：是啊，在同一条战壕里才好做事呢……

说完，张美兰就笑了起来。

鸠山被张美兰笑得放松了一些，同时，也知道张美兰的心事，自己心里的欲火也慢慢升起来，胆子也大了，靠近张美兰说：其实，我真是在等你！

张美兰停住了笑，眨了几下眼睛，故意说道：王团长，你不能胡思乱想，毛主席教导我们说，不准调戏妇女们！

鸠山有些忍不住了，答非所问：跳舞的人都没有来呢。

张美兰当然知道鸠山的心思，说：也不看看这是什么地方。

鸠山朝队房四处看了一下，靠西的厨房楼上，堆了一些稻草，里面黑洞洞的，便说：那里草多，绵软得很。

张美兰心领神会，她已经快半年没有见到自己的男人，早已是干茅草房见火，一碰就燃，这时，早已是按捺不住心里的欲火，只是不作声，眼睛都有些痴呆了，一副如饥似渴的样子。

鸠山见状，也不与张美兰商量，独自往草楼上走去。

马上就到了厩房，这队房的厩房外有一道围墙，从一个小门进去，有一个小院子，是供牲畜活动的地方。院子靠里，便是厩栏，厩栏不高，只用扶着栏杆，便可往上爬，轻松爬到草楼上去。

鸠山到了栏杆下，不忙往草楼上爬，单等张美兰。

果然，张美兰已经尾随自己到了厩房草楼下面。鸠山轻轻拉了一下张美兰的手，让她先往草上爬。张美兰也很灵巧，一只手拉住栏杆，轻轻一跷脚，便上了草楼。

鸠山速度更是快，转眼就翻到了草楼上。草楼上的稻草，被掀下一些垫厩或给牛马做草料，刚好有一个位置，容得下两个人翻身打坐。两个人站在窄小的空间里，鸠山就势用双手勒住张美兰的腰，张美兰慌忙迎了上去，抱住鸠山，嘴里喘着粗气，鼻子也"哼哼"有声。

鸠山赶快用手堵住张美兰的嘴，想用眼睛示意张美兰不要作声，一看，张美兰完全是闭着眼睛，身体的各个部位都在蠕动……然而，鸠山并不满足这样和衣接触，示意张美兰脱裤子。

张美兰心领神会，但是，她马上想起了李玉和，想起了欧阳芬。张美兰非常清楚，自己能演《红灯记》，在坝子里出名，完全靠的是李玉和。然而，李玉和与鸠山，明显是势不两立的两派，自己不跟从李玉和，而与鸠山情投意合，情理上说不过去，所以心里矛盾。再就是欧阳芬，自己演卖粥大嫂出名以后，一直是明和暗不和，冷言冷语，旁敲侧击，让人不舒服。然而，欧阳芬与鸠山，又是联系得那么紧密，有一层看不透的迷雾，让人感到困惑……所以，在两个人都有些难以自持的时候，张美兰推开了鸠山。

鸠山不解，问：怎么了？

张美兰：你心里只有欧阳芬！

鸠山：我只喜欢你！

平心而论，有时候，鸠山把欧阳芬与张美兰做了比较，他虽然与欧阳芬有说不清的关系，并且也是"同一个战壕里的战友"，但内心还真的喜欢张美兰，特别是在性上的依赖，他总是不由自主地想起张美兰来……

张美兰看到鸠山说得诚恳，似信非信的，然而还是半推半就地躺在了稻草上，脱了一只裤脚。鸠山还在等待张美兰脱第二只裤脚，张美兰说：快点，脱一只就可以了。

慌乱中，鸠山拉下裤子，赶紧翻身上去，如饥似渴云雨一番。由于慌乱，事情做得很快的。

事毕，张美兰不太满意，说：这么快啊！

又说：没有结过婚的人，就是经验不足。

鸠山听了张美兰的浪话，看这女子躺在稻草上软成一摊，脸上依然色迷迷的，心里舒服的同时，也觉得有点尴尬，说：那还要怎样？

张美兰说：过程太短了，越慢越好呢。

鸠山下身却是软下去了，张美兰说，再睡在我上面，一会就好了。鸠山只好听命，睡到了张美兰的上面，边接吻边抚摸着小巧玲珑的乳房。张美兰也用手轻轻帮忙鸠山揉捏，静静地等待鸠山第二次的到来。果然，不一会，鸠山性火再起。这次，鸠山吸取了前次的教训，尽量舒缓自己的情绪，缓缓地插了进去，不紧不慢地抽插着……

张美兰也闭上了眼睛，嘴里轻轻呻吟，鼓励鸠山说：慢慢（介），忍着点，不要忙着射。

鸠山听得出来张美兰的意思，《红灯记》里，张美兰说"马马虎虎（介）"，声调就是这样的。有了张美兰的鼓励，鸠山于是更从容了，他言听计从，到了关键时候又停一下，然后再动，这样一来，张美兰哼声低而缠绵，让人神魂颠倒，感觉真的不一样。

事后，鸠山感到前所未有的舒服，张美兰也有十二分的满足感。但考虑到跳舞、画像的社员快要来了，便赶紧起身。

鸠山让张美兰先出草楼，自己看看四周没有人，才假装上厕所解手，镇静地打着口哨出了草楼。

出了草楼，鸠山才到院子中间，欧阳芬也来了。

## 第二十五章　樊正清领跳"忠字舞"

鸠山看到欧阳芬上身穿了蓝色的新军服，下面是黄色的军裤，头上戴上了军帽。本来，欧阳芬的这些装束就很时髦了，她还不满足，依然在腰间扎起了军用腰带，背上了军用小水壶，很显然，她是要把自己打扮成一名女军人的形象。

鸠山对欧阳芬的这副打扮十分满意，很能代表造反团的形象。按理说，鸠山看到欧阳芬的这副打扮，应该会产生对异性的冲动。但是，这个晚上却没有了。才从草楼里出来，所有的性饥渴都解决了，鸠山朦胧中有点后悔的同时，心里产生了有点对不起欧阳芬的感觉。说实话，鸠山从前对欧阳芬是有"想法"的，但通过长时间在一起革命，并且，又觉得欧阳芬的怀孕与自己有关，于是有了胆战心惊的感觉，见了欧阳芬，难免会表现出一点道貌岸然来。这样一来，也有人说鸠山和欧阳芬是在装一种距离。

鸠山常常听村子里的人说，他与欧阳芬是天生的一对，应该成为夫妻。也有人暗地里猜测，他们两个未婚男女经常在一起，会不会闹出什么风流韵事来。

对这些说法，欧阳芬都不往心里去，她的心思都在革命和生产上，好像有点不食人间烟火了。

对于欧阳芬，鸠山不是没有考虑，考虑的是村子里人说的，他们是天生的一对。然而，鸠山却又对两个人的这事越来越有些难以琢磨，工作上说得到一起，但就是在男女感情上，很难像对张美兰那样调动得起激情。所以，想起欧阳芬，多数时间会想起张美兰。在与张美兰发生关系的时候，又会想起欧阳芬来。所以，在与这两个女人接触的时候，难免心猿意马……

特别是今晚，鸠山与张美兰发生了关系以后，后悔的同时，觉得自己可能会对张美兰性依赖，所以已经有了明显的危机感。可以想象，自己还是个未婚青年，与一个已婚女子胡混，成什么体统，难免心有余悸。

鸠山还在东默西想，欧阳芬把军用水壶挪了挪，着急地问道：群众怎么还没到齐。

鸠山猛醒过来，说：快秋收了，社员收工比较晚——你的意思是樊正清好像故意在拖延时间。

欧阳芬说：他总是对政治不关心，这些日子晚上收工都比较晚。

鸠山说：如果这样下去，我们的"生产队包围大队"便是一句空话。

欧阳芬说：那怎么办？

鸠山正想说话，只看到炮楼那边有了动静。

　　原来，炮楼里住着"跛裁缝"。鸠山灵机一动，说：我们去看一下"跛裁缝"。

　　炮楼里住着的跛裁缝，一辈子没有结过婚，孤身一个人，是个 50 多岁的跛子，队里的人都叫他跛裁缝。鸠山知道，跛裁缝的腿是樊正清带领民兵打断的。跛裁缝出生破落地主家庭，有养无教，游手好闲，年轻时没有人为他料理婚事，耽误了婚姻，一辈子没有结婚。跛裁缝年轻时长得蛮帅的，许多良家妇女，都被他奸污过。新中国成立时，跛裁缝是专政的对象，被抓了起来，关在村公所的一间小屋子里，但又达不到镇压的条件。一直关了好几个月，一个晚上，跛裁缝秃手在三尺厚的泥墙上挖了个洞，逃跑了。当时，樊正清从部队退伍回乡，带领民兵奋力追赶，打断了跛裁缝的左腿。没想到跛裁缝被打以后，躺在山沟里不吱声，山深林密，他逃过了一难。镇压风声过后，政策宽松了，跛裁缝才下了山……

　　鸠山想，如果要在前进生产队立住脚，搞生产队包围大队，只有把樊正清撂翻，才能得心应手，而要撂倒樊正清，跛裁缝可是个用得着的人。

　　于是，鸠山带着欧阳芬，往炮楼那边走去。跛裁缝的缝纫房在炮楼靠东方最当阳的一间屋子，里面摆了缝纫机、裁衣案板，案板上摆着裁衣时画线的灰线和灰包。其实，画线的颜色灰料就放在灰包里，灰线可以从里面来回拉过，然后在布料上画出所需线路来，再裁剪。裁剪好的布料还要用面糊粘好边线，再用木炭熨斗熨平，然后才用缝纫机缝合……

　　两人站在了炮楼门口，跛裁缝依然在煤油灯下做缝纫。缝纫机"滴滴得得"地响着。跛裁缝年纪不算大，但头发胡子全白了，他蹬缝纫机只能用一只脚使劲，另一只脚像一根干柴，随着机器的转动而摇摆。

看到鸠山和欧阳芬，跛裁缝站了起来，要和他们讲话。站起来以后，他顺手拿起一根拐杖。走起路来，另一只脚还是不能用劲，只能是随着他的身体摆动。

看到鸠山和欧阳芬，跛裁缝已经看出他们的用意，他知道鸠山与欧阳芬，都在想办法收拾樊正清。跛裁缝最能看风使舵，见到两个造反派，如同见到知己，说道：樊正清不是好东西，管得不紧，他会调戏妇女，会把队里的粮食往家里拿。

鸠山和欧阳芬对视了一下，模棱两可地点点头。

这时候，跛裁缝看看旁边无人，然后停下手中的活，低声说道，我知道樊正清嫖会计的老婆。

鸠山与欧阳芬对视了一下，不作声。

跛裁缝看到两个造反派重视自己，又自负地说，他最看不起樊正清连夏桂英那么差的婆娘都看得上！跛裁缝对鸠山和欧阳芬夸口说，自己年轻的时候，好上的女人哪个都比夏桂英漂亮。

跛裁缝说男女关系的事，欧阳芬不好说话。

鸠山说：你继续监督好樊正清，争取立功受奖，得到政府的宽大处理。

跛裁缝说：我已经得到宽大处理了，我没有被划为地主，政府还人尽其才，安排我做裁缝，所以，我不忘阶级苦。

鸠山觉得跛裁缝说话不靠谱，但也不追究，让他好好监视樊正清。

离开炮楼，鸠山和欧阳芬便到了队房的院子里。这时候，绣毛主席像和跳忠字舞的社员都来了。

想不到的是，樊正清已经在院子里烧起了一堆火。时间晚了，院子里又没有灯，月亮也升得晚，所以，只有烧火才能看得见。不然，一团漆黑怎么跳舞。

樊正清今天的穿戴，是与平时不同的。蓝色上衣，青色裤子，妃子村最典型的时装，被称之为"青蓝二件"。樊正清平时比较邋遢，如果是夏天，他会光着膀子，开会都不穿上衣，袒胸露怀，社员们也不觉得不雅观，都习惯了。这个晚上，是三姨太让他穿上新衣服的。

吃过晚饭，三姨太见樊正清又光着膀子往生产队走，便说道：就那样往队里去啊！

樊正清以为老婆是要他带着女儿九英去队里，从前，每到晚上生产队开会，三姨太都要樊正清带上小女儿九英。听到老婆叫，樊正清只好停下，等着听她的安排。然而，三姨太的话让樊正清有点不解。三姨太要他换衣服。

樊正清听了，不以为然，说道：怎么？换衣服，又不是去做客，我一辈子都这样穿的啊。

三姨太：现在情况不同了，现在是造反派来了前进队，又要上台表演忠字舞，你这副打扮，行不通了！

樊正清想想觉得有道理，光着个膀子跳忠字舞，怕有人说是对毛主席不忠，于是便转身回屋，穿上了蓝色的对襟衣，青色的"半毛呢"裤子。

看到樊正清的穿戴，鸠山想，樊正清可能思想有些改变了，便说：樊队长，你也参加跳忠字舞，起个带头作用。

樊正清从火堆边站起来，为难地说：你这不是逼着"牯仔"（公牛）下儿吗，我使牛犁田没问题，演《红灯记》里的假交通员也只是说两句暗号而已，要我跳舞，不行。

鸠山说：不会可以学，我们要求男女老少都参加，你是队长，不参加跳忠字舞，就显得我们队对毛主席不忠。

鸠山说得随意，但还是给樊正清戴了顶对毛主席不忠的帽子。

　　樊正清确实笨拙，但忠字舞也不难，可以学会，但他不愿意跳。他当队长强势惯了，队里都是他说了算，不习惯听人指挥。现在，鸠山的话似乎也符合逻辑，所以，一时不好回答。

　　欧阳芬见到樊正清上下为难，想想樊正清不参加跳忠字舞，实在说不过去，便说：樊队长没有跳过舞，你就走前面，你手拿红宝书在前面领队，只用挥动红宝书，不用跳舞，动作简单，又起到了带头作用。

　　樊正清觉得欧阳芬的话有道理，完全是在为自己着想。再说，三人领导小组开会，庆祝会的任务是自己接受下来的，成败与否，与自己有关，闹不好，李玉和只会找自己算账。所以，欧阳芬才说完，樊正清就说：那我就当个领头。

　　听说樊正清当领头，社员们都感到意外。樊正清不苟言笑，平时老板着脸，好像社员都欠着他什么，都说：彻头彻尾像《红灯记》里的假交通员。

　　现在，樊正清也站到了跳忠字舞的行列，社员们情绪就高涨了，一些观望的人也参与了进来，围着火堆站成了一个大圆圈，在欧阳芬的指挥下跳了起来。

　　欧阳芬站在中间领舞，这时候，鸠山发现欧阳芬不知去哪里躲着换装，她现在已经没有穿军服和扎腰带了，她穿的是当时流行的青色的纤维布裤子和红色的碎花上衣。在妃子村一带，习惯把纤维布叫作"抖抖布"。当年买棉布要布票，而每个人每年只发五尺布票，所以，买棉布就困难。只有纤维布不用布票，但价格是棉布的两三倍，只有像欧阳芬这样家庭条件好的人才买得起，所以也是稀罕物件。"抖抖布"薄，微风都吹得抖动，很贴身，容易显示出曲线，所以，欧阳芬站在中间，线条优美，舞姿动人，看得年轻人眼睛馋。

　　欧阳芬看得出来，群众对自己的表现是满意的，也看得出来年轻人羡慕的眼光，所以，她就跳得更卖劲了。鸠山都有些眼馋了，觉得欧阳芬就是跳忠字舞的料，那动作优美，踮起脚尖，手臂灵活，重要的是，她的表情，一脸的豪迈气，最能表现出对伟大领袖毛主席的热爱。

　　樊正清站在队伍前面，不用跳舞，只用挥动毛主席语录，带着社员转圈。樊正清不会跳舞，但声音洪亮。跳忠字舞，共有五首歌曲，樊正清全部都会唱。唱歌的时候，他的声音最大，能盖过全场。到了晚间安静起来，几公里外都能听到他的歌声。

　　跳忠字舞的时候，樊正清最爱唱《天大地大不如党的恩情大》这一首，他觉得共产党是对得起他的，分了房子，还让他当了队长，还娶了老婆，如果在旧社会，他这种人，三辈子都只能帮工度日。

　　这个晚上，樊正清挥动着毛主席语录，越唱越动情，越唱越觉得共产党好，毛主席亲，声音越发大，感情越来越丰富，唱着唱着，还情不自禁地跟着节拍跳了起来。樊正清跳舞，用的不是巧力，而是使牛的力气，由于用力过大，又遇到场地不平，突然出现一个坑，樊正清发出了一声尖叫。

　　欧阳芬停了下来，问道：怎么回事？樊正清忍住疼，呻吟着说：我的脚崴了！

　　领队都停下了，跳舞的队伍只好停下来。有社员赶快说：把樊队长往家里送吧。

　　本来，欧阳芬也是要去送樊正清回家的。鸠山看到了，赶快拉了一下欧阳芬的下衣角，示意她不要去。鸠山知道，樊正清的老婆三姨太不是省油的灯。

# 第二十六章　欧阳芬属意鸠山

樊正清的脚崴了。

第一次跳忠字舞就把脚崴了，让鸠山和欧阳芬多少有点怀疑。但樊正清走路确实跛了，前进队学跳忠字舞的热情就没有樊正清带头的时候高了。跳舞的事可以缓一缓，但绣毛主席像就得抓紧。鸠山让张美兰带着几个妇女，每天晚上在队房里赶着绣，其他的人，稀稀拉拉地学跳舞，等樊正清这个领头的腿好了再统一步伐。

这样一来，鸠山觉得在前进队抓革命的进展不大，目前的状况是，他和欧阳芬在晚上组织社员跳忠字舞，绣毛主席像，其他都插不上手，他们两个下派干部在前进队显得不伦不类。

其实，樊正清也有自己的难处，他感觉鸠山与欧阳芬到了前进队后，工作上总是碍手碍脚，特别是鸠山，户口也不在前进队，办点什么事都不方便。比如队里分点山地里产的红薯、洋芋什么的，不在粮食分配之列，属于副食品，分给鸠山，他不是前进队的户口，不分给他，他又在前进队工作，真是左右为难。

这久，樊正清又为这事为难了，眼看又到了端午节，他准备杀两头猪，每家分几斤猪肉打牙祭。这时候，樊正清不能不想到鸠山。那时候，猪肉可是非常稀罕的，生产队每年也就杀两次猪，端午一次，中秋一次。这次杀猪，鸠山不可能不知道，那么，到底给他分还是不给他分，樊正清真是伤透了脑筋。

最后，樊正清决定到时候看情况又说。端午节这天，两头猪杀翻在地，院子里已经站满了许多人，大家都围着那张杀猪桌，看着屠户为猪破肚。这久，队里正在收小春，还要准备春耕，农活很重，社员家都没有一点油星了，等着生产队杀猪打牙祭。院子里，社员们兴致很高，一伙人看得脸上冒着汗，正在太阳下指手画脚，有的说猪肥，膘差不多有巴掌厚，有的说猪架子大，每头猪应该有三百斤！

说得正高兴，欧阳芬和鸠山到队房里来了。

樊正清表情有点紧张，原来还说说笑笑，马上变了脸色。社员们以为造反派来了，不准搞资产阶级法权，怕不得分肉了，也跟着紧张。

樊正清阴沉着个脸，也不与两人打招呼，好像鸠山和欧阳芬两个人欠着他什么一样。

鸠山一眼就看出了樊正清的心机，他有些尴尬，知道来得不是时候。但他不想在这猪肉的事上多纠缠，便打了个圆场，说：樊队长，在杀猪啊！正好我们队也在杀猪，比你们队的还要大呢！

樊正清一听脸色变好看了，他信以为真，以为鸠山他们队也在杀猪，不给他分肉也就在情理中了。接着就笑了起来。

其实，鸠山他们队没有杀猪，他也不想要猪肉。其实，鸠山也觉得不应该分前进队的猪肉，如果樊正清不把这事看重，不表现出紧张状态，鸠山也就算了。这时候，鸠山看到樊正清的表情，反而提醒了他，心里就不愿意了。

樊正清听信了鸠山的话，就没有给鸠山分肉，鸠山心里却把樊正清给记下了。

鸠山和欧阳芬看到樊正清杀猪分肉高兴，便说：樊队长脚也好些了，我们还是要练习一下忠字舞了。

听到要跳舞，樊正清的脸色又不好看了。樊正清打心眼里不支持跳舞和绣毛主席像，总说这些事不能当饭吃。社员们也忙着分肉，没有心思排练跳舞。局面有些尴尬，这时候，鸠山和欧阳芬好像是前进队的累赘。

看到这种情况，鸠山稍显尴尬了一下，接着就反而表现出大度，说：社员同志们，今天是端午节，前进队好不容易杀了两头猪，大家就尽情地打好牙祭，跳舞和绣毛主席像的事，我们改天再进行！

守在杀猪桌面前的人，听到鸠山的话，都高兴得鼓起掌来。鸠山和欧阳芬也就有了台阶下，两人一起出了前进队的大门。

出了大门，欧阳芬说：这樊正清保守思想太严重！

鸠山说：我们得要调整一下工作思路，重新找出路。

欧阳芬说：怎么个调整法？

鸠山觉得一句两句话也说不清，在这路边说事也不太妥当，便说：我们去小河边走一走。

欧阳便跟着鸠山出了村。

出了村子，两人便感觉视野开阔起来。宽阔的田野一眼望不到尽头，撒下的谷种已经出苗，稻秧已经发绿了，在微风的吹拂下轻轻摆动。不远处的中流河上，古桥和水闸房因陈旧而显得沧桑而有飘摇感，青草却显得苍翠，自由地漫上了河堤，岸边上，柳树低矮，树干却长得歪斜，柳枝拂到了水面。河水里，漂着长长的水草，太阳光下，水面闪着金灿灿的光……

两人走到了河沿上，来到了河口的碾米房边。已经过了秋收时节，水碾房里没有人碾米，因为小春才收割完不久，只有水磨比较忙，水流冲着叶轮带动磨盘转动发出"嗡嗡嗡"的声音。看到从碾房里进出的人比较多，水磨转动的声音也大，鸠山对欧阳芬说：我们沿河边走边说吧。

欧阳芬说：好。

踏着铺满青草的小路，缓缓地走着，鸠山说：这久我一直想着个问题，樊正清随时都说要抓生产，他的意思是指我们俩来到前进队，阻碍了他抓生产一样。

欧阳芬说：那我们怎么办？这生产队包围大队还不好包围！

鸠山冷静了一下，他觉得在欧阳芬面前不能表现得急躁，于是缓缓地说：我们也要再学一下毛主席的《矛盾论》了。对当前的形势，我们不能掉以轻心，旧的矛盾解决了，新的矛盾又会出现，毛主席教导我们说，不同质的矛盾，只有用不同质的方法才能解决。

欧阳芬什么都听鸠山的，鸠山这么一说，觉得有道理，便说：所以，我们不能光在前进队晚上抓革命，白天也要参加促生产。

鸠山说：我也是这个意思，下一步我们干脆革命、生产一起抓，全面抓，不然的话，群众要吃饭，我们俩只抓革命，社员饿肚子了还会把账记到我们头上。

欧阳芬听了，也觉得要把生产也提到议事日程上来，不然，她和鸠山就难以在前进队立得住脚。

鸠山和欧阳芬意见统一了，这时候，夕阳已经西下了。两个人又沿着弯弯的小河往回走。走在小河岸上，都不说话，鸠山觉得有点尴尬的意味。但想想事情都商量好了，所有关于工作的话都说完了，好像也没有话说了。这时候，欧阳芬也才感觉到这田野的沉静，她这才感觉听到流水声，看到一种叫"鱼绿翠"的水鸟在水面轻轻地飞。

鸠山然后抬头看了一下欧阳芬，这时欧阳芬正朝远处看呢，她正看着那只"鱼绿翠"发呆。

鸠山也没有打扰她，他在不经意间留意了一下欧阳芬，发现身边的这女子身体发生了一些变化。这种变化也是在不知不觉中发生的，这些年来，整天演《红灯记》，开批判会，跳忠字舞，还要下地干活，忙得昏天黑地，就没有彼此留意什么了。鸠山发现，欧阳芬人瘦了，脸也黑了，并且有一些不太明显的斑点。但是，这些都不影响欧阳芬的美，她的身体里，依然会透出一种热气，迸发出特有的青春活力。鸠山觉得，整个妃子村，欧阳芬依然是最美的女子。

难怪村子里都说，妃子村古有妃子，后有郭母娘娘，现有欧阳芬。

这种评价，不是没有道理的。

但是，也就是每天都得在一起，没有了距离感，鸠山对欧阳芬的美，总是视而不见。都说距离产生美，这话不假，每天在一起的男女，产生不了美感，成了婚姻的，真还不多。再加上欧阳芬出现了怀孕事件，在村子里已经是闹得沸沸扬扬，名声不好是大事，就算是没有那件事，只要有传闻，都尽量回避。然而，鸠山也明白，欧阳芬的怀孕，真的是与自己有关，只是自己不敢承认。

鸠山想想这些事，再打量一下欧阳芬，觉得眼前的欧阳芬，确实让自己动心，心里热起来，身体的关键器官，也不由自主地发热勃起来。然而，鸠山虽然动心，但他知道对待欧阳芬，却不能像对待张美兰那样简单直接。

随口便说：欧阳芬，你要注意一下身体。

欧阳芬抬头看了看鸠山，内心产生了些许的温暖。

从来没有人告诉欧阳芬注意身体，连自己的母亲，都只告诉她要怎么要怎么，总是会指出自己的许多不是。

显然，鸠山的话，让欧阳芬有些感动。她不知不觉中，产生了一丝爱意。但是，只是一瞬间，这种感觉就过去了。

# 第二十七章　鸠山组织民兵排

鸠山与欧阳芬把工作思想厘清了，便雷厉风行，付诸行动。

首先要与樊正清通气，告诉他，鸠山与欧阳芬这两位下派干部要促生产了。

这天，鸠山又去找到樊正清。

这次去樊正清家，他没有提烟酒糖茶，走到樊正清家里，态度也比较严肃。樊正清看到鸠山又来自己家，首先看了一下鸠山的手，下意识地看一下，怕他又提着东西来，让自己左右为难。鸠山手里什么也没有，表情也严肃，樊正清又有点不适应，以为他来，又要谈抓革命的事。

正想如何对付鸠山，鸠山却先开口了：樊队长啊，我来找你，是想配合你促进一下前进队的生产。

樊正清想好了的对付鸠山"抓革命"的话，一句也没有用上。樊正清天天讲跳舞、绣毛主席像影响抓生产，成了对付鸠山和欧阳芬的口头禅。现在，人家造反派也要和你一起促生产，你还有什么话可说？

听了鸠山的话，樊正清支吾了一下，刚想说"好"，但又觉得不对。自己这个队长是满有把握抓好生产的，何必增加两个造反派成员？

找不到合适的话，樊正清愣在那里。

樊正清发愣，鸠山觉得自己的目的达到了，他就是要樊正清没有话说。

鸠山更进一步，提出了科技促生产的想法：樊队长，我已经了解过，前进队的生产，什么都好，就是科技跟不上。

樊正清马上接过话头：科技我不是不搞，我虽然不识字，毛主席的"八字宪法"我都会背。

鸠山说：专门会背不行，要在"用"字上下功夫。你想想看，我们前进队种的水稻都是老品种"大白谷"，这种品种稻秆高，容易倒伏，影响产量。

樊正清的脸色更难看了，鸠山的这话戳到了他的疼处。樊正清因循守旧，前几年，妃子村推广新品种"珍珠矮"的时候，他一直反对，说那品种没有种过，谁能保证产量保证质量？顶着不种。然而，人家种的新品种，产量却翻了一番，队上的社员都有意见。

鸠山这么一说，樊正清觉得不能再抵。但自己文化低，对科技种田没有经验，刚好来了年轻人，正好可以让他们去搞科技种田的事。

鸠山知道樊正清怕麻烦，正好可以把困难说多点，便说：农业科技不是简单就搞起来的。

樊正清说：我知道。如果简单，我早就搞了，其他队都成立科技小组，还要建浸种室、温室，这些事想起来都头疼。

鸠山说：科技组和浸种室、温室的事就由我们去做，只是跳忠字舞和绣毛主席画像的事，你也要支持，不要拖庆祝革命大联合的后腿。

樊正清红着脸答应了。

这一答应，等于是放权了，鸠山和欧阳芬便主动了。

鸠山便与欧阳芬商量，先把科技组成立起来。

两个人先拟了个名单，欧阳芬看了一下，科技组都是年轻人，说：我们干脆把科技组和基干民兵联系起来，如有情况，招之即来。

鸠山听了，高兴得挥了挥拳头。李玉和有武装民兵，前进队为何不能有基干民兵。然后抬起头来，用赞赏的目光看着欧阳芬，说道：欧阳芬不简单，这个主意我都没有想到！

前进队组织基干民兵，樊正清觉得不对劲，马上把这情况报告给了李玉和。

李玉和觉得事态严重，但他不想找鸠山。鸠山是班子外的人，找他等于长了鸠山的志气。

李玉和找到欧阳芬，说：欧阳芬你也是三人领导小组的人，你想想，科技组与民兵有什么联系？生产队组织民兵，不怕出乱子？

欧阳芬却有道理：前进队组织基干民兵，与大队的武装民兵不同。基干民兵是群众组织，平时不搞科技的时候，我们把民兵集中到一起，加强战备训练，可以防止"帝修反"。

当年，打倒"帝修反"的口号提得十分响亮，李玉和看拗不过鸠山和欧阳芬，没有作声。

鸠山和欧阳芬的科技小组和民兵搞成一体化，受到了前进队年轻人的欢迎。但科技组的名额有限，不能都进。基干民兵都是强劳力，全部进了科技组，其他活就没人干了，樊正清也不会同意。

鸠山和欧阳芬就把符合条件的民兵组成一个民兵排，科技组的成员又从民兵里挑选。

年轻人却有意见了，都说：如果进了民兵排又不能进科技组那有什么意思？

这话让鸠山很伤脑筋，年轻人觉得参加民兵排没有什么活动不过瘾。于是，鸠山又与欧阳芬商量，决定把民兵集中到生产队里住，白天下地干活，晚上参加训练或参加跳忠字舞，或进行军事训练，如果有"美蒋特务"进行破坏，前进队的民兵就能按照毛主席的指示"招之即来，来之能战，战之能胜"。

这个决定让年轻人高兴起来了。听说民兵晚上要集中到生产队的队房里来住，都报名参加了基干民兵，把行李搬到生产队里来住了。

有些不能参加基干民兵的就说风凉话：住到队房里有什么用，又没有武器。

选上了的民兵回击说：鸠山队长说了，武器到战时当然会有，我们晚上还要搞紧急集合呢！

没有条件参加民兵的听了，都开始羡慕住在生产队里的民兵了。

然而，鸠山忙起来，却把张美兰的事给忘记了。这天，张美兰要找鸠山，她想进科技组，也想当民兵，想和民兵一起搬到生产队里去住。

那是黄昏时候的事，张美兰找到了鸠山。

张美兰站在了队房的大门口，这时候，社员都还在家里吃饭呢。鸠山工作积极，基干民兵刚组织起来，他有着极大的兴趣，吃了晚饭就往队里走。到了大门，张美兰已经站在那里了。显然，她是特意等在那里的。鸠山看到张美兰的时候，她脸上似乎很委屈，很迷茫的样子，眼睛潮湿，迷蒙，像是一头发情的母兽。

鸠山都有点慌。他怕张美兰找自己的麻烦呢，一时不好说话。

张美兰与鸠山对视了好一会，才说：你不能丢下我！

鸠山这时候才知道，自己已经到了两难的境地。他同时明白，自己与张美兰的关系，开始纯粹是"两性"中的"性"关系，但慢慢发展到了情感上的纠葛。鸠山已经明白，开始的时候，自己确实是在生理上依赖张美兰，没有想到，张美兰要得到的，是性与感情上的结合。然而，根据村子里的习俗，如果自己要与张美兰进一步发展，发展成夫妻关系，那简直有点像天方夜谭。想想吧，欧阳芬怎么处理？邓德军会有什么反应？自己是个"青头小伙"，娶个二婚张美兰人们会怎么看？这一大堆的问题，压得鸠山喘不过气来。而从张美兰现在的表现来看，却是想死心塌地跟上自己。

鸠山现在才明白，开始的时候，自己纯粹为了性欲得到了满足，其他事情，没有想得那么多。最要命的是，这久为了前进队的事，为了生产队包围大队，便把张美兰如何安排给忘了。张美兰在妃子村，自从演卖粥大嫂，还是有名气的，然而，鸠山和欧阳芬在前进队搞得轰轰烈烈，而张美兰是有名的"马马虎虎介"，怎么能石沉大海没有半点声响呢？！

当然，鸠山也没有真正忘记张美兰。看到张美兰痴痴地望着自己，鸠山打内心说：我也没有忘记你！

张美兰不信：那么，你怎么不把我安排在民兵科技组里，你这不是有意疏远我吗？如果我也到了民兵组里，我也可以和你晚上住在队里来的。

鸠山这才明白自己没有把张美兰的话听明白，她为什么生自己的气。原来，一时的疏忽，没有把张美兰安排进基干民兵或科技组里，便解释道：民兵都是没有结过婚的，你进来，社员有意见。

张美兰听了，便觉得自己的话没有理由，也觉得自己进了民兵排不恰当，便不说话。

张美兰不说话，鸠山还是觉得对不起张美兰。鸠山同时也感觉到，自己的爱欲、性的要求，也对张美兰有了极大的依赖，只是不好对张美兰说明而已。

张美兰更是如此，慢慢地，她爱上了鸠山。除了鸠山，她无法得到满足。便说：那我怎么办，我不可能跟邓德军了，我已经对你有了依赖，你不能把我整上瘾了便撒手不管！

张美兰说这话的时候，眼睛色迷迷地看着鸠山，把鸠山的心也说得花了，内心的热情也升腾起来。他同时也为张美兰对自己的这份情意感动着，只是也担心着，张美兰对自己的这份感情，今后怎么能驾驭得了！

但自己内心的欲望也真的无法拒绝的，他只能是铤而走险，便说：我怎么可能不管你，晚上，你在小河边等我。

张美兰不作声，委屈而忸怩地看了鸠山一眼，用牙齿咬了一下下嘴唇，迈着轻快的步子离开了队房大门，然后去矮房子里拿针和花线，准备绣毛主席画像。


# 第二十八章　小河边张美兰再出轨


这个晚上，鸠山跳忠字舞有些心不在焉。樊正清前些天晚上跳忠字舞崴的脚，疼痛好像不太严重了，又可以站在队伍前面手挥红宝书领队。看着樊正清脚一跛一跛的，挥动着红色的毛主席语录，声音洪亮地唱"大海航行靠舵手""天大地大不如党的恩情大"，鸠山心里却想着绣毛主席画像的张美兰。

鸠山心里想着张美兰，但后怕的情绪同时笼罩在心头。仔细想想，他觉得在性上过分依赖张美兰有些不妥，他知道，他需要张美兰，但是，不能太过火，更不能让欧阳芬看到。为什么会想到不能让欧阳芬看到，自己一时半会说不清楚。只是觉得，如果再这样发展下去，事情就不好办了。但有时候自己对张美兰的依赖，又是那样的身不由己。

想着这些，鸠山站在了跳舞人群的外面徘徊。鸠山高兴的是，青年民兵和其他社员的积极性又调动起来了，他们在樊正清的带领下，沿着生产队的队房场院，跳了好几圈了，有的头上都冒汗了，还劲头十足。但是，忠字舞要跳五首歌，有的跳熟悉了，有的还比较生疏。有人主张再练一遍。

鸠山与张美兰有约，就说：这样吧，大家的积极性很高，但明天还要干活，今晚就练到这里吧。

社员们这才三三两两往家里走去。

民兵们却要住在队房里，年轻人都不愿意这个时候就睡觉，白天下地干了一天活，晚上跳了好长时间的舞，他们却还有许多剩余的精力。

不睡觉也没有其他事可做了，于是有人说：我们民兵觉得还是要巡逻一下，严防阶级敌人的破坏活动。

有人便响应，对鸠山说：团长，我们应该到田野里去查敌情，如果遇到阶级敌人，我们民兵应该招之即来，来之能战，战之能胜！

鸠山挂着张美兰的事，听到民兵这样说，便想可以顺水推舟把民兵带到田野。于是说：我们是要加强训练，但我们要加强纪律性，革命无不胜，要听众指挥，服从命令！

欧阳芬也来了兴趣，说：团长，民兵们的积极性很高，我们要不要真的打一下演习，操练一下民兵夜间作战的能力水平！

鸠山早有想法，他要民兵演习的时候顺便去见张美兰。

鸠山想，要演习，就得要让民兵们出其不意。于是说：演习一定要打，但今天已经累了，大家先进屋睡觉。

民兵们只好悻悻地进了屋子。

民兵们真的也累了，不一会，就睡着打起了呼噜。

鸠山却没有睡，他看到民兵们睡着了，便站在场院里吹起了哨子。民兵们在梦里醒来，听到哨子响，都兴奋起来，忙穿上脱了的衣服裤子，跑步到了场院里。

鸠山看到队伍已经站好了，说道：同志们，接到上级命令，有一小撮美蒋特务，妄想破坏"文化大革命"，今天夜间在中流河一带活动，我们要尽快出击，把他们一网打尽！

民兵们都精神振奋起来，挺起了胸口。

于是，鸠山和欧阳芬带着民兵往中流河方向跑步前进。

出了前进队大门，二十多个民兵排成了"一"字形队伍。道路坑洼不平，月亮光线不清晰，跑步的时候难免跌跌绊绊的，队伍里发出了"嗤嗤嗤"的笑声。其实，民兵们知道是打演习，都知道没有什么美蒋特务，但他们心里感到激动和新鲜。

到了村子外，马上就要到中流河了，突然，前面一阵枪机"哗啦"的声音：一个声音随着枪机声高声问道：什么人？口令！

民兵们听到枪机声都显得紧张。鸠山却气不打一处来，他听出来了，这声音是自己的弟弟王大宝的。王大宝在村子武装民兵里，每天晚上都要参加大队武装民兵的巡逻。

听到王大宝问是什么人，鸠山叫道：皮包骨头肉人！

然而高声叫了一声：大宝！

王大宝听到是哥哥的声音，这才把枪放下，说道：哥哥啊，误会误会！都是自己人！

王大宝看到前进队的民兵，整齐得很呢，人也多，阵势也不一般，便对哥哥鸠山说：我们也不知道前进队的民兵也提高警惕了。

鸠山说：以后你们就不要到前进队的地盘上来巡逻，免得发生误会。你已经发生过一次误会了！

王大宝因枪走火伤了哥哥，心里十分过意不去，咧着嘴憨笑着。鸠山又说：我们巡逻的事，不要和李玉和讲。

王大宝愣了一下，好像有些摸不着头脑似的，便扛起枪，赶快离开了。

王大宝走了，鸠山带着队伍继续往小河上跑，跑到水闸边，突然喊道：土坎一线发现目标，卧倒！

民兵赶快趴下，观察前方。

过了许久，鸠山才站起来说道：敌人已经撤退。我留下来继续监视敌情，全体民兵由欧阳芬带回队里。

有民兵要与鸠山同甘共苦，也要留下坚持阵地。但鸠山内心有事，便说道：执行命令。

于是，欧阳芬带着民兵往回走。

望着民兵们走远了，鸠山才悄悄赶到小桥边去。

那时候没有手表，他与张美兰没有说固定的时间。由于要带领民兵打演习，时间已经耽搁得不早了，鸠山怕张美兰等不得走了。但他还是要去看一下，他想着张美兰呢。

到了小桥边，月亮已经升高了，照得河水亮汪汪的。小桥边没有人，鸠山有点失望了，刚想离开。

突然，一个人抱住了自己。

鸠山先是吓了一跳，但凭直觉，凭那人的柔软和温度，凭那人的心跳，鸠山便知道是张美兰了。

鸠山掉了个身，反手把张美兰抱住了，两个抱着，却一句话也不说，真是心有灵犀，两个人不由自主地挪动着脚步，往河边的一棵老柳树移动。都没有商量过，但两个人不约而同会想到一处，是那样的默契，这一点，连他们自己都想不清楚了。

鸠山把张美兰抵在柳树上，还是不说话，默默地把张美兰的裤子脱了，一步一步进入得有条不紊，时间和动作、节奏，连呼吸都配合得天衣无缝。只是到张美兰身不由己地哼起来的时候，鸠山才用嘴堵住她，示意她不要出声。

过了好久，事毕，鸠山和张美兰都瘫坐在地上。地上是青草，有露水，潮湿也柔软。

看到张美兰幸福满足而不语，鸠山说：我准你假，你去矿山一久怎么样？

张美兰说：去干什么？

鸠山说：老这样，我担心你怀孕了。

张美兰说：我不去！现在，我的心里已经只有你了。我虽然和邓德军结婚，自从与你那个过，我才觉得，我与他从来没有过快感。从今以后，我与他不可能会有真正的幸福了。

鸠山心里暖暖的。但仔细想想，却是异常的复杂。

# 第二十九章　庆祝会樊正清出大事

世上没有不透风的墙，鸠山在前进队组织民兵打演习的事，虽然王大宝不敢说，但樊正清还是通报给了李玉和。

李玉和感到问题严重，让鸠山和欧阳芬去前进队当"下派干部"，只是让他们两个协助樊正清工作，他们却反客为主，革命也抓，生产也抓，现在又抓起了民兵武装！抓革命促生产倒也不好说什么，这抓民兵抓武装，怕下一步威胁到自己的头上。

李玉和正想着怎么对付鸠山，鸠山却在前进队干得热火朝天。他让跛裁缝做了几面红旗，要社员出工就打上。红旗插在田头，辉映着红花绿树，劳动场面气氛十分热烈。

科技组的人和民兵出工都是军事化的行动，就得整齐划一，出工时扛着锄头，挑着箩筐都得排队。在出工的路上还要唱歌，出工的时候唱《我们的队伍向太阳》，晚上收工就唱《打靶归来》：日落西山红霞飞，战士打靶把营归把营归……惹得大人小孩都在村子口观看。观看的人多了，民兵和科技组的社员，把头抬得高高的，雄赳赳气昂昂的。

这一天，李玉和看到王连举到了大队，便说：现在，前进队一直在搞些小动作啊。

说到前进队，王连举也来劲了，说：我看前进队是有点疯了，那天我去小河边，看到他们下地干活还要排队打红旗，扛个锄头还要唱什么《打靶归来》！说完就怪声怪气学唱着：战士打靶把营归把营归……你说可笑不可笑。

说完还捂着嘴笑。

李玉和说：我说"财粮"啊，你还笑！怎么一点思想觉悟都没有了！

王连举看到李玉和表情严肃，就停住了笑。

李玉和说："文化大革命"正在深入人心，斗争的形势也越来越复杂，鸠山他们抓民兵搞演习，我们不能不小心，怕他们发动武斗。

王连举说：那就让他们停止民兵活动！

李玉和说：昨天我考虑了一个晚上，还不能停，让鸠山停止抓民兵，反而助长了他们的士气。

王连举也没有了主意，说：那怎么办！

李玉和说：等我汇报到区里，让上面来制止更好。

王连举说：那我们也要抓紧把庆祝革命大联合的准备活动抓一下，不然，前进队搞得太突出了也不行。

李玉和觉得有道理，于是，鸠山与欧阳芬在前进队准备庆祝活动的时候，李玉和与王连举也不敢歇息，马不停蹄地到各个生产队检查指导庆祝活动的准备情况。

其实，各个生产队的队长虽然都把生产抓得紧，但庆祝革命大联合是政治任务，只好加紧准备。白天干活很累，晚上却是紧张地跳忠字舞、绣毛主席像，准备献给毛主席的礼物。

妃子村的各个生产队白天黑夜紧张地准备了一个多月，庆祝会的节目和献礼的东西都基本准备就绪了，李玉和就决定在国庆这一天搞庆祝活动。

庆祝活动安排在大队部，就是地主杨光龙家旧社会的那所老宅里。庆祝会的主席台是现成的，可以在演《红灯记》的台子上。李玉和来了点创新，他让武装民兵上山砍了一些松枝，在台子两边搭起了绿色的"牌坊"。牌坊两面，挂上了红色的布标，布标上面写着：领导我们事业的核心力量是中国共产党，指导我们思想的理论基础是马克思列宁主义。大门外，院子四面的墙上，还贴上了条形的标语，标语颜色有红、黄、蓝好几种，看上去非常新颖，有喜庆的气氛。

主席台搭起来了，十一的这天早晨，李玉和让武装民兵在院子里洒上水，打扫了一遍。最主要的是，高音喇叭也安好了，一早，王连举就打开扩音器，用留声机放着革命歌曲《新生事物好》《大海航行靠舵手》等革命歌曲。开始，院子里人不多，开会的人都在各个生产队准备，他们要集体入场，只有李玉和、王连举在台上忙来忙去，再就是一些小孩子，在院子里看热闹。

李玉和原来把开会的时间定在十点钟，但是，村子里的人时间观念不强，开会的人锣齐鼓不齐。庆祝的队伍迟迟不来，李玉和就叫武装民兵班长刘二去催一下。刘二听到命令，抬起脚就往外跑，刚跑出门，便发现了情况，又往回跑来报告李玉和说：来了！来了！

刘二话音刚落，外面响起了鞭炮，紧接着锣鼓喧天，口号不断。

原来是火箭队的社员率先开来了。火箭队是李玉和的"南昌战斗兵团"的老根据地，他特别让他们加强了准备工作，所以，这时候，李玉和对火箭队的表演胸有成竹，他站在主席台上，等待着队伍的到来。

火箭队的队伍由秦队长带队，秦队长年龄四十多了，但他从小就能歌善舞，也听李玉和的话，准备工作做得十分充分。此时秦队长身穿对襟子新衣服，只是裤腿太大，是妃子村男人特别喜欢的大裤脚，穿着宽敞，解手什么的也方便，很有特点。秦队长手里挥舞着红宝书，走在队伍的前面，边走边跳边唱，一副豪情满怀的样子，脸上都淌汗了。眼看快要进大队了，见李玉和又站在主席台上，秦队长跳得更加认真。

秦队长在前面跳，社员们跟在后面，几个社员在队伍前面举着一块大型毛主席画像，这张毛主席画像是生产队的妇女绣的，她们为这张画像日夜不停，半个月的时间没有下地，甚至没有好好睡觉。画像上，毛主席挥动着右手，面带微笑看着远方，非常有气魄。在毛主席画像后面，是整个火箭队的群众，他们也是每人手拿一本毛主席语录，边挥舞边跳着忠字舞，嘴里还唱着：天大地大，不如党的恩情大，爹亲娘亲，不如毛主席亲，毛泽东思想是革命的宝，谁要是反对他，他就是我们的敌人！

火箭队更有特点的是，一些没有跳舞的社员，又抬着南瓜、大豆、玉米棒子，这些东西都是献给毛主席的，表达贫下中农永远热爱毛主席。

火箭队的进了场，紧接着，其他生产队的队伍也进场了。其阵势也都与火箭差不多，他们进场后，还要在大队的场院里跳着舞转圈，绕着主席台，表面上是向毛主席献忠心，实际上，又像是在接受李玉和的检阅。

鸠山带着前进队的进了场，但他看看觉得有点不对劲，自己辛辛苦苦准备的活动，只是为李玉和服务，让他出尽了风头！

同时，妃子村的革命群众到了大队以后，鸠山看到李玉和、欧阳芬、王连举都站在台上，自己却没有位置。革命领导小组只是三个人，鸠山不可能上台去。鸠山造了几年的反，在享受胜利成果的时候，却被排在门外，心里不是滋味。鸠山终于尝到了在台下的感觉，觉得自己在"文化大革命"中风光了几年，到头来却一点建树也没有，心里十分窝火。

这时，鸠山想怎么也得发泄一下，他眉头一皱，计上心来。鸠山在看会台的标语的时候，看到了屋檐下房梁的龙头、凤凰等等雕刻，那就是地主杨光龙家祖上建房时的雕刻艺术品，工艺十分精湛。等到跳忠字舞和高举毛主席画像的群众在院子里站好，鸠山不等李玉和说话，自己便跑上了台，拿起话筒说：革命群众，社员同志们，我来说两句！

李玉和傻了眼，革命群众也静静地听着鸠山说话。

鸠山镇定了下，高声说道：大家看看我头上的这些雕刻，它们是不是牛鬼蛇神？

群众高声答道：是！

有些人又发现房梁上还画有龙头和凤冠霞帔，都叫道，这还了得，在革命领导小组的地方，还有这些反革命的东西存在，快去找红油漆来，全部涂抹掉。

鸠山挥了一下手：毛主席教导我们，要"破四旧，立四新"，我们要破字当头，立在其中！

于是，鸠山马上让井冈山战斗兵团的人拿来了锯子和斧子，他要在庆祝革命大联合的时候把这些"四旧"的东西用锯子和斧子清除掉，表示对毛主席的热爱。

立刻有人响应，不知从哪里找来了锯子，开始锯屋架上的雕刻，用凿子，要把那些雕刻全部毁掉。

这时候，王连举慌了起来，同时也感到十分被动。前久李玉和就要破"四旧"，是被他劝说下来了，没有想到鸠山也会这么快就出这一手。这时候，鸠山的人还没有动手，王连举急中生智，马上跑到话筒前大声叫道：

革命同志们，我们先完成下一项议程，是向贫下中农分发"红宝书"！

听说要向贫下中农分发红宝书，准备"破四旧"的革命群众马上站住脚。鸠山也一时不知所措。

王连举却拿出一副主持会议公事公办的姿态，大声宣布道：我们快把红宝书请到台上来！

台下的贫下中农早就等着领红宝书了，都高兴地鼓起掌来。

看到贫下中农都期待早点领到红宝书，热情十分高涨，鸠山也不敢犯众怒，只好等待发红宝书。

于是，留声机放起了雄壮的歌曲，李玉和、王连举、欧阳芬开始向贫下中农发红宝书。发红宝书，就是按阶级成分排队画线，贫下中农发的红宝书上写着"没有贫农，便没有革命"，其他中农家庭的，便只有写"要斗私批修"。按理说，发"红宝书"是顺理成章的事，什么都可以改变，唯独这成分不能改变，是新中国成立初期土地改革时划定的，怎么也改不了。

然而，谁都没有想到，问题会出在前进队的队长，《红灯记》里的假交通员樊正清身上。

樊正清是志愿军，家庭出生是贫农，发到的红宝书却是"斗私批修"。

后来才知道，樊正清领到"斗私批修"，是王连举使用了点伎俩。

本来，李玉和说是按土改时的划定来发，樊正清的"红宝书"

应该印着"没有贫农便没有革命"。但是，王连举心里怀恨樊正清，就是他的一句话，自己家也就发上了"要斗私批修"的红宝书。所以，李玉和提到樊正清家应该发什么红宝书，王连举提出了异议。

王连举说：本来，樊正清是贫农，应该发"没有贫农便没有革命"，但他娶了保长的姨太太做老婆，就不可能发"没有贫农便没有革命"。

李玉和觉得有道理，让三姨太家领到"没有贫农便没有革命"的红宝书，恐怕会引起异议。所以，就引起了下面的故事。

红宝书发放很顺利，当樊正清高高兴兴地接过红宝书，但看了看自己发到的红宝书印的是"斗私批修"，气得像泄气的皮球，说：我一个志愿军，一个老贫农，还有什么"私"要斗？也没有什么"修"要批！

但是，红宝书已经发到手，要想改变也无力回天，他拿着红宝书，扭头看到再看看欧阳芬和鸠山在台上的那个高兴劲，便想是他们俩干的好事，一气之下，一屁股坐到了地上。

这一坐，看似简单，没想到却坐出了大事。你猜怎么着，樊正清坐到了他举着来参加庆祝会的毛主席画像上了！

樊正清坐下去的时候，鸠山看到眼里，自己没有出声，却马上叫了欧阳芬。欧阳芬看到樊正清坐在毛主席画像上，情绪无比激动，十分气愤，她马上高呼起了口号：

打倒樊正清！打倒现行反革命分子樊正清！

众人都惊呆了，欧阳芬怎么敢喊打倒樊正清！

欧阳芬叫道：大家快来看，樊正清坐在毛主席的头上！

# 第三十章　三姨太巧劝樊正清

　　谁都想不到樊正清会犯事，简直是一念之差，樊正清就变成了现行反革命。妃子村的人都说：樊正清胆子也太大了，竟敢坐在毛主席像上！不用说，应该打成现行反革命！

　　鸠山却感觉是喜从天降，这段时间，他一直想尽办法要收拾樊正清没有收拾下来，没想到今天自己倒台了！现行反革命，就要实行群众专政，谁也保不了他。

　　樊正清坐在毛主席画像头上，欧阳芬反应最快，也对樊正清的行为感到很气愤，情绪十分激动。她看到樊正清坐在毛主席画像上，第一时间站起身来，挥起了拳头。"文革"多年，欧阳芬首先想到的就是用呼喊口号的方法表达自己的气愤。她第一时间跑到了主席台上，又找了个凳子，站在了最高处，紧握拳头，用力往上一举，高呼道：打倒樊正清！谁侮辱毛主席，谁就是我们的敌人！伟大领袖毛主席万岁！敬祝毛主席万寿无疆！万寿无疆！

　　革命群众都同仇敌忾，跟着欧阳芬呼喊着。带领群众高呼一阵口号，欧阳芬才平静了一些。社员们却都感到震惊，想不到志愿军出生的樊正清，既是生产队长，又是《红灯记》里的演员，既然还会干出如此的事来！

　　樊正清也听到欧阳芬的口号，再听听革命群众的议论，才知道事情不妙。樊正清从前都一直夸口自己是志愿军，扛机关枪打美国鬼子的退伍军人，这时候瘫倒在地上，站不起来了。

　　鸠山不动声色，看李玉和如何处理这事情。革命三结合领导小组才成立，这事应该由李玉和来处理。处理不好，鸠山就可以贴大字报，揭露李玉和包庇现行反革命的罪行。

李玉和真的很为难，把樊正清送到区里？想到这，他用摇把子电话机摇通了区革委会。

区革委会梁主任接到电话也觉得头疼，这段时间里，这种事情随时都发生，区里怎么能管得了那么多现行反革命呢？于是，他拿着话筒支吾了一下，然后回答说：嗯，这事啊，你们三人领导小组应该自己能处理吧？唵？现在上上下下都实行群众专政的！

李玉和听了电话，知道区里是要让自己村子里管。群众专政？这词还有些新鲜，但做起来也难，这让李玉和还真有些头疼。

放下电话，李玉和动了一下脑筋：把樊正清关起来？但又觉得不对，三结合才成立，处理不好影响到班子的形象。是啊，把樊正清关在大队里，感觉又不能像地主富农那样好处理。用文斗也不行，用武斗也不行。樊正清是复员退伍军人，又是生产队长，从前随时在一起干革命，演《红灯记》的假交通员，也是自己的主意，抬头不见低头见，现在怎么处理都为难。

李玉和的一举一动，王连举全看在眼里。王连举不想让樊正清领到"没有贫农便没有革命"的红宝书，是想报复他提出在红宝书上写"斗私批修"的馊点子。本来嘛，除了地主富农，妃子村每家发一本红宝书也就算了，但就是这个樊正清，提出写上什么"斗私批修"，让自己这个富裕中农也难堪。然而，他也没有想到樊正清会出事，现在出事了，他也不希望樊正清被打成现行反革命。所以，看到李玉和左右为难的时候，王连举赶快走到李玉和面前，耳语了一阵。

王连举的意思是，鸠山和欧阳芬是前进队的下派干部，最好是把樊正清交给前进队，交给鸠山和欧阳芬，让前进队去处理樊正清，那是再好不过的事。这样做，三结合领导小组落得个轻松。

李玉和想了想，觉得王连举的这个主意是万全之计，便眨了眨眼，去找到鸠山。鸠山正在那里得意忘形呢，从樊正清犯事那时起，他就喜上眉梢了。看到鸠山高兴的样子，李玉和心里有些气，但还是忍住了，款款地说：王团长啊，樊正清侮辱伟大领袖毛主席，罪该万死！幸好你们发现得及时，不然，我们也要犯原则性、方向性的错误！

鸠山说：谁反对党，反对伟大领袖毛主席，他就是我们的敌人，我们都要和他斗争到底！

李玉和听了鸠山的话，连说了三个"对"，又做了一个认真思考的样子，然后说：我想，樊正清是前进队的人，你和欧阳芬又在前进队当下派干部，我想樊正清就交给前进队批斗，这样，就容易批深、批臭！

鸠山有些吃惊，脸上的表情有些不好看。李玉和的这一招，鸠山倒是没有想到。鸠山已经明白李玉和是想把樊正清像皮球一样踢给自己，想推脱责任。他不想接受这个差事，也可以不接，但转念一想，樊正清留给给李玉和处理，就怕他表面批判，暗地里从中作梗，又让樊正清"深刻检讨"后又到前进队当队长，那将后患无穷。同时，樊正清反对伟大领袖毛主席，属于重大案件，自己也责任重大，感觉不能推诿。

思前想后，鸠山觉得也不能轻易接受，便说：不是东风压倒西风，就是西风压倒东风，在路线问题上，没有调和的余地。樊正清是前进队的人，但他犯法是在大队，应该由大队来批。

李玉和说：是要大队批，樊正清到了前进队，批判的时候，大队也要参加的。

鸠山看到火候已到，觉得自己已经把樊正清的事与大队挂上了钩，就算是把樊正清带到前进队批判，批判好了是自己的成绩，闹不好了大队得承担责任。于是说：批判现行反革命义不容辞，

　　我们就先把他带回前进队去。

　　李玉和看目的已经达到，便宣布散会了。

　　散会后，樊正清不知所以，蹲在主席台听候发落，一脸茫然。他的身边还有许多人围着看，他们在围观新的现行反革命呢。

　　鸠山走了过去，和欧阳芬商量了一下怎么处理樊正清。

　　欧阳芬说：先带回去再说。

　　于是，鸠山走到樊正清旁边，对围观的人说道：闪开闪开，到正式批斗的时候又来看！

　　这时候，欧阳芬已经叫来了前进队的几个基干民兵，让他们把樊正清带到了前进队的队房里。前进队的基干民兵，开始让他们押樊正清还有些不习惯，刚才还是带头跳忠字舞的队长呢，马上就要被关押起来，又要押着他走。但看到鸠山和欧阳芬的态度都很坚决，就带着樊正清往前进队的队房里走。

　　把樊正清押到了前进队，鸠山和欧阳芬才感到为难，前进队的民兵组织才组织起来，又没有枪支，如果把樊正清关在队里，吃住问题、看守问题都得人力物力。鸠山和欧阳芬感觉左右为难，于是又仔细商量了一下，说先让樊正清回家也无妨，让他住在家里，随时接受社员的批判。

　　于是，鸠山开始向樊正清交代政策，说只许规规矩矩，不许乱说乱动。樊正清听说让自己回家，鸠山的什么话都听了，频频地点头。

　　鸠山交代完了，几个基干民兵又带着樊正清往他家的房子里走，把樊正清带到大门口，几个民兵就一溜烟各自回家去了。把樊正清往前进队押，他们不怕，但现在又把樊正清往家里放，他们怕樊正清以后会翻案呢。

　　看到民兵走了，樊正清在大门口拍了拍身上、屁股上的灰，

振作了一下精神，才往家里走。往日当队长的时候，进门咳嗽都
响亮呢，现在不能太那个了，免得让三姨太看不起。

樊正清进了大门，三姨太感到吃惊，哭着说：我还以为你回
不来了！然后赶紧煮了个荷包鸡蛋端给了樊正清。

樊正清也没有心思吃荷包蛋，看看三姨太，再看看年幼的闺
女九英，长叹一声，坐在走廊上不说话。他有点感叹自己命运多
舛，从前是个孤儿，为生计当了国民党兵，后来投诚参加了志愿
军，也算是弃暗投明，认为自己走了正道，回乡有了老婆、孩子，
又是一队之长，是能在前进队呼风唤雨的人，演《红灯记》也小
有名气，妃子村人都羡慕不已。谁想只是一分钟不到的时间，便
是天上地下。

樊正清想，人的这个命啊，真是难以琢磨。

三姨太却是个见过世面的人，从前嫁张保长，在保长府里与
保长和大太太周旋，后来，张保长被镇压，自己弃暗投明，都是
大起大落，人生道路上的坎坷，自己也经历了不少。现在，樊正
清出事了，她觉得先要帮助樊正清渡过难关，有个男人撑着才是
个家，男人就算是个木桩头，待在家里都有好处。

想到这，三姨太劝道：都是战场上下来的人，怎么还怕这么
个沟沟坎坎，该吃还是要吃呢！只要你不是调戏妇女挨斗，我都
支持你呢！

三姨太的话，让樊正清心里热了一下，同时又增加了一些担
心的成分。自己还要接受批判呢，谁知道革命群众会批出些什么
来呢，于是，还是吃不下三姨太的荷包蛋。

# 第三十一章　贫协主席念旧情

樊正清坐在走廊上哭丧着脸，感到自己灰溜溜的，想什么都想不通。但想不通也只得想通，事实上他只能交权。生产队长这个最小的官，平时不觉得怎么，现在不明不白地交出去，樊正清内心感到从来没有过的失落。

前进队的权力，顺理成章地掌握在了鸠山和欧阳芬的手里，什么事都是他们两个商量着办。于是，鸠山的"生产队包围大队"的计划也就又前进了一步。鸠山觉得要名正言顺，便自负地对欧阳芬说：李玉和是三人领导小组，我们成立一个两人领导小组吧。

欧阳芬听了很高兴，但想想对鸠山说：这话暂时不能乱说，怕李玉和说我们另立山头！

鸠山看了看欧阳芬，想想也是，什么两人领导小组！这事不能操之过急。再一想，通过斗争，欧阳芬这人也学得成熟了一些呢。

鸠山和欧阳芬又安排了一下前进队下一步的工作，仔细分析了一下当前的形势，觉得前进队的革命生产都落在了他们的肩上，两个人都感到责任重大。想想也是，马上就要斗争樊正清，还要与李玉和斗争，不拿出革命干劲来怎么行。

鸠山说：欧阳芬啊，我们肩上的担子更重了。

欧阳芬抬头望着远方，一种一往无前的信念涌上她的心头，她感到责任重大，但她志向高远，喜欢肩负起应该承担的责任：什么叫工作，工作就是斗争，我们不怕斗争！

鸠山也被欧阳芬感动起来，而且只有振作精神，才能适应当前的形势，便说：好，我们把革命生产抓紧、抓好！毛主席说，与天斗，其乐无穷，与地斗，其乐无穷，与人斗，其乐无穷！

　　说得很投机，但鸠山还是感觉有些饿了，两个人就回家吃饭了。

　　欧阳芬蹦蹦跳跳回到家里，家里人都吃过饭了，她的饭留在了锅里热着。

　　欧阳芬打开锅盖，正准备吃饭，父亲欧阳富贵说话了：你们不能乱斗樊正清。

　　欧阳芬觉得奇怪，吃惊地放下了手中的饭碗。

　　她以为是父亲开玩笑呢，父亲这个土地改革时的贫协主席，一直斗争在前，听到斗争，瘫痪了的人居然站了起来（妃子村的另一种说法，是欧阳富贵吃了女儿的处女胎才站起来的），现在为什么会叫不斗樊正清了呢？

　　难道想包庇樊正清？欧阳芬想想父亲不让斗争樊正清的话有些难以理解。

　　欧阳芬回忆了一下，自从父亲不明不白地瘫痪，不明不白地站起来后，虽然斗争中表现得积极勇敢，但大队和前进队都没有给这个老贫协主席安排什么职务。欧阳富贵也好像没有怨言，他也只有怨命了，莫名其妙地瘫痪了十多年，站起来后时代变了，已经不是土地改革时代了。"文化大革命"，欧阳富贵又没有文化，很难跟上时代的步伐了，哪个战斗兵团都不看重他。欧阳芬觉得，父亲除了斗争地主富农，"文革"的斗争他很难适应，所以，不安排他职务也属于正常。

　　所以，欧阳富贵虽然站了起来，也只好回到生产队，回到了樊正清的领导之下。樊正清看到欧阳富贵，思前想后，也只能是人尽其能，让他使牛犁田。欧阳富贵除了斗争地主富农这个特长外，另外的特长就是会使牛。新中国成立前，欧阳富贵在保长府当过差，帮长工的时候还为地主家犁田耙地。樊正清最能人尽其才，让欧阳富贵使牛，而且给他配了一头前进队最好的"大掰角"牛。

这牛力大，两只角有五尺多长，别称"大掰角"，进厩门的时候，两只角太宽，进门都困难。樊正清让欧阳富贵使"大掰角"，也算是给了他面子，春天耕种的时候，欧阳富贵赶着"大掰角"走在村道上，扛一架犁铧，便是一道风景。

欧阳芬想，是不是樊正清让父亲使"大掰角"的这点好处，让他感恩于他。想想也不足以让父亲这种好斗之人为樊正清说话啊。

其实，欧阳芬不知道，欧阳富贵为樊正清说情，原因出自樊正清的老婆——三姨太夏桂珍。夏桂珍当三姨太的时候，欧阳富贵正好给张保长当差。那时候，欧阳富贵正值青春年少，年富力强不算，在村子里也还算是一表人才。

欧阳富贵知道，夏桂珍嫁张保长，实属被迫无奈。后来，三姨太又由于感情不和没有生儿养女，张保长又另寻新欢，三姨太就更加冷心了。张保长常常不在家，派欧阳富贵守卫家府，这样，欧阳富贵就与夏桂珍距离最近了。两个都是年轻人啊，常常在一起，难免眉来眼去，便暗中勾搭上了。好在，马上就新中国成立了，要不然，后面还不知道要发生些什么故事。

新中国成立后，夏桂珍虽然离开了保长府，但欧阳富贵成了贫协会主席，两人就不可能有缘分了。阶级成分决定一切，因此，就有了后面樊正清与夏桂珍的故事。欧阳富贵虽然没有与夏桂珍结秦晋之好，但过去的情义总是忘记不了的。现在，樊正清大难临头，他想为樊正清说句话，其实心里向着的是夏桂珍……

这时候，欧阳芬听了父亲的话，问道：樊正清给你了条"大掰角"，他侮辱毛主席就不斗争了！

看到欧阳芬想不通，欧阳富贵沉吟了一会，说：你先吃饭。

欧阳芬这才端起饭碗。

欧阳芬吃饭也不香了，老是琢磨父亲不让斗争樊正清的事。

欧阳富贵看到女儿神情有些不对，便说：你们想想，樊正清是什么人？军人出身！还是志愿军呢，现在军人都有法律保护，你们斗争他，万一哪天政策来了，说你们乱批斗军人，怕吃不了兜着走！

欧阳芬也不答话，吃完饭便去了生产队里，把父亲的原话告诉了鸠山。

其实，鸠山也不想往死里斗樊正清，他只想在前进队站稳脚跟，再实现"生产队包围大队"，把李玉和弄下台。他的心思不在樊正清身上。听了欧阳芬的话，又是欧阳富贵的意思，自己心里也就有了底。但想想又觉得不妥，欧阳富贵的话是有道理，但自己要在前进队落脚，不斗不行，要在舆论上压倒樊正清，如果不斗争，让樊正清回过神来，他会猖獗得很，他和欧阳芬的工作也不好做。

于是说：李玉和把樊正清交给了我们，我们不斗争不行，但我们可以把斗争改成批判。

欧阳芬说：好，批判就属于人民内部矛盾了。

鸠山说：我们在批判的时候，把握好大方向，坚持用文斗不用武斗。

欧阳芬听了觉得有道理，说：反正我们是按人民内部矛盾来处理，以后有政策也说得清楚。

鸠山说：是这个道理。

于是，两人就着手准备批判樊正清，不准说斗争这个词。

# 第三十二章　吴会计斗出第三者

　　前进队里的社员，看到好几个生产队随时都有批判会，不批判会计就是批判队长，还有批保管员或记分员，觉得只有批判干部才是"文化大革命"。然而，"文化大革命"过去两年了，前进队也好像没有可批判的人，觉得比较冷清，燃不起激情。这下好了，樊正清出事了，大家都热情高涨起来，都等着看鸠山、欧阳芬如何组织批斗队长樊正清。

　　群众情绪高涨，鸠山却表现得冷静。樊正清侮辱伟大领袖毛主席，队长职务是自动解除了。现在，樊正清虽然放回了家，但他得随时接受批判，是接受管制的人。鸠山想，樊正清倒台了，前进队不能成为无笼头的马，他知道得考虑一下如何做好全面的工作。鸠山知道，现在首要的任务是批判樊正清。批判会不是简单的事，得发动群众，要批就得批得有声有色。现在的问题是，批判樊正清，好像只是他和欧阳芬在调停，两个巴掌，再用力也没有多大的响声。

　　鸠山想起毛主席的教导来了：革命战争是群众的战争，只有动员群众，才能进行战争，只有依靠群众，才能进行战争。所以，他与欧阳芬商量，准备成立一个前进队"文化大革命领导小组"。

　　欧阳芬马上表示同意，说：千千有个头，万万有个尾，没有个组织，就会群龙无首。

　　回到家里，欧阳芬就把成立领导小组的事对父亲说了。欧阳富贵听了，马上表示赞成，说：要成立领导小组，气势就得大点，妃子村成立的是三人领导小组，你们就成立五人领导小组。

　　欧阳芬把话告诉了鸠山，鸠山马上心领神会。他知道，欧阳富贵是想进领导小组，如果只是三人领导小组，肯定没有欧阳富贵的份。鸠山想，要想在前进队大干一场，欧阳富贵是个用得着的人，于是，便与欧阳芬商量，让欧阳富贵进领导小组。

欧阳芬听了感到不妥，不同意。欧阳芬知道，五人领导小组除了鸠山他们两个，再加会计便是三个了。欧阳芬的母亲是妇女主任不能不上，如果再加上欧阳富贵，欧阳芬家就全部进领导小组了，这样影响不好。

鸠山左右为难，最后只好忍痛割爱，就只让她的母亲高学英参加领导小组，欧阳富贵就让他继续使他的"大瓣角"。

这样，五人领导小组就还差一个人。这时候，鸠山想到了张美兰。张美兰演《红灯记》出了名，虽然不太想参加政治活动，但总是耐不住寂寞。特别是自从在草楼上和小河边与张美兰亲近以后，鸠山越发有离不开张美兰的感觉，一直按捺不住自己，随时会想起那两次的满足，张美兰也已经离不开自己，如果这次不把她结合进来，她可能还会找自己耍脾气，正好有这个机会，想把她也结合进五人领导小组。

鸠山提到张美兰进班子，欧阳芬有点想法，说：张美兰是李玉和的人！

鸠山心里明白，李玉和安排张美兰演"卖粥大嫂"，一方面是针对欧阳芬，一方面是针对自己，想对自己采用美人计。但是，鸠山也知道，张美兰现在却掌握在了自己的手里。这一点，可能连李玉和也不知道。

所以说：李玉和的人？那倒不一定。

张美兰到底是不是李玉和的人，欧阳芬也拿不出证据，于是说：张美兰名声有点不好，有绯闻，结合进来，怕群众有意见。

鸠山说：这个我也考虑过，但是，前进队的科技种田这一块，我们都不熟悉，张美兰结合进来以后，让她管科技小组，专门管科学种田，群众也就心服口服。

欧阳芬这才没有话。

成立了五人领导小组，就准备开批判会。鸠山说：批判樊正清的事不能等了，时间长了社员批判的激情就淡化了。

欧阳芬当然同意，就马上开批判会。

鸠山说：批判会决定让会计吴天顺主持。

欧阳芬说：主持批判你最有经验，怎么要让吴天顺主持？

鸠山说：吴天顺与樊正清搭档多年，让他主持，更有说服力。

吴天顺是王连举的表弟，也是妃子村的"文人"类型。前进队的人，有的人按妃子村的习俗喊吴天顺"老表"，有的叫他吴会计。吴会计有些近视，戴了个塑料框架的眼镜。村子里戴眼镜的人极少，就是近视，也随遇而安，不戴眼镜。有一久，吴会计的眼镜坏了一只腿，成了跛脚眼镜，不方便戴，也照样记账、拨算盘。但时间不久，吴天顺又用一节麻线把近视眼镜的另一只腿拴起来，挂在耳朵上。于是有人说吴会计不近视或近视不严重，戴个跛足眼镜是想充文化人。这话传来传去，妃子村便产生了一句歇后语：

"牛屎壳郎"挎眼镜——假装地理先生。

其实，吴天顺也不算是假装地理先生，村子里人知道，他家世代都是村子里的文化人，祖上的男人，不是开私塾就是当"阴阳先生"为人算命，有的又是帮人家管理账务，属于经理级的人物，记账、拨算盘都是一把好手。

旧社会，妃子村文化人不多，不管谁执政，他们吴家人都会被选为"财粮"文书什么的官衔。妃子村人奇怪，把大队文书称之为"财粮"，意为管财、管粮的人，很形象的。总之，吴会计家不管是哪一代，都是属妃子村的文化人一类。这种现象，真是有点说不清。

鸠山把吴天顺结合进"班子",又应了村子里的俗话,雷都不打"文化人",你看哪个文化人遭遇雷打过,人家不经风吹雨打嘛。同时,会计是村子里最让人羡慕的职业,而且比队长超脱,每天挎一个包,一架算盘,有时候,再握一根丈量杆,一把皮尺,用来量土方,很是潇洒,不得罪人,也很少遭到批判什么的,很吃香。

吴天顺与祖上不同的是他还有个爱好,就是喜欢玩"月琴"。村子里玩乐器的人不多,乐器品种也不多,就只二胡、笛子、三弦,所谓"月琴",比三弦大一半,而且琴面上有一块小圆镜,类似月亮,再就是比三弦多一根弦,是四根弦,不容易掌握音色,所以,吴天顺就更有知名度了。

吴天顺玩"月琴"玩出了个老婆,叫罗二莲,这还是妃子村的一段佳话。

前进队有个地方,叫"百家门",意思是村子里上百人家的人都要到这里去坐的。"百家门"是本村地主邱之本家的大门。邱之本家是妃子村的小地主,房子也是村子里最有特点的,虽然与杨光龙这个大地主家的房子相比稍有逊色,但也是四合院,小天井,房屋旁边还有防土匪的"炮楼"。邱家的房子,主要是大门修得气派,村子里人称之为"花大门"。说是花大门,就是门梁上雕龙画凤,再用传统的土颜料描画,时间虽久远了依然不褪色,照样清晰秀丽。

吴天顺弹月琴,多数时间就在"百家门"前。晚饭后,村子里的人都喜欢到"百家门"前聊天纳凉,听吴天顺弹调子。吴天顺弹的,也是村子里的流行小调《新十二杯酒》《寡妇调》什么的。吴天顺弹月琴成了前进队乃至妃子村的明星,却不太近女色,村子里的姑娘喜欢他,他却从不动心,让人望尘莫及的感觉。

后来，吴天顺娶了罗二莲，让人们始料不及。

罗二莲外号叫水蛇腰。听水蛇腰这个外号，就会想到罗二莲的身材。现在回忆起来，罗二莲的身材苗条得如同模特，村子里人说罗二莲简直就是"一根葱"的子弟（子弟就是人才）。罗二莲的身材苗条也就罢了，但更突出的是腰部一段还要再细下去，颇似柔软的柳枝，走路一波三折，很有风韵。叫她"水蛇腰"，很形象，也恰如其分。

吴天顺喜欢上罗二莲，首先是从弹琴对歌上开始的。

吴天顺喜欢上罗二莲，家里一百个反对，都说看罗二莲那身材就不太顺眼，太那个了，太"那个"什么了呢？家里人也说不出个所以然来，就是觉得不像是他们吴家人理想的媳妇。但吴天顺执意要娶，不与其他女子亲近，家里人怕时间摆长了节外生枝，也就把他们的事办了。

吴天顺娶了罗二莲以后，也没有出现什么大是大非，一个封闭的小村子，也不容易发生意外事件。罗二莲也顺理成章为吴家生儿育女，生了孩子后，罗二莲稍微胖了一些，脸上也有了红晕，于是更加有了风韵，容易让男人们神离。但人家到底是吴会计的媳妇呢，没有人敢招惹是非。不过，这次批判樊正清，却出现了些意外，这是后话……

鸠山叫吴天顺主持批判，他随便推诿了一下便应承下来。吴天顺进了五人领导小组，工作表现得更加积极，他觉得，连鸠山都看得上他，说明自己还是有地位的。鸠山让他主持批判会，他什么都得负责，什么都要考虑到。这天晚上，天还不黑他就到了队房里，在经常开会的矮房子里烧起了火塘。

火才烧起来，队里便开始热闹起来，集中了那些熟悉的男女老少。

吴天顺第一次主持批判会，他是要显示他读书读得多，很有文化的。看到人到得差不多了，便站在火塘边，挥手打着拍子指挥大家唱毛主席语录歌曲，他指挥得很卖力气，但下面的男人边唱边吸着烟斗，女人边唱边纳鞋底编草鞋，都没有心情唱歌，单等批判会上看樊正清怎么个交代。

于是，吴天顺指挥着唱了一会歌，便宣布开始批判樊正清。因为鸠山和欧阳芬事先就定了调，说是批判会而不是斗争会，属于人民内部矛盾，所以，火药味不太浓，每晚的批斗好像走过场一样，进行了好多个晚上，都没有把樊正清批下来。

眼看批判樊正清的会议就要停歇下来，只是到了后来的一个晚上，瘸裁缝突然拄着拐杖上了台，站到了批斗台上，才让批判会又重新进入了一个新的高潮。

瘸裁缝走上台，火塘边的人静了下来。大家看到瘸裁缝眼神凛冽，情绪镇定。让人更没有想到的是，瘸裁缝揭露樊正清调戏妇女，而樊正清调戏的这个妇女，正是吴会计的老婆罗二莲！

瘸裁缝话音刚落，樊正清哆嗦了一下，然后矢口否认。这时候，瘸裁缝拿出一个小本子，念出了老队长调戏罗二莲的具体时间和细节。后来，看到吴天顺在一旁回忆，他想起来了，瘸裁缝记录的这些时间，刚好他都出门不在家！

樊正清还想抵赖，瘸裁缝声音洪亮起来，他指着他的头说：当时，你在生产队守队房，随时把吴天顺的老婆带到队房里去奸污！

原来，樊正清曾经守过队房，瘸裁缝居住的炮楼里有个小窗眼，旧社会是打土匪的枪眼，从这里，正好可以看到樊正清出入的情况。瘸裁缝还怕人们不相信，便有证有据地说：有个晚上，月亮很明，当时，我上厕所准备回炮楼，刚好看到了樊正清和罗二莲，便站在月光后面观察。

跛裁缝说：我看见他们了，他们都没有发现我！

说到这里，跛裁缝眼睛往会场四周扫了一圈，他看到社员们都安静地听他在检举揭发。于是，他更加来了精神，接着说道：这时候，我看到樊正清拉着罗二莲走到了一个草垛下……说到这里，瘸裁缝又做了一番解释，他说，樊正清背对着他，他也看不到樊正清的表情，只看到樊正清踮着脚抱着罗二莲在运动，再后来不知不觉就倒在草垛里去了！

说完这些，跛裁缝这才把脸掉向斗争会的社员群众，高声问道：这不是奸污妇女又是什么！

人们终于相信跛裁缝的话了，这么多的细节，樊正清也心服口服，不敢抵赖，头上开始冒汗。

吴天顺冲到台上去，扇了樊正清两个耳光，高呼口号：不忘阶级苦，牢记血泪仇！

樊正清的老婆是三姨太，红宝书也只有发到"斗私批修"，吴天顺觉得有阶级矛盾在里面。

会场乱成了一锅粥，有相信跛裁缝的，也有相信樊正清的。樊正清的三姨太和罗二莲都闹了起来，哭天喊地的。

吴天顺主持会议，也乱了方寸，自己都主持不了自己了。

然而，就在这个时候，突然，批斗会的房子摇晃起来，继而，大地在抖动，好像是山崩地裂。

有人在高声喊：地震了！

有几个老年妇女急忙站在院子里唤鸡，"啄啄啄啄啄啄，啄啄啄啄啄啄……"地唤个不停。

村子里迷信的说法，土地老爷掌管着地球，并随时带着一只公鸡，这公鸡不能睡觉，因为它闭上眼睛，地球就会震动。所以，妃子村的人都相信地震是由于土地老爷的公鸡睡着了引起的，要赶快把它唤醒，地震才会停下来。

不知道妇女们这样着急地唤鸡起没有起作用，但地震一会就结束了，人们仿佛才从梦中惊醒过来，从矮房子里跑了出来。

樊正清也仿佛得到了解脱，灰溜溜地站在了人群中。

社员们看房屋还没有倒塌，那些土坯墙也只是开了些裂缝，没有太大的影响，便想起刚才批判樊正清还没有结果呢。

三姨太和罗二莲也似乎清醒过来，都在寻找跛裁缝，要问个所以然。

然而，地震影响十分大，这时候，几个大队武装民兵扛着七九步枪跑到了队房里来通知。武装民兵看到了鸠山，气喘吁吁地说：县里来了通知，说可能还会有更大的地震，要各个生产队不能进自家的房屋，在外等候命令。

于是，樊正清的批判会也就只好停了下来。

# 第三十三章　抗震棚里出怪事

地震发生以后，鸠山反应比较快。他把批判樊正清的事放到了一边，考虑如何应对突发的地震。什么事都比不过地震，鸠山明白，共产党领导，抗震救灾是头等大事。那些年看电影，每次都有新闻简报，当年的顺口溜是这样的：越南电影飞机大炮；朝鲜电影哭哭笑笑；罗马尼亚搂搂抱抱；阿尔巴尼亚莫名其妙；中国电影新闻简报。可见，村子里人都不喜欢看新闻简报，希望赶快放故事片。

然而，鸠山却非常爱看新闻简报，他很关心国家大事呢。他还记得，新闻简报就记录了周总理日理万机，工作再忙，也要到地震灾区察看灾情，慰问灾民。现在，妃子村地震了，鸠山觉得其他事情都可以放一下，抗震救灾更要紧。

于是，武装民兵走后，鸠山就带领着几个基干民兵，把前进队各家各户的房屋查看了一遍。前进队的住户都很集中，一会就看完了。鸠山觉得这次地震比较大，房屋部分受损，许多都成了危房，不能住人了，只是所幸没有人员伤亡。

检查了以后，鸠山回到社员队房里，镇定了一下情绪，说道：社员同志们，这次地震，我也不知道是几级，但是，县里、区里通知我们不能进房屋，我们就只能原地待命！

队房里，社员们都乱成一锅粥，说不能进家，鸡、猪怎么办？老人怎么办？还有人问：地主富农没有来开批判会，他们怎么办？

鸠山说：人命关天，你们还顾得了家里的鸡猪，倒是老人、孩子在家的，赶快回去找了或背或抬都集中到队房里来要紧！

社员听鸠山这么一说，就只能安于现状，有人就赶紧往火塘里添柴，准备在生产队里过了这一夜又说。

其实，一些老人经验丰富，妃子村处于地震断裂带，常常会发生地震的，一般的地震他们不怕，特别是妇女们，挂念着自己家的锅碗瓢盆，看看没事，就匆匆回家去了，只有少部分人留在生产队里。

看到社员们情绪稳定下来，鸠山马上想起召开一个五人领导小组会议。五人领导小组的人一叫就到齐了，突如其来的地震把欧阳芬、高学英和张美兰都搞晕了，都没得话说，吴天顺也因为跛裁缝揭发樊正清调戏老婆罗二莲的事还没有回过神来。

鸠山考虑了一下，觉得首先要做好吴天顺的工作，自己的老婆被指有作风问题，换到谁都难以承受，他觉得要稳定一下吴天顺，便说：

吴会计啊，我看跛裁缝揭发的问题，真真假假，也有可能是混淆是非，挑动群众斗群众，我们要提高警惕，牢牢掌握斗争的大方向。

吴天顺也分不清是非了，说实话，他对樊正清与老婆有关系也将信将疑，他与罗二莲有婚姻基础。妃子村地震了，他却也不想发生婚姻地震。只是，这件事他无法向群众交代，自己在前进队是个公众人物，对这事得有个交代。鸠山这样一说，感觉有了台阶下，于是说：

这事一定要深入调查清楚，不能让他们兴风作浪！

于是，五人领导小组决定让樊正清先深刻反省自己的严重错误，等地震后再做处理。

樊正清也不好说什么了，这个时候，说什么都作用不大。他万万没有想到，坐到毛主席像上就罪大恶极了，现在又被揭发出了男女作风问题，他简直要崩溃了。

把这些事都安排好了，鸠山他们就这么在火塘边稀里糊涂地过了一夜。第二天一早，前进队就来了区里的抗震救灾工作队。工作队都是单位上的工作人员，到了前进队，却救不了什么灾，房屋没有倒，人没有伤亡，就只是宣传地震的预测，说可能后面还有大地震。他们的主要任务，就是动员妃子村全部社员都要住在场院里或田野里，不能住进房子里去。

这样一来，地震影响了一切生活秩序，妃子村的社员们，都开始到场院里或田野里搭防震棚，准备住进地震棚里去。

李玉和到各个生产队检查地震、查验生产，就是不轻易到前进队去，前进队成了独立王国。李玉和不来前进队，鸠山心里有气，但想想觉得倒也清静。李玉和不来前进队，鸠山便想赌气在前进队里干出点特色来。鸠山觉得，现在最大的特色，就是地震不能影响生产，要趁地震，群众都集中到了一块，大力发展生产，争取让社员来年吃上饱饭。

鸠山是个喜欢玩点新鲜的人，他把五人领导小组集中起来，说：目前正是秋种时节，地震不能影响生产，所以，防震棚不要搭在生产队的队房里了，我们要与其他生产队不同，搭到我们的田地里去。同时，民兵起带头作用，成立青年突击队，虽然地震，但要抓紧节令把麦子种下去。

前进队的年轻人听了鸠山的话高兴了，他们早就在家里住厌倦了，喜欢搬到外面去住。于是他们就想，地震也有好处呢，让他们有了新的去处，可以住在田地里，风景好，又不受父母约束，而且一群年轻人住在一起，男男女女的非常有趣。前进队的年轻人不怕苦，就怕寂寞。

五人领导小组的其他人也都支持，抗震虽然重要，但生产更重要，不抓生产，明年吃什么？得到大家的支持，鸠山做事一直是雷厉风行的，说干就干，先指挥在田野里搭防震棚。

防震棚就搭在中泥河西边的"三亩田"。三亩田这个地名，是因为那里有前进队最大的一块田，方方正正，刚好有三亩。防震棚搭起来也不复杂，因为是临时性的，只用柳树、芦苇，再盖上箦帘就行了，反正地震的风声过后就要拆除。只用了一天的时间，防震棚就搭好了，年轻人都把行李也带着在棚子里把床铺好。其他社员，要不就是一家人住在一起，要不就是几个兴趣爱好相同的人拼床，结伴在一起睡。抗震棚子外面，鸠山让民兵把跛裁缝做的红旗拿来插上，红旗一插上，田野里的气象就不一样了，整个前进队的防震棚显得十分有生气。

社员都搬到地震棚里来了，鸠山检查了一下居住的情况，看到地震棚里有些杂乱无章，就说社员们不能乱睡，地震棚搭起来的都是大间，应该男的一边，女的一边，要不地震过后，出现"小震生"！

年轻人听了都笑了，说怎么会呢，才几天时间。年纪大的都说鸠山说得有道理，要男、女分开，乱住着看相不好。于是又男女居住严格地分开了。

鸠山还指挥搭了一个单间草棚，用来当抗震指挥部，指挥部里，随时都是五人领导小组开会，商量如何抗震和生产。

五人领导小组的任务很艰巨，一是要防震、抗震，二是要组织生产自救，三是要管群众的生活，还要防病、治病，什么都要处理好。鸠山是一把手，忙得不亦乐乎，但觉得有了成就感。

防震棚搭在三亩田，离村子远，社员们搬到田地里来防震，就不可能回家吃饭，鸠山只好在田间开起了食堂。伙食这一摊事就麻烦了，一是粮食、柴米油盐都得集体供应，正是特殊时期呢，群众家里不可能拿出这些东西来。于是，鸠山跑到了区里，要下了粮食和一些救济款，便在三亩田开起了大食堂。

鸠山说：你们出来防震，家门要锁好，带好行李，再就是带好碗筷啊！

不用带米就有饭吃啊，社员们都高兴了，心里拥护鸠山领导得好。

抗震属于特殊时期，科技组暂时不用工作，鸠山就让张美兰管理食堂，专门负责社员的吃饭问题。

张美兰高兴了，觉得鸠山终于把自己派上了用场，在前进队也就很有面子。

其实，让张美兰管理食堂，实际上是带领几个年轻姑娘、媳妇做饭，供应社员的一日三餐。但是，妃子村有个自古形成的观念，就是男人帮人家写对联、记账是最体面的，女人呢，又是经常出现在灶台前，坐在切菜的案板前是最体面、最受人尊重的。所以，张美兰每天在田野里的露天锅台前转，也不知是火烤太阳晒还是高兴的原因，她的脸上总是放着光。有人见了，便会说一声：美兰子真是忙啊！

村子里称呼人，后面缀个"子"字，表示亲昵。

张美兰听了，撩一下头发，头也不抬地忙着在案板上切菜，顺口答道：不怎个！

那样子，很有成就感的。

所以，做饭、做菜也很有责任心，白天都很累了，早上就几个女子轮流着做，剩下的补个懒觉。其实，抗震时的早饭十分简单，把米饭做好，再打一锅油茶就行了。

这天，轮到张美兰做早饭，还是早上三点钟，张美兰就起床了。天气十分晴朗，天上的星星十分清晰，田野里的空气十分清新。张美兰头天晚上就把煮米的水加在锅里了，只把火烧燃，一个小时就把米饭蒸到锅里了。然后打糊米茶。糊米茶是这个坝子里油茶的扩大化，把米炒黄，再加上茶叶，加上水煮浓了就可以就着饭喝了。这时候，张美兰正在炒糊米，鸠山就出现了，轻手轻脚的。

张美兰看到了，但她炒着米，灶里的火熊熊地燃着，手不能停，手停了米就会糊了。鸠山不作声，从后面就抱住了张美兰的腰。

张美兰说：你不怕被人看到！

鸠山说：累了一天，正睡得香呢。

张美兰继续炒着糊米，鸠山却把手从她的腰里摸了进去。鸠山伸手的前面，还在灶门前烤了一下手，手掌烤得暖烘烘的。张美兰看到鸠山对自己很体贴，又在后面喘着气，便说：你把我的裤子脱了，让你舒服吧。

鸠山说：那样你不舒服。

张美兰说：只要你舒服就行了。

鸠山真的听了张美兰的话，把张美兰的裤子脱了，抱住她，从后面不停地抽着。

张美兰也把情绪调动起来了，说：等我炒完米加上水，我们去前面沟边去。

鸠山什么也听不进去了，继续快速抽动着身体，喘着粗气，一会就慢慢软下了身体。

张美兰锅里的米已经黄了，边往锅里添水边说：就完事了！

鸠山把张美兰的裤子提了起来，自己边穿裤子随口嗯了一声。

张美兰却是兴致大发，等添完水，说着便拉着鸠山要往水沟边去。

鸠山说：我已经过了。

张美兰说：你过我没有过。于是硬拉着鸠山往水沟边走。

到了水沟边，张美兰抱住鸠山不放。

鸠山说：我刚过，等一会就不行？

张美兰说：你过了，我怎么办？

鸠山没有了办法，而且刚过了，感觉力不从心。张美兰便用手摸鸠山的下身，一摸，鸠山又来了兴趣，便想做。

事后，两人都感到十分满意。

# 第三十四章 纪主任抓典型看上了张美兰

其实，地震涉及的不止妃子村，全县都受到了波及。

抗震防震成了全县的首要工作，于是，县里区里都要发抗震先进典型的新闻简报。李玉和当了好长时间的三结合组长，一点建树也没有，他看到鸠山在玩新花样，自己也就想在抗震的时候出一下风头，便用电话上报妃子村的先进典型。报先进，得有点材料事迹，想想妃子村其他生产队都做得没有特色，只有前进队搞得有声有色，于是就报了前进队，主要的先进事迹是说前进队抗震、生产两不误。

从前，妃子村抓革命、促生产一直叫得响亮，天天喊的是革命、生产两不误。这次，前进队又搞了抗震、生产两不误，区里觉得前进队的经验值得推广，便派人到妃子村总结先进材料。

这天，区革委会的纪副主任又来到了妃子村，专程看前进队防震工作和秋耕先进情况，要组织材料上报，为区里增加一个先进典型。区革委会纪副主任到了前进队，正值吃中午饭的时候，本来，村里李玉和已经叫小焦在供销社里做好饭菜，但纪副主任突然要在前进队里吃饭，说要与群众同甘共苦。

原来，纪副主任看到了正在做饭的张美兰，动了"恻隐之心"。当时，张美兰正在锅台前捞米，她弯腰的时候翘起了臀部，臀部浑圆，而腰又比较小，头发拂在了脸面上，脸已经被灶塘里的火和太阳烤红了，眼睛却是水灵灵的。这时候，张美兰边捞米，边抬眼望了一眼纪副主任，纪副主任就有了心醉的感觉。

其实，张美兰也没有其他意思，只是想配合鸠山的工作，并且，自己也是前进队五人领导小组的人，看到领导来了，感觉要显得热情一些，领导的重视对前进队有很大的好处。于是，纪副主任到厨房检查工作的时候，便从锅里给纪副主任倒了一碗大锅茶。

纪副主任接过茶的时候眼睛都直了，抬着茶不知所以。所以，他决定留下来吃饭。

纪副主任叫纪红卫，是"文化大革命"中涌现出来的造反派干部，生得个子高大，特别是眉毛又黑又长，声音也大，经常主持批判会，而且不用高音喇叭。

纪红卫原来是粮食局的一名后勤管理员，专门管食堂的生活，也称之为事务长。当事务长的时候，纪红卫就有点名气，他的名气主要在善于搞女人上。

可能是职业上的方便，纪红卫搞的女人，一般都是炊事员。在他的食堂里的女炊事员，都没有逃出他的手。

其实，纪红卫搞炊事员的方法也不复杂，他的手段主要是用帮炊事员"转正"为诱饵。所谓转正，就是帮那些女炊事员从临时工转为正式工，那时候的农村人口，一旦转成正式国家人口，那就一生有了保障，人生简直是天上地下。所以，基本上所有的临时炊事员都会上他的手。

每到收购粮食的季节，粮管所都要请好些助征员，吃饭的人多了，便也要请临时炊事员。每到秋收，纪红卫就各个村子里去挑选临时炊事员，其他人挑选炊事员，挑选媳妇的多，因为年轻媳妇有做饭的经验，纪红卫挑选的，是姑娘，还要看漂亮不漂亮，做饭做得好坏倒是其次。

被纪红卫挑选的姑娘到了粮管所做饭，也就有了些变化，因为是在单位上，接触的是单位上的人员，一日三餐都按时，又有一份临时工的工资，对单位上也就有了向往。纪红卫就抓住了姑娘们的这种心态，在她们面前大讲转正的可能性和好处。讲这些事情的时候，还要把年轻炊事员找到自己的宿舍里，告诉她们要好好工作，争取表现，争取转正，还美其名曰"向组织靠拢"。

谈得姑娘们心花怒放时，手便摸在了姑娘的胸上，让姑娘们措手不及。那时候，坝子里的姑娘们都性保守，婚前都守身如玉。同时，最害怕的就是婚前怀孕。婚前怀孕，包括纪红卫都害怕，更何况是姑娘家。所以，聪明的姑娘便也抓住纪红卫的心理，在他要非礼的时候便说道，纪领导不要乱想了，这样怀孕了怎么办？！

这一问，问得纪红卫下身也软了。怀孕后可是要受处分的，不是劳改就是开除公职。纪主任不能不怕。

有时候，纪红卫会回答说：我体外射精！

姑娘问：什么叫体外射精？

纪红卫：我玩到射精的时候便拿出来，把精液排在外面。

姑娘怎么也不相信纪红卫会体外射精，所以，纪红卫也就很少得逞。

纪红卫也想过用避孕套，但那时候买避孕套都得单位开证明，以防有人乱搞男女关系，所以买不到。纪红卫翻过许多书籍，学会了安全期，但安全期时间长，纪红卫差不多每天都要搞一次，安全期对他来说限制太多。也有女子同意纪红卫体外射精，但有时候纪红卫舍不得排在外面，难免怀孕，于是就只好去马路湾找王婆打胎，受了许多罪，找了许多麻烦。

纪红卫在作风问题上名声不好，但在"文化大革命"开始，他却是首先跳了出来，参加了区里的战斗兵团，当上了副团长。

参加了战斗兵团，纪红卫便有了许多的优势，主要体现在他讲话不怯场，声音大，开批判大会的时候，往往是主持会议，那气势便能吓倒走资派。所以，县里的造反派赏识他，又是搞事务长出身，接待什么的有一套，三结合的时候，便结合进了区革委会，当上了革委会的副主任。

这一久，纪红卫骑着区里的"永久牌"自行车天天在各个村子里转，一是检查防震，二是挑选一名临时炊事员。三结合成立后，纪红卫首先考虑换炊事员，纪红卫是副主任，管生活这一块，他对主任说：原来那个男炊事员做饭做菜都好，就是没有亲和力，吃饭的人不多……

这天，纪红卫要留在前进队吃饭，很明显是看上了张美兰，他想看看张美兰给符合区革委会食堂当临时炊事员的条件。

吃过中午饭，纪红卫便问鸠山：你们这个炊事员叫什么名字？

鸠山：张美兰。

鸠山觉得有点奇怪，纪主任谁也不问，为何偏偏问张美兰，怕是自己与张美兰的事被人举报，心里一阵紧张。

纪红卫：我们要招一名炊事员，她的饭菜味道还不错。

鸠山这才松了口气，但马上知道纪红卫的用意。纪红卫的所作所为，鸠山是十分了解的，他觉得张美兰是自己的人，不想让纪红卫轻轻容易就抢走，便说：这人已经结过婚了。

纪红卫万万没有想到张美兰会结过婚，但想了想，挑选的过程，也可以浑水摸鱼。便说：做饭，又不是找媳妇，结过婚，只要思想正派，锅灶好就行。

于是，纪红卫让鸠山通知张美兰，要找她当面谈谈思想。

鸠山心里十分矛盾，让张美兰去和纪红卫谈思想吧，心里十分不愿意，不让她去吧，又怕得罪纪主任。

本来，鸠山也想顺水推舟，让纪主任把张美兰带走。鸠山很多时候都感到矛盾，是不想接触张美兰了的。想想也是，鸠山自己还是未婚青年，又是前进队的领导，怕日久会被人发现，问题就闹大了。樊正清的事做得很保密都被跛裁缝揭发出来了，不知自己哪天也被揭发。再说，怕怀孕后处理不了，让张美兰的老公邓德军来找自己的麻烦。然而，让他难以下决心的是，他同时会想起张美兰的好来，张美兰对自己的真心，再说，那种性上的和谐，那种过程和感觉，真的是从来没有过。

怀着矛盾的心理，鸠山便对张美兰说：纪主任要找你谈谈思想。

张美兰不久前才结合进五人领导小组，地震后又负责管理食堂，现在又有区领导找自己谈思想，心里当然高兴。

谈话没有别的地方，在田野里，让人看到影响不好，就在鸠山的抗震指挥部里。

抗震指挥部也就是一间草房，都透亮呢，鸠山想也不可能发生什么事，也就让他们在里面谈。

棚子里有一张床、一把凳子，纪红卫坐在床上，张美兰坐在凳子上。

纪红卫说：你叫什么名字？

张美兰：张美兰。

纪红卫：婚否？

张美兰听了，有点忸怩，说是招炊事员，又不是相亲，为何要问婚否。但也不好推辞，说：结婚一年半还多了。

纪红卫轻轻地点了一下头，又在桌子上轻轻地敲了两下指头。说道：我们要找一个思想红、业务精的革命同志当炊事员，当然，主要是为了今后能转正的炊事员，今天看到你，我想和你谈谈，把你列为人选。

张美兰没想到有这等美事，如果自己也转成了正式炊事员，也拿上了购粮本，成了"国家人口"，那不与丈夫平起平坐了吗？那就不用下地干活，还可以经常穿新衣服，可以抹雪花膏，一辈子都不愁吃、不愁穿了吗！

　　张美兰真是太激动了，不知说什么好。

　　这时候，纪红卫的手就已经从张美兰的衣服下面摸了进去，直接摸到了乳房上。那时候的农村女子，不时兴戴胸罩，纪红卫的手，就直接摸到了乳房上。那是一对丰满而富有弹性的乳房，正值青春期，精力旺盛，体力充沛，那种感觉让人难以言表。纪红卫陶醉其中，而再也没有谈炊事员的事。张美兰难免有些警惕，便身子往后一退，纪红卫才从沉醉之中醒了过来。

　　纪红卫把玩着张美兰的乳房，先是柔软的部位，然后是生硬的部分，最后到了乳蒂，每个细节都不放过。

　　张美兰是婚后的女子了，并且早晨才与鸠山做过，心里就有些沉稳，便说道：纪主任，你的手！不要十冬腊月的天，冻（动）手冻脚的。

　　纪红卫有些尴尬，便说：我们是预选，看到有合适的人选，我们马上就定，马上就到区里去上班。

　　张美兰说：选上了，什么话都好说。

　　纪红卫觉得遇到了一个强有力的对手。

　　本想在挑选的过程中有所收获，看起来，今天出师不利。

　　鸠山看到纪红卫与张美兰已经谈完思想从防震棚里出来，他看了一下两个人的脸色，好像没有得手。看到这种情况，鸠山心里又矛盾起来，挑选不上张美兰，纪副主任不高兴了，对自己前进队的先进典型上会不会有影响，也是一件说不清的事。

　　这时候，鸠山后悔没有教张美兰一招，让她先稳住纪副主任。

　　纪红卫有些懊恼地走了，鸠山感到失落。

# 第三十五章　李玉和与鸠山访大寨

　　李玉和觉得，纪红卫检查前进队的抗震、生产两不误，便对前进队产生了兴趣，这对自己十分不利。那天，纪红卫连中午都不到大队吃饭，后来又匆匆忙忙地走了，回去后，紧接着就发了《抗震简报》，宣传前进队抗震救灾的典型经验，工作效率蛮高的。

　　这天，李玉和在大队里翻看区里和县里发的宣传前进队的典型经验的《抗震简报》，心里感到紧张，他怕上面太关注前进队，太关注鸠山，这对自己十分不利。再说，那天午饭后纪红卫到大队，多的话也没有说，气冲冲地走了，这更让李玉和摸不着头脑。所以，这两天他成天唉声叹气，他觉得把鸠山和欧阳芬下派到生产队去是极大的错误，让他们成立了独立王国，现在，他感到有些收拾不住这两个人了。

　　王连举看到李玉和的表情，先也是摸不着头脑，试探着一问，才知道他是为前进队的事发愁，便释然了。于是先跟着叹了一下气，表示理解和有同感，还轻轻摇了一下头，然后开导说：其实，我们只要因势利导，事物会朝有利于我们的方向发展。

　　李玉和有些不明白：现在这个样子已经不好收拾了，怎么还可能有利于我们？

　　王连举：团长啊团长，前进队再先进，也是我们妃子村下面的一个生产队。

　　李玉和眼睛看着王连举，还是不明白的样子。

　　王连举说：团长你想想，就像县里的先进典型新华村，他们再先进，还是属于县革委会管辖，大寨是全国的先进典型，名声再大，也还是要忠于伟大领袖毛主席……

李玉和愣了一会，想了又想，终于开了窍，觉得应该把前进队树立成自己的典型，妃子村也就有名气了，自己也就有了政绩。于是喜形于色，说道：你的意思是就像毛主席说的，要转化不利因素为有利因素？

王连举说：是这个意思，现在我们分两步走，第一是把前进队树成先进典型，第二是要利用好鸠山。

李玉和说：是这个道理，在适当的时候，还要抓住鸠山的错误——鸠山的错误，主要在男女关系上。

王连举赶忙奉承，连连点头，说李玉和的主意高。

李玉和听了很高兴，与王连举统一了思想，决定不动声色地宣传前进队的先进典型，然后察言观色，看鸠山与张美兰的关系有没有发展。

把这些事商量好了，那部黑色的摇把子电话铃声响了。

王连举拿起话筒，一听是区里来的，说抗震救灾已经告一个段落，县里组织干部到大寨参观学习，给妃子村两个名额，并指定前进队去一个人到大寨参观学习，最好是鸠山去。

王连举刚才还劝导李玉和，要如何如何因势利导，现在听了电话，心都凉了。觉得树前进队为典型，真的有些让人懊恼。想想看，县里组织去大寨参观学习，如果不树前进队为典型，怎么会指名鸠山而没有自己。鸠山又不是三人领导小组的成员，不安排自己而安排鸠山，心里总是不舒服。王连举想，如果不指定前进队，不指定鸠山，自己也有可能去大寨参观学习。

王连举把这次机会看得很重。那时候，村子里人很不容易出一次远门，去大寨参观学习，等于是一次公费旅游，是求之不得的事。然而，区里指定只给前进队一个名额，那就没有自己的份了。真是人怕出名猪怕壮，这抗震一来把前进队给搞出名了，一出名就想压也压不住。

这样想着，放下电话，王连举愣在那里。

还没有开口，李玉和问道：电话里什么事？

王连举灵机一动，说道：县里组织去大寨参观学习，要我们派两个人参加。

李玉和高兴起来，说道：年年讲全国农业学大寨，大寨在哪里都不知道，怎么学！是应该去实地考察一下了！

然后想起要去两个人的事，又补充道：去两个人，我看就是我们两人去！

王连举：要不要集体讨论一下？

李玉和说：我们两个出门方便，带上欧阳芬，她的作风又有问题，我怕人讲闲话。

王连举说：那到时候你向区里反映一下情况，最好我们两人一起去，回来好带动妃子村农业学大寨。

李玉和说：我现在就上报！

王连举心里有鬼，便说：现在不要报，现在报等于我们没有通过集体讨论。

李玉和觉得有理，过了两天，他才开始把参观学习的名单向区里报。这天，看看旁边没有其他人，李玉和才拿起电话，摇了几下，总机就接上了，便说：转区革委。

区革委会接电话的是纪红卫。李玉和说：纪主任，我们去大寨的名单报一下。就我和王连举去。

纪红卫一听，说：怎么又来了个王连举？上面点名定的是你和鸠山。

李玉和听了心里有些不舒服。说实话，他一直不想让鸠山去出风头，于是婉转地说：纪主任，我们三人领导小组商量了一下，为了以后妃子村更好地学大寨，还是由领导小组派人去，以后好开展工作。再说，鸠山不是三人领导小组的成员，怕影响班子同志之间的情绪。

纪红卫知道李玉和的心思，知道他对鸠山有成见，本来就是两个派别的人，不可能志同道合，当然是防着鸠山的。然而，纪红卫又与鸠山是老交情，并且在男女关系上，也是趣味相同，把前进队推为先进典型，也有纪红卫的一份功劳。现在，前进队已经在全县都有了名气，想拿也拿不下。再说，好不容易推上去的典型，拿掉了可惜。但李玉和也是一村之王，不能轻易得罪，于是就采用了点折中态度，便说：李玉和啊李玉和，毛主席教导我们说，要团结，不要分裂，现在，鸠山是县里都出了名的先进典型，你不让他去，上面追究责任，你可担当得起！

李玉和一听，有点招架不住，便只好说按区里的指示办。

放下电话，李玉和的脸色不太好看。王连举已经知道结果，虽然想表现得大度一些，但表情却明显不太自然。

李玉和已经看出王连举有思想，便说：也好，我们两个留下一下人来主持工作，不然村里的事也不放心，你在家主持工作。

听到李玉和说让自己主持工作，王连举心里有了些许高兴。

李玉和知道，给王连举一个主持工作的空衔，等于是给他一个安慰。

事情就这样安抚下来，时间不长，参观团就准备出发了。

李玉和与鸠山要做出发前的准备，那时候出门不多，县城都难得去一次，所以，要带些什么，也不得而知。

于是又打电话咨询了一下，区里说，参观团是集体出发，证明什么的都不用。如果单独出门，那是要带单位证明的。

李玉和还没有放下电话，接电话的人又补充着说：衣服就自己看着办，钱要多带点，每人每天交一斤粮票。

李玉和放下电话，想想自己出发前的准备也不复杂，本来衣服就不多，去参观也就十天半月，衬衣、外衣不需洗就可以到家来了。鞋子就只一双"回力牌"胶鞋，也是白天、晚上都适用的。管他呢，出门住的旅馆都是大房间，四五个人一间，也没有卫生间，谁还怕谁的鞋子臭呢。钱也不需多准备，也没有多少钱，但是，吃饭必须要交粮票，而妃子村只有粮食，没有粮票，粮票要到粮食局去换。

换粮票要用大米，而李玉和家里的大米不多了，如果全拿来去换粮票，家里老婆孩子吃什么。正在为难，突然想起了鸠山来。鸠山不是也要去大寨么，他也要去换粮票，就让他们前进队拿出大米去换！

于是让人把鸠山叫到了大队来了。

鸠山不知道上面要让他去大寨参观，李玉和叫他，他先还有些不乐意到大队来，告诉捎信的人说：这久抓革命促生产忙得很呢，有事以后又说！

李玉和再一次叫武装民兵的人去前进队找到鸠山，说县里有重要通知，必须马上到大队！

鸠山想想，可能是抗震救灾的事，他也看到县里的《抗震简报》了，前进队的先进事迹登了一大版。

鸠山到了大队，李玉和开门见山地说：要出远门了！我们俩去大寨参观学习！

鸠山听了，一时不知说什么好。

李玉和没有说上级指定鸠山去大寨的事，又补充道：我想你同我去大寨，参观学习后，把前进队的革命生产提高到一个新的高度！

鸠山听说要去大寨，早就喜形于色，问道：什么时候出发，哪些人一起去？

李玉和把县里组织参观团的事向鸠山说了，然后才说到正题，要前进队拿出一百斤大米，去区粮食局换粮票。

鸠山能去大寨，高兴得不得了，就没有把李玉和伎俩识破，便同意去前进队的仓库里取大米，去换两人去大寨要交的粮票。

李玉和也不露声色，转身对王连举说：财粮啊，你去找一个人用牲口驮一百斤米去区里换粮票。

王连举连忙答应了。


## 第三十六章　金老倌换粮票出故障


李玉和工作比较忙，办理换粮票这些零碎事也没有头绪，就让王连举去办理粮票兑换的事宜。王连举接受了任务，心里不太高兴，自己不能去大寨，本来就窝着火，还要为他们去换粮票？但还是只能答应去，不能表现出抵触情绪，想想便说：团长啊，要派人用牲口驮上米去粮食局，你看派哪个队的牲口好？

李玉和说：就派前进队的吧，鸠山也要换粮票，好说话。

王连举听了，刚要去找前进队派牲口，突然见放马老倌老金过来了。

老金过去是妃子村有名的赶马人，现在老了，就让他放马。老金放马，兼养着一匹"骡秧子"。所谓的"骡秧子"，就是与母马交配能下骡子的毛驴。每个街天，老金都要拉着他的"骡秧子"到街上为一些生产队发情了的母马配种。今天正是街子天呢，何不让"骡秧子"把米驮上，顺便让老金把粮票换回来，岂不方便。

于是叫住了老金。老金因养"骡秧子"生意十分好，一般人叫他都爱理不理的。但现在是大队的"财粮"叫他，又是《红灯记》里的人物，就犹犹豫豫地停住了。

王连举给老金传了一支"红缨"牌香烟，说：老金啊，李玉和要去大寨参观学习了！

老金觉得奇怪。由于在赶马路上跑多了，什么事都见过，聪明得很。他想，李玉和去大寨，真的是妃子村的大事，但也不值得给自己这个养马人传烟呢。于是乜着眼看了看王连举，才把香烟点着了，吸了一口，吐了口烟雾就想走。

王连举却拉住老金，言归正传，要让他帮忙换粮票。

老金上街，要照看"骡秧子"帮人家的母马配种，工作忙得很，怎么有时间去换粮票？但一听说是李玉和与鸠山的事，也不敢推辞。老金是赶马人，长年在茶马古道上跑，思维好着呢，他想，人家都是大干部，不让你放马、不让你养"骡秧子"还不是一句话的事，再想想百十斤大米也不重，换粮票也不麻烦，于是就同意去办。

李玉和的大米是从前进队拿来准备好了的，老金驮上就走了。

那"骡秧子"驮上大米觉得奇怪，从前上街，从来不驮任何东西，今天驮上了一袋米，感觉怪怪的。百十斤大米，对于这匹高大的"骡秧子"来说，等于没有重量，于是就优哉游哉地出村了。

出村有一条小河，小河边上长满了柳树、榆树、桑树和蓖麻，岸堤上还有绿色的青草，风景很好。小河边常常有人钓鱼，有人放马。老金老远就看到放马同伴老秦在钓鱼，老秦放的母驴却在河边悠闲自在地吃草。要是平时，老金也在这里放马呢，今天却要上街。

老金想，不但要配种，还要帮人换粮票，事情多啊。

走上河堤，老金看到老秦，正想喊叫，告诉他自己要去配种，并且要炫耀一下自己要去帮大队领导换粮票。话还没有出口，自己牵着的"骡秧子"突然挣脱了缰绳，"吱杠吱杠"地叫着，朝老秦放的母驴追去。那母驴看到"骡秧子"赶来，想哪里是这高大货的对手，平日里都只和一般的叫驴交配，没有接触过这般长相的叫驴，于是扭头就跑。那"骡秧子"却不依不饶，尥着蹄子狂奔猛追。

老金一看坏了，"骡秧子"背上驮着的大米，已经被尥了下来，全部洒在了泥土地上，白花花一大片。

老金急匆匆赶了过去，只见"骡秧子"已经赶上了老秦的母驴，当时还狂跑的母驴，现在已经被压在了"骡秧子"的胯下。老金不看不生气，一看气不打一处来，刚才还扭捏着十分不情愿地狂跑的母驴，现在却嘴巴一张一合，龇牙咧嘴，十分受用的样子。

这时候老秦也起来了。

老金骂道：老秦你这条母驴是"鳅鱼黄鳝吃绝种，假装斯文吃长斋"。刚才还假装不"认"要跑，把我的米也追洒了，现在又龇牙咧嘴，浪成那个卵样！

老秦不管老金怎么骂，它的母驴又不吃亏，弄不好明年下个小毛驴，要不了几年，也是"骡秧子"，老子比你老金还拽！所以也就没有还嘴。

老金却是十分着急，想这街上是去不成了。配种是小事，米洒了，粮票换不成了，得回去交代。再说，这"骡秧子"已经和母驴交配过，再去与人家的母马交配，来年生下的骡子，质量也不一定好。老金是个讲信用的人，他不想因为这一次失误把自己"骡秧子"的名誉毁了。

于是，老金便拉着"骡秧子"回到了大队，李玉和正好在那里读文件呢。

老金把详细情况说了。

李玉和听了，心里十分着急，马上就要出发了，粮票是大事，路上没有饭吃呢。

一急，心里就生气了，但他不怪老金，却对王连举产生了反感。叫王连举去换粮票，要他派前进队的牲口，他图便利，让老金的"骡秧子"驮，这"骡秧子"怎么能驮东西，危险显然多，这种情况，王连举不能不知道。李玉和觉得王连举这"文化人"不可靠，平时为自己出谋划策，到了关键时候，可能会拖自己的后腿！

所以，老金汇报了大米洒地的情况后，李玉和的脸色不好看。王连举在一旁，心里有些紧张，但也无法弥补了，只能是想办法补救。

王连举抬眼看到了供销社，计上心来。说：团长不用着急，先与小焦借着，你们先上路，后面我再给你们补上！

李玉和一想，也只有这么个办法了，就去找小焦借粮票。

要和供销社的"社干"小焦借粮票，李玉和得亲自出马才行。小焦是"国家人口"（村子里人管拿购粮本的人叫国家人口），拿购粮本的人，村子里的人都敬佩，一般人他也看不起。然而，就算是"国家人口"，小焦的粮票也是定量的，每个月只是28斤，是最稀罕的东西，所以，得李玉和亲自去借。

李玉和定了定神，把气往下消，到了合作社门口，假装没什么大事一样。

小焦正在为顾客称盐，看到李玉和来了，叫了一声团长，弯腰在脸盆里洗手。李玉和眼尖，看到小焦手上戴着一支亮闪闪的上海牌手表，马上动了心思，心想，一不做二不休，干脆把小焦的手表也借上，出门方便不说，也可以亮一下风度。

小焦直身起来，李玉和便笑嘻嘻的不说话。

在小焦的印象里，李玉和是个很稳重的人，不苟言笑，现在看到李玉和笑而不语，便没了辙，只好找话说道：团长啊，听说要去大寨参观学习，可能要经过首都北京天安门吧？

李玉和对小焦说的去大寨是不是"要经过首都北京天安门"的话不置可否，转换话题说：小焦啊，毛主席号召全国人民学大寨，县里派我们去参观学习，希望你们供销部门也支持一下。

小焦觉得奇怪，李玉和鸠山去大寨参观学习，为什么还要供销社支持，于是说：是的，我们以后要在农药、化肥的供应上跟上学大寨的形势。

李玉和却转了个话头，说道：小焦啊，是这个情况，今天找你，这一个啊，要办很重要的两件事。

小焦看李玉和说得郑重，说：哪两件事？团长你说吧。

于是就把借粮票和借手表的事对小焦说了。

小焦听了愣了一下，借粮票那是没得说的，但是借手表就十分为难。一百多块钱的上海表，当年戴这东西的都没有几个。小焦自己也是为了赶时髦省吃俭用买的。小焦参加工作时间不长，工资才三十元一个月，买块手表不容易。犹豫了一下，还是只能借，一村之长，又让自己在《红灯记》里演侯宪补，自己虽然是"国家人口"，但还是在妃子村的地盘上。于是就答应借，心里却不愿意，脸色比较难看。

李玉和接过粮票，说手表么到走的时候又拿，在村子里，戴手表不习惯，让社员看到说闲话。

折腾来折腾去，也算是好事多磨，总算可以出发去大寨了。

李玉和与鸠山两个人出发，感觉鸠山更从容一些。鸠山始终是在单位上过班的人，见过世面，出发时，就穿原来的夹克衫，背个包就上路了。李玉和就慎重一些，提前买了新衣服、新鞋子，还借了小焦的"上海牌"手表，穿着新衣服。同时，李玉和把村子里的事交给王连举主持，就与鸠山一起随县里的参观团去大寨参观学习。

去了差不多半个月吧，两个人又回到了妃子村。

## 第三十七章　胡家尾子展红旗

李玉和与鸠山的思维有些不一样。两人去了一趟大寨，李玉和穿新衣服、戴手表，思想变化却不大，回到妃子村，还是稳坐在三人领导小组的交椅上，工作没有太大的起色。鸠山却感到是大开眼界，精神面貌都变了个样，走起路来像军人一样，昂首挺胸，意气风发，准备大干一场的样子，村子里的人真是要刮目相看了。

回到村子里的第二天，鸠山回到了前进队，开了个五人领导小组会议，说：我参观了大寨，又受到陈永贵接见，感触很深。学大寨，要落到实处。林副主席在《毛主席语录》的再版前言就说了，毛泽东思想不但战士要学，干部也要学，学了就要用，搞好思想革命化。我们学大寨，也就要落到实处，学了就要用。

几个人都不知道鸠山要做什么，只是觉得他讲得高深莫测，只好静静地听着。鸠山接着说，我想要干两件事，大家商量一下。

其实，与五人领导小组商量前，鸠山自己心里已经有一本账。

看到大家都愣着，便说：前进队今后一是要在种植上下功夫，二是要在山上做文章。

欧阳芬想了想，想发个言，但考虑到前进队在种植上的功夫，好像没有什么新花样了，水稻已经换了新品种，粮食产量翻了翻，真不知道下一步还有什么做的。至于前进队要在山上做文章，她倒是一听就明白了，她知道鸠山是要在青林山上做文章。青林山上怎么搞，自己心里也没有底，于是只好沉默着，怕说话走火。

鸠山看到大家还是不解，又说：我们队的大春生产是有突破的，但小春却有很大的潜力。想想看，前进队的小麦单产才一百多斤，不太正常。所以，小春也要实行科学种田。再就是要改造青林山，建一个水库。

大家都觉得鸠山说的没有错，人家是从大寨参观回来的，毛主席都号召学大寨，学陈永贵没有错。

于是就踊跃发言，支持鸠山在前进队战天斗地。

第二天，鸠山想在妃子村造成一点声势，便用红油漆在前进队的墙壁上写上了大幅标语：

"青林山上斗天地，胡家尾子展红旗。"

鸠山在墙壁上写的所谓"胡家尾子"，是前进队的一片梯田，说是梯田，坡度也不大，但田块比较小，每块田，也就一亩左右。这是多年前改造出来的水田，有水库浇灌，不遇到特殊年份，便是旱涝保收田。胡家尾子春季栽稻子，冬季种小麦。鸠山与欧阳芬在前进队当下派干部以后，前进队实行了水稻品种改良，又进行了科技种田，大春产量翻了个翻，然而，小春种的麦子却收成不好，产量很低。产量低的原因，就是种植粗放。

鸠山要在"胡家尾子展红旗"，就是要实行小麦"条播"。过去，前进队的小麦是撒播，撒播的小麦，密度不容易掌握，鸠山说：

我们队的小麦，与大寨相比，主要是播种粗放。田地里的产量，是由穗数，每穗上的粒数和千粒重组成的。庄稼这东西，密了不行，不通风，稀了呢，穗数又少了，穗上的麦粒不多，产量怎么能高？

队里的人，其他的都还听得懂，只是有人问：什么是千粒重？

鸠山说：一千颗麦子的重量。

大家都觉得鸠山不得了，懂的越来越多了。都说：就听团长的！

鸠山负责前进队，本来只叫队长，但他在造反兵团是团长，前进队人对鸠山的称呼，也就高不就低，还叫团长。

前进队便在"胡家尾子"轰轰烈烈地"展红旗"了。

在胡家尾子的田里进行小麦"条播"，就是用锄头开畦，分行播种。在前进队，条播也算是个大工程，过去，前进队种一百来亩小麦，只需几个牛工就可以解决了，先犁田耙地，再由欧阳富贵把麦种撒下去就完事。现在不行了，种小麦，先要耕地，再耙地，然后用人工开畦，开沟后再撒种，再盖土，工序复杂了不知多少倍。这就增加了劳动力，如果不抓紧抓好，时间节令也就过去了。

欧阳芬对鸠山说：我们本来劳动力就不够用，条播给会影响节令？

鸠山说：有条件要上，没有条件创造条件也要上！这是政治任务，一定要实行条播。把小麦产量提高，明年让区里组织参观！

前进队劳动力不够，鸠山就想起组织青年突击队。这也是鸠山从大寨学来的先进经验，他还想像大寨一样组织"铁姑娘班"呢，但想想前进队也没有几个姑娘，组织起来也怕纪副书记成天往前进队跑，借机来挑选炊事员，所以就算了。

欧阳芬想了想，说：节令不等人，也只有靠青年突出队来突击了。

鸠山说：其实，组织青年突击队就是造声势，造声势也是一种宣传，我们要在小春大革命上造成一种气势。

欧阳芬有些听不懂了，小春也叫什么"大革命"？但来不及多想，前进队的男女老少，全部集中到了胡家尾子。

鸠山当然少不了要把前进队的旗帜都拿出来插在田头，牛工、种子、肥料，都集中到了这里，于是，胡家尾子人声鼎沸，红旗招展。这样一来，就引来妃子村的各个生产队的老人小孩都来看热闹，连放马人都要来看一下前进队怎么搞条播。

妃子村新鲜的事也太少了，随便有点新鲜事都会集中不少人。他们看小麦条播，说是看新式化的种田，其实也就是看个热闹。老年人看年轻人劳动，年轻人借故看欧阳芬，成年的又喜欢看张美兰。

参观的人多了，议论也多，有人说条播好，有人又觉得不好。在《红灯记》里拉二胡的胡佑贤，这久也每天都到田间来，看到鸠山的条播，又听到有人说条播不好，便唱起歌来：新生事物好，新生事物好……

唱了新生事物好，胡佑贤走到鸠山面前，说他会发明播种机。大家都知道胡佑贤说的是疯话，笑道：有了播种机，就不用这么多的劳动力了！

说完，又"哈哈哈"地笑。

别人都说胡佑贤说疯话，鸠山却说：说不定胡佑贤真能把播种机发明出来。

从前，鸠山就知道胡佑贤发明了切菜机，用来切猪草，还发明用沼气做饭。鸠山的思维也有些怪，别人都说胡佑贤讲的是疯话，他却会把疯话研究一下。原因是鸠山知道胡佑贤出身不一般。

胡佑贤的家庭也是妃子村的文化人家，祖辈都有人识文断字，也有田地出租，靠收租过活，日子过得倒也殷实。到了胡佑贤这一代，家族中竞争有些激烈，整个胡家，都想出文化人和官员，光宗耀祖。

所以，胡佑贤上学上得早。上学后，胡佑贤十分懂得父母的期望，读书也勤奋，没有让家人失望，在学校里学习成绩一直名列前茅。没想到考试却落榜了，回到村子里，见人就笑，对什么事都麻木不仁。妃子村人都说胡佑贤疯了，背地里叫胡佑贤"疯子"。其实胡佑贤"疯"得也不厉害，只是说话疯癫而已，做事不似常人，其他也不过分超出常理。

胡佑贤"疯"了，家里人便自叹是老人的错误，逼读书逼出来的。又说能冲一下喜可能对胡佑贤有好处，便很快为之娶了老婆。娶了老婆后，不好也不坏，生活趋于平稳。但仍被村子里人称为"疯子"。

虽然称胡佑贤为"疯子"，但妃子村爱惜人才，人家是高中文化呢，便让胡佑贤教书。然而，胡佑贤理论好，但说话口吃，教书词不达意，想到的说不出来，便更着急，越急越激动，话未出口，自己便面红耳赤。所以，胡佑贤文化高，但无法言表，而学生却学习胡老师说话口吃着急的样子，成为笑谈。学校领导怕学生都学成结巴，便让其教音乐。胡佑贤唱歌却声色悠扬，简谱也懂，掩了口吃的瑕疵。

然而，时间长了，胡佑贤却觉得音乐课是副课，自己知识丰富只教音乐有些不伦不类，便急流勇退，不愿意教书了，既然口吃不能站讲台教正课，那就去队里劳动。回到队里，胡佑贤总是不甘寂寞，总是想做点超乎寻常的事来，不是发明切菜机就是发明蒸汽煮饭。还是大食堂的时候，前进队的米饭原来是用甑子蒸，胡佑贤却让食堂用汽油桶把水烧成蒸汽，再用胶管把蒸汽接到甑子里蒸饭。前进队那时候食堂里的米饭，有一点胶管味……

现在，胡佑贤又提出发明播种机，鸠山想，发明播种机，也是新生事物，如果成功，速度快，又能省劳力，不如让他试一下。于是，鸠山便同意胡佑贤发明播种机。便对胡佑贤说：

发明播种机，你就到胡家尾子来发明，活学活用。

胡佑贤要求木匠和铁匠帮忙。

鸠山当然同意。

木匠好办，背着工具就来到了胡家尾子，专听胡佑贤的指挥。铁匠就有些麻烦，要搬风箱，还要砌火炉台。火炉台温度高，要用耐火泥做风箱口，麻烦得很。

铁匠名叫张光灿，过去吸大烟，人瘦得像根柴。张光灿打铁技术好，只负责用钳子夹铁撑铁，用小锤掌握分寸，打成用具后又要蘸水显钢火软硬。打铁的时候，张光灿的锤小，徒弟打的"二火锤"是八磅大锤，打得浑身冒汗，鼓起了眼睛。张光灿力气不大，玩的是技术，就只象征性地打，他的小锤打到哪里，徒弟的大锤便打到哪里。大锤、小锤的声音不同，"叮咚叮咚"响得很有规律。胡家尾子人多，打铁的只两个人，看打铁的人却多。看打铁的人还根据大锤、小锤不同的声音不同的节奏"叮咚叮咚"编成顺口溜：打点吃点，打点吃点，不打吃球，不打吃球……

看到木匠、铁匠都到胡家尾子参加发明播种机，来参观看热闹的人就更多了。连村子里的怪人也来胡家尾子看热闹。妃子村里怪人多，有个"老刘"，很少穿衣服，身上捆满了绳子，沟里巷里找死牛、死马的骨头熬汤喝。有个"花猫老肖"，一辈子不洗脸，脸上常沾满锅灰，任务是守山护林，到了山上，有人无人都会高声喊：刷，刷，刷……让大山显得更加空寂旷远。这些怪人，都是妃子村的孤寡老人。这一久，连刘书男和"张老板"也来了，刘书男也是个孤寡老人，他领了头小猪到了胡家尾子，刘书男的小猪，总是成天跟着他，刘书男解大手，就让猪给吃了，说营养最好。

张老板，也不知是旧社会当了什么老板，新中国成立了，什么也不是，但"老板"却要被叫一辈子。张老板并不觉得自己落寞，有点七疯八癫，喜欢打快板，快板也是他自己编。这天，看到张光灿打铁打得热闹，快板也来了：两边高墩墩，中间红星星；硬的装进去，软的拿出来……

打铁的火炉，两边高，中间低，低处烧了炭，风箱一拉，火苗正旺，而打铁时硬铁放进去，烧软了拿出来打。这种情形被张老板的快板说得形象。但又有人偏往歪处想，"硬的装进去，软的拿出来"，感觉这快板有些浪。就有女子在暗地里骂张老板是"老骚棒"。

看到来胡家尾子看热闹的人多了，前进队的人于是就骄傲起来，边干活边说：我们团长说了，前进队可能还要在田地里住宿和吃饭呢！

其他队的人听了，都羡慕得不得了。

胡佑贤可能就是冲着这种热闹劲要发明播种机的。"人来疯"嘛。胡佑贤发明播种机先绘出了图纸，让鸠山先看。

鸠山看了，对设计别无话说，只是考虑播种机的动力与播种密度不好调节，问胡佑贤道：播种机是用牛来拉，如果牛停下来或者速度快慢调节不好，播种的密度怎么控制得了？

胡佑贤却早就考虑到了，说：种子流量是由齿轮来控制的，速度快，出种多，速度慢，出种就少，不会影响到密度，如果牛拉屎拉尿停下来，齿轮不转，种子也就会停下来不往外流。

鸠山听了，觉得胡佑贤有才。

经过连夜苦干，播种机发明出来了，效果也不错。但是，播种机播的种，也同样要人工整地，况且没有人工播种质量高，一是覆盖不如人工细致，二是深度不够。

鸠山说：播种机和人工结合起来播种，来年就可以看出好坏来。

于是，胡家尾子前进队的小麦播种以人工为主，兼用播种机，小春生产搞得如火如荼。

胡佑贤却又找到鸠山说：条播好，主要是小麦通风好，采光好，合理密植好。但是，肥料选择上给过关，碳酸氢铵这种肥料给能做底肥？！

鸠山一听有些懵，他想起播下的小麦，七天还不出苗！

鸠山觉得问题严重，天天扒开土看种籽，却是烂了的居多。于是慌了神，赶快停止用碳酸氢铵做底肥，并让欧阳富贵把前期的麦田补种，总算没有耽误生产。

补种以后，鸠山又考虑起"青林山上斗天地"的事了。

# 第三十八章　青林山上斗天地

妃子村的这个冬天有些热，不是气候热，是有热烈的气氛。

妃子村的冬天，历来都是被称之为冬闲季节的，气氛闲适安静，安静得连蜜蜂低吟的声音都听得见。冬天的季节里，妃子村的人们除了积点肥，便是做家务、走亲戚，操办过年的货物，再就是晒太阳。结婚办喜事的也选择在这个季节里，所以，做客也占了很多的时间。

然而，这个冬天却不行了，鸠山要大干水利建设，要在青林山修一座水库。

鸠山从大寨参观学习回来，简直是变了一个人，发疯似的要向大寨看齐，不是科学种田就是水利建设。连欧阳芬都没有想到，一直热衷于革命的鸠山，会一心一意学大寨抓生产。欧阳芬已经感觉到，鸠山已经把"文化大革命"的热情，用在前进队的生产上了。

这一天，看到小麦已经种植完了，秋耕已经告一段落，天气凉爽起来，村子里暂时安静下来，欧阳芬便找到了鸠山。

鸠山正在队房的场院里踱着步，场院里的粮食收干净了，剩下几个稻草垛，在微风中孤独地站立着。再就是那些忙碌了一个秋季的石轱辘，终于可以在墙角歇了下来，发着幽光。前进队里的这种景象，与繁忙的秋收秋种相比，显得有些萧条，这让欧阳芬感到有些伤感。

欧阳芬快步走到场院里，看到鸠山穿一条青布裤子，一件白衬衫，白衬衫的下摆被裤带扎在了裤子里，倒背着手，深思熟虑的样子。

于是停下脚步，想和鸠山说话，但不知道说什么好。

鸠山也已经看到欧阳芬来了，停下了步子。

欧阳芬是个急性子，走路步子快，到了鸠山面前，还有点喘气。鸠山似乎闻到了欧阳芬身上散发出的女性气息，心里微微动了一下，抬头打量了一下眼前的女人。通过一个月的秋耕，欧阳芬脸晒黑了，人也似乎瘦了一些，但显得更结实了：手臂上长满了绒毛，金黄色的，这些绒毛上似乎能透出青春气息。

鸠山有些心动了，但依然不露声色。

　　鸠山与欧阳芬革命多年，已经十分了解她，心里十分明白，欧阳芬虽然堕过胎，但却是单纯的，眼睛里容不得沙子。当然，鸠山也知道欧阳芬没有心计，没有识破自己，对自己的工作十分支持。"文化大革命"在一个战斗兵团，革命战斗的友谊自不用说，到了前进队，学大寨搞条播，欧阳芬也是先锋，挖田碎土，开畦播种，事事冲在前面，立下了汗马功劳……现在，看到欧阳芬苗条的身材，起伏的胸脯，鸠山难免会动一下心思的，但鸠山对欧阳芬的态度，却不比张美兰，不像对张美兰那样放肆。

　　说实在的，鸠山心里确实想要欧阳芬，但他隐隐地觉得，他需要的欧阳芬，是一种长久的关系，关系到自己终身的问题，不能图一时的兴趣。所以，鸠又觉得自己对欧阳芬想什么、做什么，时机都好像不成熟，自己得慎重考虑一下到底怎么办好。

　　这样想明白了，鸠山在欧阳芬面前做事就显得坦然了，于是说：有什么事，这么慌慌忙忙的。

　　欧阳芬捋了一下额头上被风吹散的头发，说道：团长，现在，秋收、秋种都搞完了，我想，我们可以搞一下革命了，不然，又让李玉和占了上风，我们"生产队包围大队"的计划也落空了。

　　鸠山先"哦"了一声，接着才说：欧阳芬啊，其实，抓好生产也是革命，这是包围大队的另一种方法。从前我们只注重革命，放弃了生产，革命就只等于空口说白话。

　　欧阳芬愣在那里，对鸠山的话好像听不懂。然而，鸠山却好像是悟出了一些道理，深情地对欧阳芬解释道：欧阳芬啊，我从大寨回来，一直想改变一下我们的工作思路，那就是狠抓生产不放松！

　　欧阳芬鼓了一下眼睛，还是有些不明白：那我们不与李玉和斗了？

鸠山说：要斗。抓生产就是一种斗争方式。生产是实打实的，现在，喊口号的人多，干实事的人少，我们就是要另辟蹊径，走另外一条路，让人看得见摸得着——你看人家陈永贵多聪明，他做的事，明摆在那里，想推翻他都不容易。

欧阳芬听了，觉得鸠山说得有道理。而且，前进队自从"抗震、生产两不误"以后，确实得到了上级的表彰，前进队成了典型，鸠山也出了名。

于是说：那我们下一步怎么办。

欧阳芬总是耐不住寂寞，她喜欢轰轰烈烈地活着。

鸠山说：还是按五人领导小组定的办，下一步就要在青林山上斗天地！

欧阳芬知道青林山上斗天地就是要去山上修水库，同时，她觉得鸠山比自己成熟，想法不会有错，抓好前进队的生产，挤垮李玉和，比与李玉和批判辩论磨嘴皮子有用得多。于是就同意去青林山修水库。

欧阳芬的思想通了，鸠山又召集了前进队的五人领导小组开了个会。

前进队开五人领导小组会的时候不多，每开一次就是商量"大事"，如果一些鸡毛蒜皮的事，鸠山自己就定了，或者在田间地头碰头说一下就行了。这次开五人领导小组会，也不影响劳动，是在晚上。五个人到了队房里，因为人少，就没有烧柴火，而是到了吴天顺的会计室。

吴天顺的会计室里，有一张床、一张办公桌、一摞账本，墙上挂着个算盘。鸠山几个人都到齐了，鸠山一看，有三个女人呢，欧阳芬、高学英母女俩再加个张美兰。鸠山让三个女人坐在床上，他和吴天顺坐在一个条凳上。要开会了，气氛显得有点严肃，鸠山想调节一下这种紧张气氛，便说：都说妇女能顶半边天，前进队却不止半边天了。

吴天顺说：前进队历来都是母鸡烧纸。

妃子村祭祀的习俗是公鸡烧纸，前进队樊正清家是老婆当家，吴天顺家也是老婆管事，所以，一直有人说前进队是"母鸡烧纸"。

说得大家都笑了。鸠山想，也难得一笑，吴天顺已经压抑了好长时间了。

说了一会笑话，才进入正题。

开会了，鸠山先读了好几篇《毛泽东选集》里的文章。鸠山学习毛泽东思想，不像万医生那样盲目地学，而是要活学活用，在"用"字上狠下功夫。鸠山似乎明白了一个道理，毛泽东能用小米加步枪把蒋介石八百万军队都能打垮，他的思想肯定了不起。自己要打败李玉和，不学毛泽东思想肯定不行。这久，鸠山学的是毛主席的"从群众中来，到群众中去"，鸠山想，这次在青林山修水库，也得走群众路线。当然，鸠山所说的群众路线，首先是为他自己着想的，他知道，青林山上修水库工程大，比不得种小麦打条播，如果不成功，也就可以由集体承担责任。

学习了一会毛主席著作，鸠山又一次传达了大寨学习参观的心得体会，讲了大寨战天斗地的精神。然后，情绪激昂地说：我们前进队要与天斗，其乐无穷，与地斗，其乐无穷，与人斗，其乐无穷。学习毛主席著作，不只是口头上学，而是要在行动中学！我们前进队现在是全县的先进典型，但我们不能吃老本，要立新功。

鸠山讲到这里，停下来看着大家，不说话了。

几个人有些不太明白鸠山的意图，大家都说：团长，你有啥想法你就说吧。

鸠山就说：我们要乘胜前进学大寨，在青林山上斗天地。

高学英马上说：队长，青林山上斗天地！你说怎么个斗法！

鸠山说：我们要在青林山上修水库，然后把那些荒山荒地改造成良田！

张美兰喜欢出风头，她觉得，既然进了领导小组，就得有主见，不能让人说自己没有本事，所以每到开会就争着发言。鸠山话刚结束，张美兰就说：修水库那是没说的了，但改土造田工程有些大哦，要看看能改出多少田来，我觉得青林山太陡，怕出力不讨好。

鸠山说：我到大寨参观过，大寨改造的梯田，有的比青林山还陡。他们改造出来的田地，还没有我们的土质好，并且，靠天吃饭。然而，大寨的成就，就是改土造田。再则，我们改土造田，讲的是政治意义。

张美兰只是想表达自己的想法，并不求既成事实，而且，她知道鸠山对自己并没有敌意。所以，听了鸠山的话，还若有所思似地点了点头，表示理解和同意的意思。

吴天顺没有说话，接着就冷了一下场。鸠山给吴天顺发了一支烟，点着了，算是圆一下场。

吴天顺自从老婆被指与樊正清有关系后，一直萎靡不振，安于现状，说实话，他对修水库改土造田不太热心，但也不好直接反对，拐弯抹角地说：青林山坡陡石头大，难改造，怕得不偿失，工分开出去，收入回不来，还不如多积肥，再精耕细作，在现有的土地上下功夫比较好。

鸠山说：这些我都想过，我们在青林山修好水库，再改出梯田，不要再种苞谷了，种茶叶就效益高了。而且，种植经济作物又是新生事物，肯定会引起区里、县里的重视。毛主席不是教导我们说，要提倡支持新生事物，我们就是要创新，要创造新生事物才能引起上面的重视。

高学英听了鸠山的话，当场表示支持。高学英也是个耐不住寂寞的人，而且没有主见，觉得队长说的都是真理，不管是谁当队长她就听谁的，所以，任何人当队长，都喜欢和她配合。况且，这五人领导小组，她家就有两个，母女俩同时在领导小组，也是鸠山看得起自己，只能是支持。

欧阳芬是鸠山先就做好了思想工作的，当然赞成修水库和改土造田。

这样一来，鸠山的提议也就通过了。虽然会计吴天顺有些顾虑，他也只能服从大局。

意见统一了，鸠山要求前进队的干部要以身作则，全部投入到青林山上去，与群众同甘共苦，说道：干部敢上山，群众敢打虎，大寨的发展，都是陈永贵亲自带着社员干的，我们要五人领导小组带头。

吴天顺又说话了：全部上山，生产队里谁来管，不能唱空城计吧？

鸠山说：这个我已经想好了，就把你留下来，一是管好队房，二是管理好老年组积肥的事，不能把来年的春耕生产给误了。

吴天顺点了点头，觉得鸠山考虑问题还是全面的。

青林山离村子不算远，但鸠山还是要求社员都集中住在青林山上去，吃住都在工地上，可以出工早，收工晚，并且可以控制劳动力不外流。

欧阳芬说：住在青林山，那伙食怎么办？

张美兰对集体伙食最热心，集体伙食肯定离不开自己，如果自己抓伙食做饭可以不干活，可以体现自己的本事。于是说：条播的时候用的炊事用具都在，方便的。

吴天顺说：到青林山开伙，那粮食怎么办？青林山水库建设和改土造田不是一天两天的事，吃了粮食谁负责？不能像 1958 年那样吃大锅饭，到头来出力不讨好，不上山的群众意见大！

鸠山说：不能吃大锅饭，吃饭还是用秤称，现在，我们用储备粮支付，到年底分配的时候，再从各家扣除。

吴天顺说：也不太恰当，来年的口粮扣除了，上山的劳动力有意见，在山上劳动强度大，吃得多，还不把半年的粮吃掉？

张美兰说：其实，劳动强度大，但工分多，分粮也多。

欧阳芬想了想说：要不就按社员在山上的出勤，再补助点粮食。

鸠山说：这个主意好，那我们对上山的人每个劳动日补半斤怎么样？

大家听了，都感到切实可行，都表示同意，意见终于统一了。

正准备换个话题轻松一下，高学英又说话了：那么，地主富农的子女要不要上山？

鸠山琢磨了一下说：可以上，修水库又不是搞武装民兵，非得要贫下中农？我看啊，出体力的事也得让他们参与。

欧阳芬说：那就派先遣分队上山把工棚搭起来！说干就干，要干就要干得轰轰烈烈！


# 第三十九章　李玉和王连举再设奸情


妃子村有句俗话：汉人有钱砌房子，彝人有钱买娃子（奴隶）。鸠山觉得，这修水库，也如建房子，是大事，千秋万代的事业。鸠山继承了妃子村人的秉性，就是想做留名千古的事情。鸠山觉得这水库就是千古的事，比修梯田更有意义。所以，鸠山心里特别激动，他走到青林山上，望着蓝天白云，望着青林山上的绿树青草，心里有一种说不出的慷慨激昂。

鸠山激动起来，便觉得有必要在前进队开一次动员会，向社员们宣讲修建"青林水库"的前景。这一宣传，前进队要在青林山上修水库的消息传到了大队里，李玉和也知道了。知道这个消息，李玉和心里有些着急，完全没有了主意。李玉和当上了妃子村的第一把手，就怕鸠山与自己辩论，在批判走资派的会上争雄。然而，事实正向相反的方向发展，鸠山不干革命了，不和自己辩论，不斗争当权派，而是去搞抗震、生产两不误，搞什么小麦条播，现在又搞水库建设，将来也不知还要搞什么。如果鸠山再这样越搞越出名，自己这个大队的一把手也只好晾在一边了。

前久鸠山搞小麦条播，又被区里知道，差点又要开现场会，推广条播的经验，李玉和左推右推，才没让他出风头。现在，鸠山又要修水库，这可不是小事，干好了，出名不说，把水利资源变成他们前进队的了，以后其他队的田地里要放水都要求他，那鸠山还不成了独立王国！

李玉和想：不行，要阻止！这鸠山真不是等闲之辈，现在该是下手的时候了，让他成天闹来闹去，不知他还会干出些什么事情来！

但来硬的显然不行，鸠山不吃硬，说什么他都不服，他会和你无理讲出有理来。现在，他又仗着是区里、县里的红人，更是不会把李玉和看在眼里。李玉和想只能智取，不能强攻。到底怎么来智取，李玉和又只能找王连举。

李玉和走到"财粮"办公室，王连举正在"噼里啪啦"拨算盘。看到李玉和来了，停下手里的活，听李玉和把鸠山要去青林山修水库的事说完，想了想说：干脆不要找他，找他把他抬高了！

李玉和吃惊了，想这王连举平时软兮兮的，今天怎么硬起来了。怕硬了出乱子，便说：不要硬，硬了的骨头只是打棺材（意思是死了没装殓的衣服，光身装在棺材里）！要智取！

王连举说：是要智取。但我想找鸠山怕有问题，鸠山不是三人领导小组的人，找他好像不如找欧阳芬。

李玉和想想也是，先找欧阳芬，班子里的人统一了思想，然后再让欧阳芬去说服鸠山。

于是便通知欧阳芬到大队开三人领导小组会议。

李玉和上台后，很少开三人领导小组会议，有事他和王连举商量就定了。欧阳芬听到要开会，也才想起自己是三人领导小组的人，便火急火燎赶到了大队，看有什么事，做完事还要去准备修水库的事呢。

好久没有到大队去了，前进队的工作都忙不过来。到了大队里，除了供销社、医疗室的人外，基本上没有什么人。欧阳芬进了大队，感到前所未有的清静，槐花、夹竹桃、古柏，让整个大队部显得幽静、空寂。从前，她和鸠山都在大队的时候，革命搞得红红火火，开会、演样板戏，看热闹的人也多。现在这场面，冷清得让欧阳芬感到有些窒息。

同时，欧阳芬对大队充满了恐惧，她看到走廊上蹒跚走过的谢老医生，难免想起自己堕胎的事来。然而，谢老医生年老眼花，根本看不清欧阳芬了。

欧阳芬扭身去了李玉和的办公室。

李玉和看到欧阳芬，也有久违的感觉。只顾与鸠山周旋，把欧阳芬给放到一边去了。突然想起那天晚上演出《红灯记》与欧阳芬争辩的事，时间一长，也就化解了。看到欧阳芬，又想起鸠山，想恨都恨不起来了，于是，便说起了青林水库的事。

欧阳芬根本没想到李玉和提出不让前进队上马修水库，便答道：青林山属于前进队，我们在青林山修水库，应该是我们自己的事。

欧阳芬话音刚落，李玉和没辙了，看了一眼王连举。

李玉和不表态，王连举只好说话了：青林山是前进队的，如果你们改土造田，那没有问题，但现在你们修的水库，水源就是妃子村的，你们修好水库，水就全部属于你们了，其他队要放水，你们给不给放？

欧阳芬：不给放，谁施工，谁受益！

李玉和这才有了点眉目，说：青林山下的箐是妃子村的，每个生产队都有权利在那里修水库，那不成了一团糟？

欧阳芬眼看说不过李玉和与王连举，但也不敢答应不修水库，便去找了鸠山。

其实，鸠山早就知道修水库李玉和会不同意，他只是不想与李玉和商量而已。他仔细想了一下，也知道修水库前进队问题还很多，劳力不够，技术力量也是问题，要大量的石匠，闸门的问题怎么处理？石坝怎么支砌？都得有经验的匠工。这么多的问题，如果处理不好，出现意外，前进队也承担不起。这些担忧，只是没有与五人领导小组和欧阳芬说。鸠山知道李玉和不会同意前进队修水库，但想等李玉和找自己后再见机行事。然而，李玉和不来找自己，而是去找了欧阳芬。

鸠山却来了硬的，说：不管他！我们干我们的！

鸠山想有自己的打算，还是拿出了要上山的架势。

李玉和看到形势不对，如果让鸠山生米煮成熟饭，他又是上面的红人，到时候不好驾驭，于是又与王连举商量对策。

王连举说：修水库是好事，不让修还说不过他。但青林山的水源是妃子村的，我们来个折中态度，要修，就以妃子村的名誉修，全村人享受水源。

李玉和听了高兴了，自己怎么没有想到这个层面上！妃子村修青林水库，功劳就是自己的了，前进队？鸠山？门也没有！

于是，李玉和主动找到了鸠山。

这天，鸠山才到大队自己的那间办公室里，就看到李玉和到了面前。同时，鸠山似乎知道李玉和要来，顺手给他搬了个凳子。

李玉和坐下，开门见山地说道：团长啊，这一个，我们准备大干一个冬春，把青林水库修好！

鸠山知道李玉和葫芦里卖的是什么药，故意不懂地说：那还用说，我们马上就上阵了。

李玉和说：我们三人领导小组决定了，让你当总指挥，负责青林水库建设。

其实，鸠山要的就是李玉和这句话。他已经感觉到，全村人修也有好处，一是技术问题，村子里有能人，修过水库，到时候技术上没有问题。二是劳力集中，可以速战速决，自己是总指挥，成绩会得到上面的肯定。

两个人都各有各的打算，都想由妃子村来修这青林水库，事情也就好办了。

于是，李玉和与鸠山就把青林水库的事情谈妥了。鸠山觉得事不宜迟，他离开了大队，到前进队全力做上山的准备。

李玉和却又找王连举，商量尽快要把鸠山拿下来，不然，后果不堪设想。

王连举低头思忖了一番，说：其他的拿不下他来，我看有一样他过不了关。

李玉和一怔，不知所以。

王连举便与李玉和耳语说：还是让张美兰去青林水库做饭，到时候我们去捉奸！

李玉和拍了一下大腿：忙去忙来，怎么把张美兰给忘记了！我让她演卖稀饭大嫂的时候，其实心里早有这个打算！

# 第四十章　捉奸不成倒偷一袋米

鸠山当上了妃子村青林水库建设的总指挥，他感到十分高兴。与李玉和周旋一番，修水库的目的也达到了，自己还落了个总指挥的官衔，前进队还可以少一些责任。但有一点让人想不到，王连举特别通知鸠山，要让张美兰到水库上负责后勤工作兼做饭。

鸠山对王连举的通知感到蹊跷。本来，前进队就已经安排张美兰负责后勤兼做饭了，李玉和不知道这个事，又特意把张美兰做饭的事提出来了，鸠山不能不多一个心眼。鸠山觉得这是李玉和出的馊主意，他想让自己与樊正清一样，到头来栽倒在"水蛇腰"的手里。

于是，在与张美兰的事上，鸠山就多了个心眼。

鸠山做事，习惯先造声势，并且把架子做得像模像样。建水库事关重大，要兵马未动，粮草先行。水库开工以前，鸠山派先遣分队在青林山上搭起了工棚。工棚只是茅草屋顶，竹篱笆门墙。但工棚依然要分男民工宿舍和女民工宿舍，让张美兰也住到大工棚里去，不让李玉和找到把柄。工棚旁边，栽上了一棵木桩，上面安了高音喇叭。开工以后，鸠山会随时在广播里安排工作，播放歌曲和收听中央人民广播电台的节目。

鸠山当了总指挥，更没有忘记建一间工棚当水库建设指挥部，指挥部前，还出起了黑板报，黑板上，鸠山首先写上了毛主席语录：政治工作是一切经济工作的生命线。在社会经济制度发生根本变革的时期，尤其是这样。

这天，张美兰遇到鸠山，看看旁边没有人，便悄悄说道：这久怎么了？突出政治把我也给忘记了！

鸠山示意张美兰说话要小心，然后观察了一下四周，悄声告诉张美兰说，有话晚上说。说完就匆匆去工地了，很是公事公办的样子。

张美兰不去工地，当然还是带几个人干她的老本行——做饭。张美兰不知道李玉和安排自己做饭的事另有目的，觉得管理后勤，在水库上抛头露面，也算是很体面的工作。只是，区里纪副主任选择的炊事员没有动静，到底选得着选不着，也不见纪副主任通知。张美兰有时候心里也有点后悔，如果那天依了纪副主任，现在或许已经在区里的食堂上班了，如果是那样的话，自己的命运也就由此改变了。但想想也好，在前进队里，还有鸠山在哩，自己与鸠山几次接触，感觉很好的。鸠山虽然年轻没有经验，但那种不成熟的感觉也是有味道的。这次又搬到青林山上来了，自己与鸠山的机会就更多了。然而，这久鸠山好像在有意识地回避自己，所以感到有些失落。当然，也是理解鸠山的，忙着抓革命促生产，忙着学大寨，顾不上自己也属自然。同时，张美兰自己也觉得这种事总是偷偷摸摸的，有许多的后顾之忧，让人提心吊胆。

做饭的同时，张美兰想这些事，有时高兴，有时遗憾。她随时会微微地笑笑，皱皱眉头，百思不得其解的样子。

张美兰也有点多愁善感了。

对于张美兰，鸠山却是有点没辙了。从自己的心里，他喜欢张美兰，但张美兰到底是结过婚了，如此发展下去，婚姻成不了，这就成了与一个婚后女子勾搭，成何体统？

明明知道李玉和与王连举对自己设下了圈套，但总是控制不了自己，见到张美兰，身体上、情感上便不能自持。

再说，鸠山也会产生对不起欧阳芬的感觉。自己与欧阳芬同一个战斗兵团，有时候，也会想着与欧阳芬联姻成婚。但与欧阳芬的关系，却不似张美兰那样发展得顺利。欧阳芬心里只有革命，只有生产，男女感悟、婚姻大事，都能置之度外。再就是，欧阳芬的婚姻，很大程度上都得由她的父母做主，欧阳芬的父母对自己的态度如何，这也是个未知数。所以，鸠山与两个女人到底会发展到什么程度，自己心里也没有底。

这久，欧阳芬忙着水库上的事，张美兰却又问起自己为什么回避她。鸠山明白了，张美兰还不知道李玉和他们的美人计。所以，他想与张美兰谈谈，把事情做个了结。如果要好，就考虑和邓德军离婚，然后两人便结婚，那就一切属于正常。如果两人都没有那个打算，只是逢场作戏，那就得有所收敛，不然，两个人会在妃子村没有立足之地。

这天晚上，鸠山给张美兰说了暗号，两人去青林山后的一个岩洞里会面。进了岩洞，什么事也来不及说，两个人都忍不住了，免不了云雨一番，过了，鸠山又后悔不迭，心里骂自己是个不成器的败家子。

后悔一阵，鸠山对张美兰随口说一句：怀孕了怎么办？

张美兰说：怀了你就准我假，我去矿山找他。

鸠山听了，心里不是滋味，婚都没结，便先有了儿子。但也感动张美兰对自己的一片情意。

张美兰看到鸠山为难，心虚害怕，便说：要不你想办法去弄几个避孕套。

鸠山说：去找那东西不等于不打自招？婚都没结找那东西，谁都知道是怎么回事。

张美兰便没了辙。

鸠山又说：再说谁想用那东西，用那东西不舒服，好像是隔靴搔痒！

张美兰说：那倒是，我也不喜欢用那东西……

正说着话，突然一阵沙子撒了过来，"唰啦"一声响，又是一片沉寂。两人吃了一惊，正想探虚实，突然又是一阵沙子飞过来。张美兰吓呆了，想叫，又不敢叫。

鸠山说：不用怕，如果有人，他们就不可能撒沙子。

张美兰说：没有人，难道是鬼？！

鸠山说：可能是吹旋涡风卷起了沙子。

两人就这样待着，过了好久，什么动静也没有。鸠山拉着张美兰，弓着身子，快步跑回了工棚。

鸠山庆幸没有任何风声。

难道是遇上鬼了？鸠山心里不解。

从此以后，两人的行动就更加小心了。

鸠山与张美兰在青林山上，日子就这样不紧不慢地进行着。这天一大清早，张美兰到工棚门口来叫鸠山。鸠山以为张美兰要做那事，他有点害怕了，鸠山要改天换地，要做一番事业，他怕与张美兰发展得太深了，影响自己的前途。自己要对得起党，对得起毛主席。鸠山听到张美兰叫门，正考虑怎么对付，张美兰急匆匆地说：

有人偷米了!

鸠山赶快穿衣起床,走出工棚门,说:偷大米! 是谁在破坏农业学大寨!

话说出口,便想是谁来偷这么重的东西? 鸠山想,偷米的人不可能很远,二百斤大米,能背到哪里去! 小偷很可能就出在村子里!

张美兰看到鸠山不再说话,知道不能再声张,于是没有再说话。鸠山便说:不要动声色,他们以为我们不知道,还会来偷!

张美兰便不说话,没事一样去做饭。

鸠山也什么都不说,每天晚上带上几个民兵,躲在厨房旁边的土坑里,持枪等待小偷的到来。

到了第三天晚上凌晨,鸠山以为小偷不会来了,想回去睡觉。这时候,远处来了一个身影,轻手轻脚走进厨房,弯身想把米抬起来搬走。鸠山与民兵站了起来,拉动了枪栓,站住! 不许动。

那人放下大米,抬起头来,鸠山一看,原来是李玉和的弟弟阮兴国!

## 第四十一章 阮兴国做事不牢害倒亲弟兄

打虎亲兄弟,上阵父子兵,要捉奸必须是自己上前,或者是请自家人参加才行。李玉和自己上前捉奸显然不现实,这时,他想起了自己同母异父的弟弟阮兴国。要捉到鸠山的奸情,要捉双才起作用,而且不能走漏风声,这事还真麻烦。想想这事只有让阮兴国上前，把握性才大。李玉和清楚，捉奸是个长期细致的工作，找其他人怕没有忠心，走漏风声不说，也怕时间长了没有那个耐力。捉奸不是一天两天的事，而且，很可能是在晚上发现，没有持之以恒的精神，捉奸就只是一句空话。

那么，在众多的人选当中，李玉和为什么会想起弟弟阮兴国呢，说清这事就有些复杂了。

李玉和的父亲叫阮贵才，也是村里的一位乡村干部，但从来当不了正职，一直都是副官。阮贵才属于妃子村的"外姓人"。所谓外姓人，就是说不是妃子村的原住村民，而是外来户，或称之为"客家人"。阮姓也就成了村子里的小姓，整个村子里，就只阮贵才一家。没有本家人支持，旧社会里，一直夹着尾巴做人，直到新中国成立后，才敢挺直腰板。但也就是阮贵才的这种夹缝中生存的能力，新中国成立后，要在妃子村的"客家人"中选一名村干部，就非他莫属了。选上村干部，阮贵才更是如鱼得水，见人就笑，做事一丝不苟，人缘很好，一直做到干不动了才"退居二线"。"退居二线"，"客家人"里的村干部，又选上了阮贵才的儿子李玉和（阮爱国）当民兵连长。所以，李玉和在妃子村当干部，有点世袭的味道。

还是再说李玉和的父亲阮贵才的事吧。阮贵才客居到妃子村后，不与村子里的原住村民争雄，勤勤恳恳在村边建了房，并且娶了妻子。妻子名叫罗凤兰，人称凤兰姐。凤兰姐也是贫苦人家的女子，结婚后本本分分，为阮贵才生了阮爱国（李玉和），日子过得也平淡。

然而，旧社会，妃子村周边经常闹土匪，而阮贵才家就住在村子边上的客家村，受骚扰的几率就更大，常常有人和牲口被抢上山进土匪窝。牲口抢上山，用来驮东西，男人抢去当奴隶，女人抢去嫁奴隶娃子。

李玉和的母亲就是被土匪抢上了山的。

这一天，凤兰姐生下李玉和才四个月，便到山边去割草。乡村妇女，生下孩子不上一个月就下地干活是常事，更何况是阮贵才家，节俭勤劳是家风。这一天，阮贵才家里的牲口厩里没有草垫圈，凤兰姐必须放下孩子上山割草。到了山上，没想到草还没割到一半，便窜出一群土匪，拉住凤兰姐就往山上跑。

凤兰姐被抢，家里却留下了四个月的孩子李玉和（阮爱国）。母子情深，凤兰姐打死也不跟着土匪往山上走，大哭大喊，我的儿子啊，我的还吃奶的儿子啊！

土匪好不容易抢到一个年轻女人，哪里会有放手的道理，任凤兰姐如何声嘶力竭，还是被连拉带拖抢到了山上。上山以后，凤兰姐不吃不喝，但胳膊拧不过大腿，最终硬是被嫁给了一个山寨蛮人，生下了阮兴国。土匪们知道，嫁个一般的人，把凤兰姐收拾不下来。

凤兰姐生下阮兴国以后，依然一直想逃走。不管时间有多长，凤兰姐怎么也放不下家里的李玉和，再说，她怎么也无法适应土匪窝里的生活。

当然，凤兰姐虽然生了阮兴国，土匪们对她还是不放心，明里暗里都严加防范。凤兰姐要逃走，又得带上阮兴国，不然，她一个人逃走，却不忍心把儿子留在山上，于是，逃跑的路困难重重。然而，她还是决定带着儿子一起跑，不然，她就失去了逃跑的意义。时间一天天过去，土匪防范严格，逃跑的计划一次次落空。但是，凤兰姐从不放弃，决定选择晚上逃跑。

在土匪窝里，为防止奴隶逃跑，每天发给他们吃的荞麦粑粑都是定量的，为的是不让他们逃跑路上有吃的东西。凤兰姐为了逃跑，每天省下一个荞麦粑粑，省了十多天以后，省下了几个可以充饥的荞麦粑粑，其中的几个荞麦粑粑，用来母子俩路上吃，要留下两个用来喂土匪家的狗。

在土匪窝里，喂养的狼犬见到有人出寨，便会狂吠，特别是晚上，狼犬一叫，便有家丁巡查，一般人难以出寨。凤兰姐逃跑前，先与狼犬亲近，让其放松对自己的警惕，逃跑的晚上，她把狼犬唤住，喂狼犬荞麦粑粑，不让其出声，然后，趁机带着儿子顺利逃出了土匪寨。

剩下的荞麦粑粑却是不多了。为了逃跑赶速度，身上东西不能带多，荞麦粑粑虽好，但带多了影响逃跑的速度，路上只能节约着吃。逃出了山寨，凤兰姐带着阮兴国白天在山林里躲藏，怕碰到其他寨子的土匪，到了晚上，母子俩看着北斗星走，也不知走了多少天，总算回到了妃子村。

凤兰姐带着儿子回到妃子村，成了最大的新闻。然而，让凤兰姐始料不及的是，前夫阮贵才不认她这个前妻了。理由很简单，第一，自己已经娶了妻子，新中国成立了，一个大队干部有大、小两个老婆，闹不好要挨批斗，罪加一等。第二，凤兰姐抢上山以后，已经与人家生了孩子，再认也不在情理当中。

最让凤兰姐想象不到的是，儿子李玉和（阮爱国）虽然小，也曾受继母虐待，但还是不想认生自己的母亲了。村子里都说凤兰姐是土匪窝里来的人呢，阮爱国心理上蒙上了阴影。

于是，凤兰姐感叹一番后，也感觉人生没有着落了。自己没有着落不算，带回来的儿子阮兴国，也没有着落了。然而，也可能是带回来的儿子救了她，让她有了活下来的理由。同时，妃子村是最能容忍接纳外来人的，要不然，村子里也不可能有那么多的"客家人"。所以，凤兰姐回村以后，村干部便动员阮贵才，腾出一间屋来让凤兰姐母子俩住。这样一来，凤兰姐与阮兴国就单独住在阮贵才家的偏房里。

然而，当时阮兴国只有个彝族名字叫萨普，不好落户。凤兰姐便提出要求，萨普的名字要随前夫阮贵才家姓，不能叫那个蛮人取的萨普这个名。阮贵才想了想，念在夫妻情分上，同意了，才把萨普取名为阮兴国，上了户口。萨普虽然依着李玉和（阮爱国）取名叫阮兴国，但村子里人依然知道阮兴国是蛮子的后代。

都说蛮子的后代非偷即抢，这话虽然难听，但阮兴国也不争气，继承了山寨的习性，喜欢昼伏夜出，力大过人，更有个小偷小摸的习惯，时时出错，让凤兰姐难堪……

李玉和当上了村子里的干部，也只能是担待着。

阮兴国听到同母异父的哥哥李玉和要他捉奸的指使，也不好推辞，但也不知要他到哪里去捉奸，懵懵懂懂的，眨巴着眼睛望着哥哥。李玉和便说：你先在青林山上捉。

阮兴国明白了，青林山上正在修水库，那么多的民工，男男女女混在一起，捉奸应该没有问题，便高兴起来，说：捉一两对通奸犯，小菜一碟！

李玉和说：你不要掉以轻心，捉奸不是一天两天的事，要学一下毛主席的《论持久战》。

阮兴国说：我的特点就是有持久战的精神，他们要通奸，肯定是在晚上，你知道的，我晚上不喜欢睡觉。

阮兴国出生在土匪窝里，父亲也是晚上出动、白天休息的人。阮兴国完全继承了昼伏夜出的传统，那是从血液里带来的习惯。回到妃子村以后，他也改不了这种习惯，从来不在晚上睡觉，即使三天不睡觉，也不觉得困。所以，李玉和让阮兴国捉奸，他觉得是做到了人尽其才。

阮兴国接受了任务的同时，也有了成就感。李玉和是他的哥哥，大队一把手，但却是第一次有人看得起他，用得着他。

阮兴国接受了任务，但李玉和也没有与他说具体捉谁，有点摸不着头脑。又用征寻的眼光看着李玉和。

李玉和说：你晚上埋伏在青林水库工地，悄悄地观察，看到有了奸情就捉住双人，要有证有据。

阮兴国点了点头，觉得没有问题，便满口答应。

于是，每天晚上，阮兴国便从村子里出发，悄悄躲在青林山的半山腰上，观察动静，见机行事。然而，好几个晚上都没有动静，他忍不住了，让自己捉奸，他希望能捉到两个通奸犯，如果捉不到，自己脸上无光。于是，他不在远处埋伏，而是越来越靠近工地，走到工棚附近看动静。到了工棚，只听到民工们的鼾声。他走到了厨房门口，一看不要紧，看到了一袋大米。

阮兴国心里乐开了花，那么多的大米，放在了这种没有上锁的厨房里，不能不让阮兴国开心。阮兴国还有个习惯，那就是见到东西就动心，就想拿到自己手里来，更何况是大米。阮兴国家里或许不差大米，但他看到大米就想往自己家里拿，有忍不住的欲望。于是，阮兴国情不自禁地往厨房里走，弯下身去，背起一百多斤大米就往家里跑。一百多斤大米，一般人背不动，背得动也得流汗喘气，但阮兴国却面不改色心不跳，一路小跑，一路轻风，心里洋溢着快乐，完全忘记了李玉和让他捉奸的事。

大米背到家里，阮兴国做得神不知鬼不觉，心里暗自高兴。

第二天，李玉和遇到阮兴国，悄悄问道：这两天给有发现什么？

阮兴国眨了眨眼睛，故弄玄虚地说：有情况！那天晚上我看到有两个人出了工棚，悄悄地往林子里走，但我不小心踩了石头，弄出了声响，那两个人又缩回工棚里去了。

阮兴国讲得有鼻子有眼，让李玉和感到十分惋惜，说道：再继续观察，下次要小心点！

阮兴国煞有介事地点了点头，表示郑重。

然后，每天晚上天黑以后，便偷偷地去青林山，观察有无人从工棚里出入，有没有男女偷偷外出去通奸。同时，阮兴国也做贼心虚，埋伏的时候，离工棚也比较远了，他怕走漏风声，抓奸是小事，怕自己偷大米的事败露。

然而，就是在这个晚上，鸠山与张美兰相约出了工棚。阮兴国看到有人出了工棚，而且是两个人，心里一阵欣喜。但是，阮兴国离工棚比较远，看不清是何人。

出了工棚，鸠山先看了一下周围的情况，风不吹树不摇，也没有人声鸟迹，于是拉着张美兰往青林水库的大坝走。走过大坝，便进入岩洞，岩洞里避风，又不容易被人发觉，十分安全。

看到有人进了岩洞，阮兴国想如何抓住这两个人，他想自己力气大，水库上的民工，打斗不在话下。阮兴国站了起来，迈步往大坝方向跑，一阵凉风吹过来，让他感觉到这是初冬时节。阮兴国突然想起，已经是十月天了呢。十月天！他想起妃子村的一句俗话：三月莫见鹰打鸟，十月莫见人成双。

阮兴国虽然老实，但在妃子村生活多年，也有些相信迷信了。十月里捉奸，肯定不是好事。这样的事，哥哥为什么会让自己干。哥哥从来没有帮自己干过一件好事，从前连自己的母亲都不认，对自己这个弟弟也不怎么样，现在让自己捉奸，肯定不是什么好事。

阮兴国再往下想，更知道李玉和与他虽是同母兄弟，但对自己，好像心怀叵测，好像是怕自己与他分家产。这个时候，正是十月份，让自己捉奸，可能是另有所指，让自己运气不佳。所以，看到鸠山和张美兰走进了岩洞，阮兴国没有去捉双，只是往岩洞方向撒了几把沙子。

这就是为什么前天晚上鸠山和张美兰听到沙子的声音。

阮兴国也没有看清入洞的是何人，看那身影，好像是鸠山与张美兰。于是，阮兴国胆子便大了，鸠山都敢通奸，自己为什么不可以偷大米。抓不到奸情，阮兴国觉得自己不能白在青林山熬夜，还得背一袋大米回家才行。于是，他在工棚外埋伏了下来，他要等通奸的人熟睡以后，再背一袋大米回家。

也不知等了多久，阮兴国感觉身上有些凉了，工棚里又响起了鼾声。他感觉时机已到，于是轻快地往厨房走去。进了厨房，阮兴国一阵窃喜，他看到一袋大米摆在地上，比上次的数量还多。于是，他弯下身去，把大米抱了起来，放到了桌子上，然后再弯下身，背在背上就往外走。谁知刚走到门口，一阵呐喊把阮兴国吓瘫了。原来，鸠山带着十多个民兵，手持"七九"步枪站在了门口！

阮兴国万万没有想到，自己一时侥幸，活生生地栽到了鸠山的手里。

# 第四十二章　罗凤兰痛哭解围李玉和

看到偷大米的是阮兴国，鸠山心里"咯噔"了一下。鸠山感到蹊跷，按照常理，阮兴国不会这么胆大。他知道阮兴国有小偷小摸的习惯，但胆子再大，也绝对不敢来偷青林水库的大米。谁都知道，青林山上都是年轻民工，还有民兵驻守，是碰不得的高压线。所以，鸠山怀疑阮兴国到青林山，是另有目的。

鸠山想起那天晚上岩洞里的两把沙子。

李玉和始终没有忘记自己，阮兴国深夜来到青林山，无疑是听了他哥哥的指派。鸠山有些后怕，幸好没有被阮兴国这个"夜猫"抓住了自己和张美兰的奸情，如果是那样，自己的一辈子也就毁了。

如果真是那样，李玉和便是"偷鸡不着，倒蚀了一把米"。鸠山想，李玉和既然不肯放过自己，现在已经捉到了他的弟弟，虽然是同母异父，但骨头连着筋，当然不能放过。

鸠山还在那里思索，民兵们却早已把阮兴国用麻绳捆了起来。一位民兵报告说：把阮兴国往哪里送？

按照常规，抓到小偷，一是往大队送，一是在本地斗争。

鸠山选择了往大队送，目的也是清楚的，他是要把矛盾交给李玉和，是像李玉和把樊正清交给前进队，看你怎么处理你的弟弟，同时，也要让李玉和感到难堪，虽是同母异父，但阮兴国、阮爱国，难以解脱的两弟兄，看你怎么收场。

这时候，民工们听到动静，已经全部起了床，出门一看，原来是抓到了小偷，都来看热闹。整个青林山，灯火通明，民工们都站在指挥部门口，看那个被绳子绑着的阮兴国。阮兴国耷拉着脑袋，但也装着无事一样，还有一点被人冤枉的表情。这就让一些看热闹的人摸不着头脑。都知道鸠山、欧阳芬与李玉和是不同的派别，阮兴国又是李玉和的弟弟，谁知道是怎么回事呢？然而，大多数人都觉得是阮兴国偷了大米，有人还烧起了火塘，意思是要斗争阮兴国。

鸠山听到民兵问往哪里送，主意虽定却不忙回答。他要征得欧阳芬的同意。前进队的五人领导小组有三个在青林山上，自己怎么能一个人做主？张美兰好说，欧阳芬眼睛里揉不得半点沙子，大事小情，都得让她知道。这时候，鸠山转眼去找欧阳芬。

欧阳芬早已站在指挥部门口，场子里的火塘，就是她叫人烧起来的。欧阳芬的意思是，连夜进行斗争，让阮兴国交代偷盗大米的滔天罪行！

阮兴国先还无事一样，看到欧阳芬，心里就虚了。阮兴国知道欧阳芬性子火辣，她的母亲又是有名的"母老虎"，老虎的屁股，怎么摸得？！那天晚上，李玉和在演出的时候，与欧阳芬就怀孕不怀孕，有资格没有资格演李铁梅的事辩论，阮兴国全部看在眼里。当时，阮兴国也去看《红灯记》了，他亲眼看到哥哥与欧阳芬在台上的斗争。当时，阮兴国就有些对哥哥不满，人家怀孕不怀孕有你的屁事！其实，阮兴国心里暗暗喜欢欧阳芬，妃子村的美女嘛，怜香惜玉，阮兴国也是青春年少，有时候还想着欧阳芬手淫过，当然会在心理上站在欧阳芬一边……现在，自己落在了欧阳芬的手里，下场可想而知。所以，这时候的阮兴国，不恨别人，只恨自己的哥哥李玉和。

这时候，鸠山还没有开口，欧阳芬便说：先斗争！群众的积极性正高！

欧阳芬火气正旺。想不到李玉和也会有今天，他的弟弟也会落在自己的手里。自己当时的面子已经被他丢尽，差不多毁了自己的一生，所有的前程，都几乎成了泡影。今天好了，阮兴国、阮爱国，同一母亲生下来的，打不着阮爱国，打着了阮兴国，让他抬不起头来。

鸠山知道欧阳芬有气，但斗争阮兴国，他怕斗出问题来。鸠山学过毛主席著作《矛盾论》，他知道什么是人民内部矛盾，什么是敌我矛盾，在大是大非问题上，他分得非常清楚。鸠山想，阮兴国是贫农，是从土匪窝里逃出来的人，纯属无产阶级，如果斗出问题来，比李玉和还严重。阮兴国只是偷了一袋米，如果斗争，青林山上，都是年轻力壮的民兵，如果斗得过火，就可能犯原则性、方向性的错误，反让李玉和找到把柄。

鸠山同时知道，自己这个先进典型，不能为个小偷葬送掉。

于是，鸠山把欧阳芬与张美兰叫到了指挥部，开了个小会。

鸠山说：谁是我们的敌人，谁是我们的朋友，这个问题是革命的首要问题。

欧阳芬说：那我们就因为他是贫农就放了他？！

鸠山说：不能放！我们把他交给李玉和。

张美兰也觉得，在青林山上斗争阮兴国不合适，李玉和到底是妃子村的一把手，得罪了他，事情不好办。

欧阳芬想了一下，把阮兴国交到大队，其实也是给李玉和出了一道难题，如果他处理不好，以后辩论会，斗争会自己也有了话题，也有了主动权。于是，就同意把阮兴国送到大队去。

三个人意见统一了，于是，鸠山让民兵押着阮兴国往大队走。

民兵们说：火都烧起来了，怎么又要往大队送？

鸠山解释道：青林水库是大队统一领导的工程，问题比较复杂，由大队来处理比较好。

民兵们就让阮兴国站起来，往大队走。

阮兴国被绳子绑着，站起来的时候趔趄了一下。然后，跺跺脚准备走，装作满不在乎的样子。

欧阳芬说：就这么押着阮兴国去大队，证据不足，李玉和看到我们这么说，他怎么能不服？再说，路上碰到有人问为什么绑他，我们又要向人们解释，也是多此一举！

鸠山听了觉得在理，而且知道欧阳芬的意思，是想让阮兴国把偷的大米背上。

于是，鸠山就告诉民兵，让阮兴国把大米背上，说道：连人带大米押往大队，人证物证俱全，革命群众一目了然。

阮兴国就背起了大米，两百斤背在背上，脸不变色心不跳。阮兴国有的是力气，背到大队去是小菜一碟。阮兴国胆子大，对鸠山、欧阳芬的这点小把戏并不惧怕。阮兴国平时就偷玉米、偷南瓜、偷鸡鸭，那是常事，现在偷大米，只是运气不佳，才让鸠山的民兵抓到。原来，欧阳芬要在青林山斗争自己，心里有些虚，现在鸠山说送到大队，他更是巴之不得。大队的一把手就是李玉和，自己的哥哥，自己来青林山，就是他的旨意，他不会把自己怎么样。只是感觉有点对不起哥哥，本来可以捉到奸的，却偷了一袋大米。

转眼就到了大队部里。李玉和看到阮兴国背着一袋大米，便知道是怎么回事。

鸠山和欧阳芬都没有到大队，阮兴国的事，要交给李玉和来处理。看着弟弟，看着他背上的大米，李玉和马上就要处理眼前的事，脑子里急速地转动着：把阮兴国关起来？不行。放了？不行。现场斗争？又怕把自己招供出来。

李玉和正在无所适从的时候，大队门外响起哭声。原来，李玉和的母亲罗凤兰来了。

阮兴国被抓，惊动了整个大队不说，也惊动了阮兴国和李玉和的母亲罗凤兰。

罗凤兰进了大队，没有说话，先哭诉起来。罗凤兰用的也是妃子村有名的"数着哭"。妃子村"数着哭"的曲调很伤感，只要听到那种曲调，内心都会产生说不出的忧伤。罗凤兰进大队门就哭道：我的妈啊我的娘啊。罗凤兰把那妈和娘拖得很长，仿佛她这时确实是死了爹娘一般，使得她的哭声在这夜里十分凄凉、幽怨。

说也奇怪，这时候，不知从哪里钻出了许多的人，大人小孩、老人壮年都有。妃子村奇怪得很，只要大队里或小队里有事，无论是白天或黑夜，人们都会出奇地出现，站在事发现场。李玉和看到这些人或麻木，或兴奋，表情非常丰富。

人们都把视线移到罗凤兰身上去了，看她在"数着哭"中要诉些什么。

罗凤兰数了一会爹娘，然后便诉道：我这苦命的女人啊……不要说了，不要说是共同吃过一包奶；不要说了，不要说是同是一个女人生……就只是少吃了半年奶水，但还是在怀里肚里装了十个月……

谁都听得出来，罗凤兰是在哭诉自己的儿子阮爱国（李玉和）。

革命群众都静静地听罗凤兰"数着哭"，罗凤兰也起来越哭得伤心，她又数了一会爹娘，然后又诉道：

……别人怀胎是十月，我家的娃儿都是从刺笆林里捡来的。怀胎十月我不气，哪个家的儿子不认娘……怪只怪那些挨刀的土匪，怪只怪少给半年的奶水……我的妈啊我的娘……

罗凤兰在"数着哭"，其实李玉和听了心里也伤心。同时，他觉得母亲这会儿出现，其实是在救自己的"场"。革命群众已经把阮兴国偷米的事淡化了一些，专心听罗凤兰的"数着哭"了。

这时候，王连举也已经出现了，他和李玉和都不说话，但他们内心却是不停地思考着，怎么应对面前的事。

革命群众却知道有好戏在后头，过去，也曾经抓到过小偷，李玉和的做法，不是"压杠子"就是让小偷"打秋千"。也有人说阮兴国是李玉和的弟弟，可能会网开一面，但是，马上就有人说，李玉和连他的岳父都要"上脑箍"，何况只是同母异父的弟弟！

罗凤兰当然知道李玉和可能使用的手法，所以，她行动在先，她要在"数着哭"中讲她不能用言语表达的悲伤。她从前不好说，也不想在李玉和面前说自己的苦衷，现在，儿子阮兴国也被抓到了，她的颜面已经丧失殆尽，她什么办法也没有了，她只差没有死了。但她不想死，她还有儿子阮兴国，同样，她挂着儿子阮爱国。阮爱国虽然是一村之主，但她还是有诸多的不放心。世道如此变化，如此险恶，她怎么闭得下眼睛。

这时候，罗凤兰只有哭，在大队部里，显然，罗凤兰成了主角。这么多人看着她，她在哭泣的同时，看到这么多人围着自己的儿子，也看到阮爱国站在那里拿不定主意，罗凤兰还想继续"数着哭"，王连举马上出来制止。

王连举的行动总是恰到好处。他先不劝罗凤兰，他觉得，只有让她哭，哭得越伤心越好，这样能转移注意力，便把阮兴国偷米的事淡化了。妃子村都知道罗凤兰被土匪抢的事，都感到她命运不济，带回来个土匪窝窝里的儿子不算，还把丈夫也打脱了，单身一人，日子过得让人心酸。所以大多数人都同情他们母子俩。

现在，王连举觉得再哭下去没有好处，便高声叫道：

不要哭了！再哭也没有什么用了，还不赶快把阮兴国带回去！从灵魂深处检查，随时准备接受批判！

阮兴国听到王连举的指令，感到有些不可思议，抬眼看一下李玉和，也没有反对的意思，便马上站起身来，拉起母亲，有些极不情愿，又好像是受到冤枉的样子，走出了大队，往家里去了。

# 第四十三章　胡佑贤勇排哑炮出事故

阮兴国的事，已经交给大队，让李玉和去处理。鸠山庆幸自己与张美兰的事没有败露，反而抓到了李玉和的弟弟，总算是报了一箭之仇。想想真是高兴，自己的脚就是被李玉和唆使弟弟走火打伤的，现在走路都还一颠一颠的，跑起来也不顺畅。弟弟的那一枪，打得自己有口难言。现在，阮兴国落到了自己手里，连人带物送到了大队，也让李玉和哑巴吃黄连。但鸠山也清楚，阮兴国到青林山偷米，功夫不在米上，而是在他与张美兰的事上。所以，今后得小心谨慎，千万不可出现纰漏。他把自己的想法告诉了张美兰，张美兰也就理解了，从此做那事更加小心谨慎。

水库工地上施工的事却是得快马加鞭，见到实效。鸠山有些急功近利，想马上看到实效，引起区里、县里的重视。然而，青林水库虽然是妃子村全部上马，但受益者却是前进队，所以，水库指挥部的人，全都是前进队的干部，现在要加快速度，也只能是自己上前，自己带领民工拼命。这段时间，前进队的事鸠山基本没有精力管，注意力都集中到了青林山水库。

修筑青林山水库，第一步是把放水泄洪的涵洞砌起来，然后再拉土填土，夯坝筑堤。鸠山没有施工过，修水库没有经验，但没有经验反而认真。鸠山老是怕大坝出问题，反复在民工中说：毛主席教导我们，"百年大计，质量第一"，谁要是偷工减料，出现问题是要进牢房的！

鸠山知道，青林水库是妃子村的样板，不能偷工减料，不能出现豆腐渣工程，如果水库质量不好，影响妃子村这个先进典型的名誉不算，还影响前进队的生产用水。所以，每一道工序，都得由鸠山亲自把关，他每天日晒雨淋，从来不敢离开工地。

砌涵洞靠的是技术活，运土靠的是力气。大坝上需要大量的泥土筑坝，而青林山上石头多，泥土少，运土的地方远，靠民工挑和背。年轻的民工还好，可以用担子挑，年龄大的民工们不会挑，就用竹篮背，背得一身灰、一身汗。然而，大坝修筑的进度还是很慢，三个多月过去了，大坝还没有起色，这让鸠山十分着急。

鸠山正在想不出更好的办法的时候，《红灯记》的乐手胡佑贤来了。胡佑贤在小麦条播的时候发明了播种机，虽然没有派上大的用场，但同样得到了鸠山的赏识。这次妃子村修水库，胡佑贤依然想发挥自己的特长。胡佑贤走到青林山，脸上都冒汗了，看到鸠山，气喘吁吁地说：我、我……说了几个"我"都结巴得说不下去。

鸠山忙劝道：你慢慢说，不要着急！

又叫张美兰给胡佑贤端来一碗凉水。

胡佑贤喝下了凉水，用手背抹了一下嘴巴，才说前进队有那么多木匠，何不做"鸡公车"来推土，进度要提高几倍。

鸠山知道，胡佑贤所说的"鸡公车"，是乡村用来运输的一种独轮车。这种车，在电影里经常看到，木头做的车架，木头做的车轮，连轴心都是木头做的，因为推动的时候，轴承摩擦发出"鸡公鸡公"的声音，清脆明亮，所以，村子里人就形象地把这种独轮车取名为"鸡公车"了。这种"鸡公车"，从前只在县里的水利工地上用过，不要说前进队没有，就是妃子村也没有。

民工们听了，都说"疯子"胡佑贤又在说胡话，从前发明播种机都没有派上用场，现在又要发明"鸡公车"，简直是白日做梦！

鸠山听了，却觉得确实可行，"鸡公车"可以减轻劳动强度不说，进度也会大大提高。于是，就让木匠们连夜加工"鸡公车"。

青林水库有了"鸡公车"，运输的进度快了，但泥土却是越来越难挖了。越往下挖，石头越多、越硬，用炮杆撬，用十字镐挖，都只落得石头和铁器撞击的声音和火星，挖土的进展十分缓慢。鸠山有些着急了，如果像现在这样的速度，就是三年五年，也不会有大的突破。有人建议鸠山去县里申请炸药，用炮炸，可以节约劳动力。

鸠山想，也只有这个办法了，用炸药把石头炸开，用石头砌好梯埂，再填土，进度肯定会快。但是，到县里申请炸药、买回炸药不是件容易的事。炸药管理严格，要村里、区里、县里的证明，区里、县里公安部门盖章，手续麻烦不说，买炸药还要许多的钱。这样，用炸药炸的问题就来了，手续麻烦不说，队里的经济还达不到那个水平。而且，从妃子村跑县里没有车，得走路，来回两天，还有办事的时间不算，批到炸药，还要时间，还要出钱，还要运输……等到炸药到手，只怕水都泡了三丘田了。

鸠山正在为大坝的进度，为炸药的事感到焦头烂额的时候，"疯子"胡佑贤又来了。鸠山想，这个"疯子"，怎么总是会在他最困难的时候出现。胡佑贤消息灵通得很，他知道鸠山碰到了问题，他知道石头难撬、土难挖，他建议的"鸡公车"就要停工，所以，他到青林山，便想对鸠山说要发明炸药。

胡佑贤心里为想发明炸药的事感到激动，激动起来说话更结巴，嘴里"炸、炸、炸"就是说不出下文。

胡佑贤结结巴巴说完自己能制造炸药的事后，民工们听了，都哈哈大笑，有的差不多把下巴笑歪了，大牙笑掉了。鸠山不笑，他认真地听着胡佑贤在说话。鸠山看过电影《地道战》，里面就有自己制造炸药的故事，觉得制造炸药并不是瞎话。

听完胡佑贤的话，鸠山便问：你制造炸药都要用些什么材料呢？

胡佑贤用电影里那个老人的口吻说：一硝二磺三木炭。这些材料都现成！

鸠山听了，就决定让胡佑贤在生产队里造炸药。

民工们听说鸠山同意让胡佑贤制造炸药，都停住了笑，又改变了口气说：这下好了，有了炸药，就不用我们费力去挖石头了！

鸠山为了给胡佑贤鼓劲，高声说道：那还用说，到时候，火炮一响，泥土成山，石头全炸烂！

鸠山按胡佑贤的安排，让人去区里的供销社买硝酸铵。鸠山还告诉去买硝酸铵的人说，如果有人问买硝酸铵做什么，就说是用来施肥用的，不能说是用来做炸药。

胡佑贤却去木材厂要锯木粉。过去，木材厂的锯木粉没人要，还要找车拉出去倒在河里，现在有人来拉，便高兴地让人拉走，也省得麻烦。

制造炸药的材料都准备好了，胡佑贤又问鸠山要了一条牛。

鸠山问：造炸药怎么要用牛？

心想，这胡佑贤怕真是疯了。

胡佑贤说：用牛拉着石轱辘，把硝酸铵和锯木粉碾细，然后才能再拌拢用。

鸠山听了释然，说：这大冬天的，队里的牛都闲着，任你去拉哪一头！

胡佑贤便去拉牛，让牛拉着石轱辘把硝酸铵和锯木粉碾细以后，最后才加上木炭，再用柴油混合。混合好，新制成的炸药就堆放在了前进队里。炸药制好，胡佑贤找到鸠山，告诉他说：炸药制造好了，你们用雷管去引爆，威力不比城里买来的差多少！

鸠山看到制好的炸药，他虽然十分相信胡佑贤，但也得试验。

青林山上，雷管、导火线都还有，民工们打好了炮眼，把炸药装好，点燃导火索，还真爆炸了！

听到爆炸声，整个工地都沸腾了，民工们的那种高兴劲头，不亚于原子弹爆炸成功！

有了炸药，修筑大坝的进度明显快了起来。

鸠山高兴起来，他觉得有必要让李玉和知道自己的功绩。这一天，民工们打好了炮眼，装了炸药、雷管。鸠山说，你们不要零零星星地放炮，那样不安全，也没有气势，以后放炮，要一起引爆。其实，鸠山要一起放炮，是想表现一种气势，让李玉和他们知道前进队在青林山上斗天地。

每天中午，青林山上炮火连天，一派热烈气氛。鸠山站在青林山最高处，登高望远，感到前所未有的成就感。

可是，就在鸠山踌躇满志的时候，青林水库出了大事！

这一天，民工们还想多装一些炮，再渲染一下战天斗地的气氛，然而，等到放炮以后，却发现有一半都不响，好像是成了哑炮。

装好炸药的炮成了哑炮，本来就让人不高兴了，而后面的事，就更让鸠山为难。有了哑炮，不亚于地雷战里排雷的危险。让谁去排哑炮？谁也不愿上前。于是，有人又想起了胡佑贤，说让发明专家来排炮，炸药都发明得出来，排哑炮更是小菜一碟。

说曹操曹操就到！鸠山问，你怎么来得这么及时！

胡佑贤说：今天的炮不够气势，我想来看看是什么原因！

原来，胡佑贤喜欢听自己发明的炸药发出的声音，前些天那种炮火连天，让他感到特别振奋。但是，今天胡佑贤觉得炮太少了，没有听过瘾，他就到工地上来了。

鸠山便说：今天有好几个哑炮。

胡佑贤说：哑炮主要原因，可能出现在雷管上或导火线上，新制的炸药，一般不会有什么问题。

于是，胡佑贤自告奋勇亲自排，他说，排哑炮不能人多，最好一个人，先看情况，再排除。

鸠山很感动胡佑贤奋不顾身的精神，但想想还是怕他老了，排哑炮不灵活，想另派年轻人上。

胡佑贤忙摆手说：越，越……

鸠山看到胡佑贤口吃，越激动就更说不清楚，但知道胡佑贤想说什么，便接过话头说：越是困难的地方越是要去，这才是好同志。是不是？毛主席说的。

胡佑贤说：对，我有经验，我，我去！今天的炮或许响完了也不知，你们放的炮太多，太多了记不清响了还是没有响，有的是两炮一起响也未知。

于是，胡佑贤戴上安全帽，只身去了工地。

这时候，不只是鸠山，连取笑胡佑贤的民工们，都对胡佑贤刮目相看了。

胡佑贤弓着身子到了工地，那样子，很像是去敌人的阵地去炸碉堡。

到了工地，胡佑贤根据导火线的遗留清理哑炮，顺藤摸瓜，居然找到了四个哑炮。哑炮挖了出来，发现炸药还在，雷管也还没有爆炸！胡佑贤放心了，如果雷管炸了，炸药还没有被引爆，那就是炸药的问题，而雷管没有炸说明雷管有问题，不是自己制造的炸药有问题！胡佑贤要亲自排除哑炮，就是要证明自己的炸药是没有问题的，他要用事实说明自己没有错。

只有最后一根导火线了，胡佑贤继续挖。不知是锄头砸到了雷管上，还是导火线出现了问题，等到胡佑贤刚好要排除最后一个哑炮时，那炮却响了起来。而且，这一炮的炸药是放得最多的，炮一响，胡佑贤也就飞上了天。

看到胡佑贤随着炮响飞了起来，完了！鸠山连喊了三声完了。

## 第四十四章　鸠山急中生智设灵堂

鸠山知道出大事了！那么大的炮响起来，石头炸得满天飞，胡佑贤像是只鸟儿，低沉地飞了起来，肯定是没命了。人命关天，怎么办？想逃脱责任是不行的，只有想怎么把善后事做好。看到哑炮响起，鸠山本来还怕有哑炮会响，犹豫了一下，但觉得自己太不像汉子了！他想到胡佑贤虽然疯疯癫癫，但人家都不怕死，勇敢地为人民排哑炮！民工们都看着呢，自己是造反派领导，是前进队的下派干部，更应该冲锋在前。

于是，鸠山挥着手，像一个战斗指挥员，高声喊道：青年民兵跟我上！

看到鸠山那阵势，再看到鸠山自己都冲在前面，民兵们都士气大振，跟着往山上冲。等到鸠山带着民兵冲到工地，硝烟已经被风吹散了。工地上，石头被炸得七零八落，只留下一个个深坑。鸠山顾不上其他，寻找胡佑贤在哪里。找遍了整个工地，终于在一堆石头旁看到了胡佑贤。然而，胡佑贤早已没了气息，脸上一片血迹，身上的衣服也被炸碎，更为恐怖的是，胡佑贤的右手已经不在他的身上，另一只手也没有了五指。

鸠山看到救人是没有希望了，命令道：民兵们赶快去寻找胡佑贤的另一只手，要不然，被哪家的狗叼走去吃了便麻烦了！

于是，一些民兵们去寻找胡佑贤的右手，一些人帮着鸠山，把胡佑贤的尸首抬到了工棚里。当时，工棚多搭了一间茅草房，用来民工们吃饭或开会用，现在，刚好可以停放胡佑贤的尸体。

女民工当然不敢上前，只有男的上前去抬尸体，而且，尸体到了工棚里，也不知道下一步怎么处理。鸠山觉得自己要冷静一下，胡佑贤虽然七疯八癫，但他的死也是为了妃子村兴修水库，也是为公而殉职。现在是人命关天，胡佑贤的丧事如何处理，他得慎之又慎。更为头疼的是，胡佑贤的家属如何安抚，这得要用点脑筋。

于是，鸠山对欧阳芬和张美兰说：你们也是五人领导小组的人，快去把吴顺天和高学英叫上来，集体承担责任。

欧阳芬马上响应，而张美兰已经被吓坏了。张美兰有点迷信，她突然间想着，是不是自己与鸠山在工地上发生关系引起了报应。这时候，她听到鸠山安排自己，才回过神来，与欧阳芬一道，拔腿去村子里叫人。

张美兰刚要动身，鸠山又叫道：欧阳芬去叫人，你去供销合作社，买上一套新衣服，再加三丈白布来。

鸠山虽然着急，但他头脑清醒，他知道要找供销社的小焦赊东西，非张美兰去不可。

张美兰说：我哪里来的钱。

鸠山说：你就对小焦把情况说明一下，工地上出了大事，就说是我说的，钱到后面给他补上。

张美兰便跑步去了。

张美兰刚走，民兵已经回来，一个民兵手里，拿着胡佑贤的右手。

鸠山接过胡佑贤的右手，赶快把它放到了胡佑贤的身体上，一放，怎么也连不到一起。

鸠山急中生智，马上命令道：马上出发，去大队找万医生！

民兵：早就没气，还找万医生？

鸠山：让他来把胡佑贤的手缝上，不能让他的家属看到这种惨景。

万医生听到民兵跑步报告，说前进队的工地上哑炮爆炸，知道是出了大事，可能伤的人多，便背着急诊箱，急速往青林山赶。到了工地，看到鸠山，也想不起背毛主席语录，忙问道：团长，伤员在哪里？

鸠山便把万医生往工棚里引。万医生打开急诊箱，拿出听诊器，还想为伤员听脉。打开被子一看，看到胡佑贤不完整的尸体，一下子吓住了，看着鸠山没了主意。

万医生想，如果是伤员，自己可以先看病或包扎，再不然就视情况转院。然而，眼前如此情况，自己却不知道怎么处理，尸首都不完整了，还让自己看病！想想有些生气，这鸠山，是不是想让自己出洋相，想让自己被胡佑贤家属说没有能力把伤员治好。对了，鸠山可能是想往自己身上推责任！于是说：团长，人早就死了，人证物证都在！怎么还要叫我？

鸠山说：万医生你不用怕，一是我们要救死扶伤，实行革命的人道主义，再者，伤员的右手已经分尸，你快把他的手缝上，让死者有个完整的尸体，这也是实行革命的人道主义的一个方面。

万医生已经没有了办法，这种事，自己从来没有干过，但鸠山已经把这事提高到了救死扶伤的高度，自己只能干。

万医生把手缝在胡佑贤的尸体上，欧阳芬带着吴顺天和高学英来了，张美兰也买来了新衣服和白布，就为胡佑贤的尸体穿上新衣服，再用白布包裹起来。

把这些事情做好，这才通知胡佑贤的家属。

　　胡佑贤家属还没有到，鸠山找了纸笔，写下了两幅大幅标语："向排炮英雄胡佑贤学习""胡佑贤同志永垂不朽"。标语写好，鸠山让人准备好面糊，贴在了工棚最显眼的地方。

　　通知家属的同时，欧阳芬说：这事要不要向大队汇报？

　　鸠山想，其他的事，自己是独立王国，不想让李玉和掺和。但这事不同，是棘手的事，烫手的山芋，也得让李玉和接一下手。不汇报，以后不好交代，于是，便想让民兵去通知李玉和。

　　欧阳芬说：让民兵去通知不好，事关重大，我们俩亲自去才好！

　　鸠山想，欧阳芬说得对，民兵去，一是不郑重，二是怕说话走火。

　　于是，安排好吴顺天、高学英、张美兰看好胡佑贤的灵堂，自己便与欧阳芬一起，往大队部走去了。

# 第四十五章　以真乱假妃子村再出典型

　　这一天，李玉和与王连举依然坐在大队办公室里。自从去大寨参观学习回到村子里，鸠山每天都有新动向，前进队的工作抓得有声有色。然而，李玉和却一直待在大队部，感觉工作不好做。鸠山的工作做得有声有色，李玉和越感到大队部有点冷清和寂寞。

　　王连举看出李玉和的心思，说：大队干部也有大队干部的难处，你不能带领人家社员去干什么。生产队有他们的自主权。

　　李玉和说：他妈的这鸠山，真有点像日本人了，无孔不入！

　　王连举说：日本人再狡猾再凶，还不是被赶出去了！我们要因势利导，才能取得胜利！

李玉和不明白，说：因势利导？

王连举说道：是这个道理，前进队的小麦条播，现在又在青林山上修水库，这些事我们可以在年底的时候好好总结一下，成绩还是妃子村的。

李玉和点了点头，心里明亮了一些。但不管怎么说，李玉和还是有些压抑，觉得这鸠山，是有些不好收拾，弄不好哪一天会把自己扳倒也不知。

两人正说着这些事，突然，张美兰慌慌张张跑到了大队。进了大队，什么也不说，气喘吁吁跑到了供销社，说是要买什么白布。

张美兰哭兮兮地说：胡佑贤被炮炸死了！

听了张美兰的话，李玉和心里振奋起来，他听到前进队出事了，爆破死人了！李玉和想，看你鸠山怎么收拾！李玉和知道，那胡佑贤的老婆，是村子里出了名的泼妇，不把你鸠山的脑毛都拔干净我不信！

李玉和听到张美兰说水库上死人了，跑回办公室，压低声音对王连举说：出事了！出事了！

王连举也说：我也是才听说出事了！

李玉和：我看他鸠山如何收拾这烂摊子！跳，跳的蚂蚱给有二两！

王连举却不太乐观，说道：团长啊，我们不能等着看鸠山的笑话，我想，胡佑贤家的人，肯定会找到大队来。

王连举这么一说，李玉和这才想到了问题的严重性。是啊，前进队有什么能力解决人命关天的大事，家属肯定会找到大队来。于是说：这鸠山，什么事都喜欢出风头，这下可把事情闹大了！

两人正说着话，鸠山和欧阳芬进大队来了。

李玉和与王连举都装聋作哑,什么事都不知道一样,给鸠山递一支烟,喊了一声王团长。

鸠山把手摆了摆,不接烟,说:水库工地上出事了,胡佑贤牺牲了!

然后把胡佑贤排哑炮的事迹说了一遍。

李玉和与王连举都故作吃惊。李玉和说:真是没有想到!但我相信前进队能把这事处理好!

鸠山说:当时,我们前进队想自己修水库,是大队三人领导小组决定要大队统一修,现在出了问题,责任不能全部由前进队来承担。

王连举看到李玉和与鸠山僵持不下,便说:王团长,这事,前进队处理不好,我看妃子村恐怕也处理不了,我们还是要报区里。

李玉和眼睛一亮,接着说道:对,是要往区里报!人命关天的事!

鸠山想把事情交给大队处理,李玉和与王连举却要把事情交给区里。鸠山觉得李玉和把这事捅到区里,是想把他这个先进典型给毁了。

但也想不出更好的办法,只好站在那里不说话。

王连举忙去摇电话,对着话筒说道:喂,我是妃子村,转区革委!

接电话的是纪红卫。

纪红卫知道妃子村出了人命了,觉得这问题也不好处理。纪红卫好久没到妃子村了,但他心里还想着张美兰。其实,到现在为止,他选的炊事员都还没有选择到合适的人选。没结婚的,大多数"思想保守",结婚了的,自己又有些怕人家男人找自己的麻烦,这炊事员真不好选,符合条件的不多。再说,其他村子的女子,怎么也没有妃子村的漂亮。所以，接到电话后，纪红卫想趁胡佑贤出事的这个机会，再到妃子村落实一下临时炊事员的问题，看张美兰给有那个意思。

纪红卫蹒着区里的专车"永久牌"自行车到了妃子村。自行车后跟着许多的孩子看稀奇。纪红卫停下自行车，对这些孩子说：你们村人都被炮炸死了，还跟着我跑什么！

那些孩子就跑开了。

纪红卫推着自行车进了大队，看到三个干部都哭丧着脸。

李玉和与王连举是装的，鸠山却是真哭丧。

纪红卫见状说：你们怎么这样！要奋斗就会有牺牲。胡佑贤的死，比泰山还重！

鸠山好像在其他地方听到过这话，想了想，原来是毛主席著作"老三篇"中《为人民服务》里的语录。于是，心情也豁然开朗，感觉纪副书记也没有怪罪前进队和鸠山的意思。

鸠山要纪红卫去青林山看一下现场。纪红卫没有去青林山，而是听了鸠山的汇报。

听了汇报，纪红卫说：前进队是县里的典型，现在，胡佑贤也是前进队的典型。胡佑贤是排哑炮死的，为人民利益而死，就是死得其所！我们要改变观念，不能按传统的思路去办这丧事，我们要树先进抓典型，把胡佑贤树立成标兵、典型，这样容易把家属安抚下去，又能把前进队推向更高层次的样板，这不是两全其美吗？！

鸠山听了，带头鼓起掌来，说：纪副主任啊，你的这个主意就是高，高家庄的高！

原来，鸠山一直怕胡佑贤出事，前进队的先进典型也就毁了，经纪红卫一点拨，心里就亮堂了，说道：纪副主任，胡佑贤这个典型是打着灯笼也找不到的，我也是给忙昏头了！我们在青林山展了一个月的红旗，还没有胡佑贤的这一死有教育意义！人固有一死，或重于泰山，或轻于鸿毛，胡佑贤的死，就重于泰山！我们要好好总结一下，我一直认为，他是个了不起的人。

李玉和、王连举都没有想到纪红卫的这一招，真是又把鸠山他们前进队拔高了。这一下，他们两人真的有点垂头丧气了，但事已至此，也不好多说话。

于是，纪红卫马上摇了电话，把胡佑贤的先进事迹报到了县里。

事也很凑巧，县革委会也正在找先进典型，要表现"文化大革命"的全面胜利，便成立宣传报道组，到处抓先进典型。胡佑贤的事迹，简直是雪里送炭，便马上成立了胡佑贤专题组，专门对胡佑贤的事迹进行了跟踪报道。电台、县报的记者们，纷纷到了胡佑贤家采访，到妃子村采访。

胡佑贤的葬礼，也就慎重而热闹了。

纪红卫高兴起来，说：我们要在胡佑贤身上把文章做足做够。你们妃子村，就是爱出典型。这个典型，再加上前进队学大寨的典型，以后参加学习，就可以一条龙服务。

但是，材料却不好写，胡佑贤平时疯疯癫癫的，虽然《红灯记》的曲调是他定的，二胡也是他拉的，但却在生产队干活不多，也没有什么典型事迹，所以，写起先进材料来，还有些困难。

纪红卫开导说：平时的那些事就不要写上了，专门在排哑炮上做文章。

说完，纪红卫然后转身问鸠山：你们看到排哑炮的真实场面没有？

鸠山说：胡佑贤哪里让我们去看，他说排哑炮非常危险，排哑炮的人要少，所以，他怎么排哑炮，我们怎么知道。

纪红卫说：那就好，我们可以根据他的说话、他的言行，想象他在想什么、他在怎么做，把他的想法和做法写出来，这不就成了典型人物了！

鸠山觉得有了思路，就让欧阳芬和其他五人领导小组成员帮忙想，想胡佑贤排哑炮时的思想动态。

欧阳芬总是忘不了她的老本行，说：先写先进典型材料，还要写成剧本，让宣传队演出，宣传胡佑贤的先进思想。

鸠山说：对！但也只能编成快板来得快。如果要编戏剧就慢了。

欧阳芬说：快板编出来，我连夜背熟了去工地现场演出！

那么，这快板找谁编呢？鸠山想，这事只能去找王连举。王连举是文书，是妃子村最大的文人，应该让他写。

王连举听了鸠山的话，说道：胡佑贤的事迹，就不像其他春耕生产什么的好写了！

鸠山以为是王连举在拿捏他，问道：那怎么办？

王连举说：胡佑贤的事迹，快板不能专门写给欧阳芬去打了！要写成群口快板，那样表演起来才有气势。

鸠山说：这个主意好！

于是让王连举连夜写。

王连举熬了几个夜晚，终于把群口快板写了出来，第二天一早拿给鸠山。

鸠山看了，说：写是写得好，但典型形象还不太突出。要写出胡佑贤排哑炮的动机，写出他临危不惧，视死如归的气概。

王连举的群口快板写得有些抒情，他真的没有想到鸠山说的那一步。于是，又进行了修改。鸠山晚上便审察，觉得改得还差不多，从到达哑炮排除点开始，到被哑炮炸飞详细的细节都有了，只是思想境界还没有写出来，于是，鸠山便自己做了修改增加：

男：哑炮火线已复燃，千钧一发命关天。

女：胡佑贤，听到山下群众喊，赶快逃离保安全。

男：胡佑贤，此时心里怒火燃，想到黑暗的解放前。

女：解放前，地主收租贫农泪，军阀混战民不聊生。

众：再一想，革命烈士金光闪，誓死保卫全人类。

男：想起英雄董存瑞，为了解放不流泪。

女：董存瑞，炸碉堡，舍生忘死志气昂。

男：再一想，想起英雄黄继光。

女：黄继光，堵枪眼，为朝鲜人民立新功。

鸠山把改了的群口快板，拿给王连举看。

王连举说：改是改得好，就是好像有点不现实，你想想，哑炮的火线都燃了，还来得及想那么多的英雄啊，难怪胡佑贤要被炸飞了，原来他去想英雄了！

鸠山说：这是艺术，要让人有想象的空间，要塑造英雄形象。你看我们演的《红灯记》，敌人追密电码都追到门口了，李奶奶不是还给李玉和敬酒？

王连举想想也有道理，就说按这个版本去演。

# 第四十六章　胡佑贤的死比泰山还重

胡佑贤的老婆叫邱翠香，外号叫"簸箕簸"。村子里收粮食要用筛子筛，要用簸箕簸，筛粮食和簸粮食，要使劲地摇动，不用力不摇不簸就不干净。邱翠香的性格，风风火火，走路昂首挺胸，随时一阵风，并且动作很大，有些夸张，很像筛筛子、簸簸箕。所以，村子里人就形象地送她这个外号——"簸箕簸"。

邱翠香是妃子村的能人，却嫁给了七疯八癫的胡佑贤，是邱翠香父亲邱本贵的主意。

当时，胡佑贤家到邱家提亲，"簸箕簸"不愿意。

邱本贵却说这门亲事靠谱，说：胡佑贤家有文化，自古以来，妃子村都是文化人吃香喝辣。

其实，邱本贵十分明白，把邱翠香嫁给胡佑贤也是不得已而为之。当时，邱翠香没人敢要，提亲的人很少，他怕摆长了，女儿的婚事成了老大难。当年，妃子村有这样的说法：男怕"低头子"，女怕"挺胸子"。都说挺胸的女子克男人。邱翠香走路的时候，胸口一颤一颤的，衣服总是胸口先破，先绒，先发白。叫她"簸箕簸"的另一个原因，一是走路"簸"，二是胸口的"簸动"。

邱翠香的这种"簸"，也让成熟的男人想入非非。妃子村的男人们，喜欢邱翠香，然而又怕她。村子里的男人们，对邱翠香只是在心里想，如果要娶之为妻，有点像中国男人娶个欧美老婆一样，总是会心有余悸。所以，提亲的人自然就少了。

邱翠香听父亲的话，就嫁给了胡佑贤。

真是一物降一物，胡佑贤不爱干活，对工分不敏感，完全由邱翠香控制。胡佑贤发明切菜机，邱翠香虽然觉得用切菜机切猪草方便，但觉得胡佑贤疯疯癫癫，有些不务正业，所以，切菜机刚刚问世，便被"簸箕簸"摔得稀巴烂。胡佑贤只好对着"簸箕簸"唉声叹气，捶胸顿足，也不敢把"簸箕簸"怎么样。为此，两口子五年不说话。

五年不说话，却生了两个孩子。这在妃子村成为笑谈。

两口子五年不说话怎么过日子？邱翠香自有办法。邱翠香要胡佑贤干什么，不直接叫他，而是使三岁的女儿说：秀秀，去担水。

秀秀才三岁，走路都走不稳，怎么能担水？而胡佑贤听了，规规矩矩地去把水缸担满。邱翠香要胡佑贤做的事，只当着胡佑贤的面安排不懂事的女儿。

这次胡佑贤死了，大家谁都不怕，怕的只是"簸箕簸"。

胡佑贤的遗体摆在青林山上，"簸箕簸"说什么也不让安葬。"簸箕簸"趴在胡佑贤的尸体上哭得死去活来，有人怀疑"簸箕簸"是假哭，其实不是。他们两口子虽然不说话，但依然是和谐的，不和谐，哪里来的两个孩子。只是，"簸箕簸"和胡佑贤都觉得，他们不说话就少吵架，相反日子过得和谐。再说，胡佑贤说话口吃，难得把事情表达清楚，还不如不说。想想看，这也是过日子的一种方式。外国人还喜欢适当的分居呢，每个星期见一面，远香近臭，中国有句俗话，久别胜新婚呢。

所以，"簸箕簸"不是假哭，而是到了伤心处。

这时候，胡佑贤尸体都冰凉了，再也不可能活在世界上了，"簸箕簸"才想到了胡佑贤的诸多好处。"簸箕簸"同时想到自己今后的日子，真是不好过。在妃子村里，没有个男人不行。有个男人，是"家"的一个标志，一种依靠和安慰。"簸箕簸"觉得，自己有了个男人，才能放肆、放心地去做事，才可以肆无忌惮。没有了男人，自己成了寡妇，总是会有人欺负，家庭也不安稳了。"簸箕簸"想到自己今后的日子，怎么带两个孩子？有个男人，有用无用，都是个招牌呢。现在人死了，摆在了工棚里，留下了自己和两个孩子，以后的日子怎么过？所以她是真伤心的，绝对不是有人怀疑的假哭。

邱翠香趴在胡佑贤身上，依然只能是"数着哭"。村子里人死了，时兴"数着哭"，如果家里死了人不会"数着哭"证明这个女人是没有出息的。今天，"簸箕簸"的"数着哭"，是赶着鸭子上架。一般来说，村子里的女人都要先学一下"数着哭"，但是，以前"簸箕簸"以为学哭为时还早，自己家的人年龄都不大，也不可能会死人，学"数着哭"属于超前行动，所以就没有学，把精力都放到了做家务和苦工分上。"簸箕簸"本来是不会"数着哭"的，但还是只能"数着哭"，她"数着哭"的词也是临场发挥的，但也有理有据。

胡佑贤没有被炸死的时候，"簸箕簸"偶尔也"数着哭"过，那时，她的哭便只会骂胡佑贤这个疯疯癫癫的"结巴拉"，还哭泣着骂他多管闲事，骂他七疯八癫自不量力充硬劲。

妃子村的"数着哭"不但可以颂扬，而且可以诅咒，心里有什么说什么，想什么哭什么。有时候，"数着哭"完全是内心话的表达，自己一个人偷着哭诉，"数着哭"给自己听。然而，大多数时候是哭给别人听的，哭诉的感情倒是真假难辨。

这时候，"簸箕簸"抹着眼泪哭诉道：我家秀秀家爹啊，你死掉么我咋个过啊。叫你不要管闲事你要管，你死了倒清静了，去阎王老爷家去过神仙，留下我们母子三人怎么过？！

"簸箕簸"哭诉着歌颂胡佑贤的同时，已经旁敲侧击要让鸠山明白前进队要管他们母子三人的后事。

鸠山听到"簸箕簸"的哭，想"簸箕簸"哭后，便要商量如何安葬的事宜，人不能摆得太长，入土为安，再商量善后的事。

妃子村埋人，也称之为吃"杠子肉"。意思是，人死了，要用木杠抬到山上，埋人了，主人家要杀猪招待，吃的便是"杠子肉"。再就是，人死了的时候，主人家中午待客要吃嫩豆花。那时候黄豆不多，是奢侈品，除了过年，便只是在死人的时候才磨豆腐，平时磨豆腐便觉得是一种奢侈。所以，死了人，便说：要去吃嫩豆花了。妃子村人说"吃嫩豆花"，也就是死了人的意思。

胡佑贤死了，"簸箕簸"本来是要杀猪、磨豆腐让村子里的人"吃杠子肉"、喝嫩豆花的，但胡佑贤是在生产队的工地上死的，情况就变了，杀猪、磨豆腐，都得前进队来操办。但是，虽然是生产队办，还得按照村子里的风俗来。于是，鸠山让欧阳芬和张美兰去操办待客的事宜，至于怎么说服"簸箕簸"，鸠山劝她去大队找李玉和。

到了晚上，鸠山看到"簸箕簸"情绪稳定了一些，便把她带到了大队部。

到了大队部，"簸箕簸"见了李玉和未曾开口就想"数着哭"。李玉和听了纪红卫的话，"簸箕簸"还没有开口，先给她戴高帽，说：毛主席教导我们说，人固有一死，或重于泰山，或轻于鸿毛。胡佑贤的死，就是死得其所。

鸠山马上就接上说：胡佑贤的死，比泰山还重！

"簸箕簸"说：我不管他死得其所还是不其所，死得比鹅（鸿）毛轻还是比泰山重！胡佑贤死了，我们母子三人怎么过？！他在的时候，我们虽然爱吵嘴，但工分、家务他都是管的，现在我一个人带两个孩子，你们叫我怎么过！

说着，又想"数着哭"。

李玉和最怕"簸箕簸"来这一套，便赶忙接过话题，说：工分没有问题，我们已经商量过，每年都按全劳力记给他！

"簸箕簸"听了，觉得也算处理得合理了。往年也有为公而死的人，都没有胡佑贤的待遇高。"簸箕簸"知道，闹事也要适可而止。但她同时觉得不能就此停止吵闹，如果轻轻容易就停止吵闹，那就等于自己不伤心，丈夫死了都轻轻容易完事，不闹不吵，人家还会说自己无能，对自己的丈夫没有情义呢。"簸箕簸"明白，有时候，闹只是一种形式，不是真闹也要闹，闹个面子而已。

所以，"簸箕簸"虽然满意大队的处理结果，还是喊了一声"我的妈呀我的娘"，依然来了一次"数着哭"，才跟着鸠山回到了青林山。

胡佑贤的丧事就在青林山办，待客、出殡、追悼会，都在青林山上。

胡佑贤年纪不大，不可能准备着"大板"（棺木），只好去借。鸠山说："大板"这东西，不借最好，日后还的时候话多，好了、坏了，人家都不愿意。

欧阳芬也说："大板"还去，年轻人好说，老人说不好，找起麻烦来，更是伤脑筋。

张美兰说：再麻烦也得借，时间不等人。

鸠山想了想，就让人借大板。借了好几家，都借不到，只好到街上买了毛板，让木匠连夜"割"（加工）。

青林山上办丧事，比修水库还热闹起来。做饭的妇女，割"大板"的木匠，来吃"杠子肉"的男女老少，让整个青林山沸腾起来了。

李玉和怕"簸箕簸"思想反复，便和鸠山商量，连夜把追悼会开了，第二天一早就埋人。鸠山更是巴之不得把事情了了，然后埋人，再马上开始修水库。

于是，这天晚上就开追悼会。

开追悼会的会场就在工棚里，工棚里点了两盏汽灯，是演《红灯记》时候才用的，现在也拿了出来。汽灯嘶嘶地发着白光，整个青林山灯火通明。工棚中间，安放着胡佑贤的遗体，遗体上摆放着一面五星红旗。

追悼会由李玉和主持，鸠山致悼词。鸠山的悼词里，讲到许多胡佑贤的好处，从演《红灯记》编花灯曲谱开始，到发明切菜机、播种机，再讲到发明炸药、排哑炮，全都是先进事迹。人们听到鸠山在台上讲到胡佑贤热爱科学，发明切菜机的事，便"嗡嗡"地低声叽喳，说从前胡佑贤发明切菜机，本来是受到"簸箕簸"严厉抨击的事，现在也成了成绩和优点。

鸠山总结去总结来，归结为胡佑贤活学活用毛主席著作，在"用"字上狠下功夫，说他是当代的张思德同志。会场上的人，都被鸠山声情并茂的悼词感动了，有许多人都流了眼泪。

"簸箕簸"也感到满意了，这一夜也就没有再闹事。

第二天一早，太阳刚刚冒山，民工们刚吃过早饭，鸠山就指挥着说：弟兄们帮忙，死者入土为安，我们就把英雄抬上山吧！

民工们立即响应，八个人抬起了装着胡佑贤的棺材，向他家的祖坟山上走。红漆棺材上盖了条棉毯，棉毯上绑了公鸡。那个演《红灯记》时打锣的独眼老鼓手，现在吹起了唢呐，悠扬而婉转。

抬着棺木上山，走在最前面的，是撒买路钱的。撒买路钱的，是妃子村那个旧社会赶马的哑巴，手提一个茶箩，茶箩里放满了纸钱。这个哑巴，一辈子单身。他走在棺材前面，轻轻撒起了纸钱，举手投足之间，气氛十分庄重。

听到唢呐响起，哑巴的纸钱慢慢翻飞，看到装着胡佑贤的棺木缓缓起程，"簸箕簸"哭得死去活来。这时候，她才真正悲伤了，她知道胡佑贤这个"结巴拉"，这个与她成天作对的人，与她五年不说话，但生了两个儿子的人，马上就要长眠地下。

哭着哭着，"簸箕簸"昏迷了过去。

妃子村，每到有丧事，专门会安排几个妇女，让她们负责照顾死者家属。欧阳芬与张美兰赶快与一群妇女把"簸箕簸"扶到了工棚里去……


## 第四十七章　前进队春季要积万吨肥


把胡佑贤的丧事办完，再把"簸箕簸"安抚下去，青林水库又继续开始施工。这时候，鸠山感觉身心交瘁。青林水库的"哑炮"事件才几天时间，让鸠山脸上失去了光彩，体重也减轻了。但他还是只能打肿脸充胖子，继续指挥水库工地的修建。他知道青林水库的修建已经到了最关键的时候，挺得住挺不住只能看自己。

经过冷静地思考，鸠山觉得，出了再大的事故，水库施工也绝对不能停下来。青林水库是区里、县里的重点工程，前进队这个典型，也要靠这个工程撑面子。同时，鸠山也明白，青林水库十分有利于妃子村的农业发展，受到再大的挫折也不能停，要勇敢地上，不能让李玉和笑话。同时，经过一次重大事故，鸠山指挥青林山水库的施工逐步趋于理性，他不再提倡突击、抢修。他要平稳地过渡，然后再做调整。

鸠山在青林水库指挥施工小心谨慎，与张美兰的关系，也做得更加保密。张美兰是每天都要见面，过去，两人见面的表情始终是有点暧昧，现在两人见面，态度变得严肃了，随时一副公事公办的样子。

张美兰有些不高兴了，说鸠山对自己冷淡了。

鸠山在暗地里与张美兰见面的时候边亲热边说：小不忍要乱大谋，人家打着灯笼找岔子，我们要从长计议，表面上不好，暗地里好就行了。

张美兰不语，鸠山边动边说笑道：表面上的态度不好又不影响做这个事。

张美兰听了，感觉鸠山还是对自己好的，就笑了，说道：不能因为面子而撕破了里子。

鸠山一边提裤子，一边说话：就是这个意思。

经过鸠山的苦心经营，青林水库终于在平稳地过渡着，春节过后，水库虽然没有全面竣工，但还是完成了大部分工程，不出意外，再干一个冬季，青林水库便能蓄水了。然而，马上就到了春季，水库建设应该告一段落。于是，鸠山到了大队部，找到李玉和。

李玉和坐在办公室里，他看到鸠山进大队来了，便装作没看见，也不作声。李玉和现在是看见鸠山就头疼了。鸠山每次到大队来，都不会有好事，一次是抓到了弟弟阮兴国，一次是出现了哑炮事故。两次都成了烂摊子，都是他干的好事，却让自己来收场。

李玉和想对鸠山避而远之。

然而，鸠山却是直接进了他的办公室，坐下，笑笑说：这次没有麻烦事。

李玉和说：有好事？

鸠山正色道：我想，水库可以告一段落，撤下一些民工参加春耕生产。

李玉和一听，觉得正是时机。他想，妃子村的劳力，不能耗在青林山了。水库可以慢慢来，明年的生产是燃眉之急，吃饭问题不能大意。同时，李玉和巴不得水库下马，风头让鸠山出尽了，再不收敛，出了成绩是鸠山的，出了问题大队兜着。这样想了，但却不急于表态，说道：

建议好是好，我们三人领导小组商量以后再决定吧。

鸠山一听什么"三人领导小组"就来气，明显是想拿一下"大队干部"的架子。

然而，水库下马是大事，李玉和一个人不做主也正常。也就不好发作，只好起身回到了青林山水库。

鸠山走了，李玉和在心里些许高兴：也要让这鸠山小小受点气！

又过了两天，李玉和与王连举商量了一下，才让欧阳芬通知鸠山说：为了不影响明年的春耕生产，青林水库暂停施工。

王连举说：空口无凭，要不要写一个通知？

李玉和想了一下，觉得也要正规一些，说：那你拟一个，油印出来，让欧阳芬带去。

欧阳芬说：这不是放屁脱裤子嘛，麻烦二道手脚！

李玉和说：就是要正规一些，一是一，二是二，过去我们就是太随便了，老让人钻空子。

王连举听了，马上起草了通知。通知上写了青林水库的重要性，取得的成绩，然后再说下马的必要性，最后还加了一句，希望青林水库指挥部做好善后工作云云。

完全是一副指挥官的口吻。

鸠山看到通知，心里不高兴。但知道留在水库上夜长梦多，回前进队把春耕生产抓好要紧。前进队是区里、县里的典型，明年粮食生产不跨新台阶，自己也就没有脸面。于是，就与欧阳芬商量，留下几个老弱病残的民工边施工边管好水库大坝，其他人就回队，参加春耕生产。鸠山自己，也离开了水库，说要回生产队领导春耕生产。

前进队的干部，全部从青林山水库上撤了下来。鸠山不想把欧阳芬和张美兰留在水库上。水库已经到了后期工程，李玉和既然想管，鸠山想顺水推舟把它交给大队。鸠山知道，青林水库是前进队受益最大，然而，自己上马以后，老是出现问题，让自己难堪。现在，不如交给大队，烫手的山芋，也让李玉和去碰一碰。

回到前进队，鸠山也不能默默无闻。

鸠山是个耐不住寂寞的人，他想，前进队既然是典型，每个季节都得干出点特色。秋天搞了条播，冬天修了水库，这个春天，鸠山不想搞得死气沉沉。鸠山同时想改变一下观念，前进队的工作，既要轰轰烈烈，又要增产增收。鸠山听说过1958年"大跃进"村子里出的事。那时候，村子里光喊"跃进"不增产，社员们没日没夜辛辛苦苦一年，肚子都吃不饱。所以，鸠山想，前进队这个典型不能玩花架子，他想成为典型，也想让社员吃饱肚子。想来想去，鸠山想到了前进队的田地产量不高，原因之一是肥料不足，他想在积肥上做文章。

鸠山想什么都得想一下毛主席的话，用来论证一下给符合毛泽东思想。鸠山突然眼前一亮，墙壁上就写着毛主席制定的"八字宪法"，其中，肥是第一要素。

鸠山想，毛主席说的绝对没有错。于是把五人领导小组召集来开会。欧阳芬、张美兰、高竹竿、吴会计都到了。鸠山和大家寒暄一阵，便说正事：这两年，前进队成了县里的典型，都有大家的功劳。

几个人附和说：还是团长领导得好！

鸠山摆了摆手，谦虚了一下，说道：我们每年都能抓住时机，搞出了特色，现在，水库停工了，不可能就这样默默无闻！

高学英说：团长你就拿主意得了，我们都听你的！

吴会计狡猾一些，他知道鸠山心里已经有主意，只是来拿五人领导小组作幌子。便说：领导敢过江，群众敢过河。领导敢上山，群众敢打虎！团长你有什么高招直接说！

欧阳芬和张美兰也对鸠山说：也是，每次你的点子都管用，有什么高招你就说吧！

鸠山故作高深地想了想，便说：我想啊，根据前进队的实际，我们要实行毛主席八字宪法：掀起春季积肥新高潮！

几个领导小组的成员听了，想了想，都觉得确实可行，说：是的，积肥很重要，"庄稼一枝花，全靠肥当家！"

鸠山见领导小组都同意，又说：积肥也要积出点前进队的风格来。

欧阳芬说：积肥还要什么新风格，多积好肥是关键！

鸠山说：我们积肥也要来点舆论先行。

几个人又哑然了，不明白积肥怎么也要舆论先行。

鸠山说：做什么事都得有舆论导向，没有舆论，人家怎么知道你在做什么？

吴会计已经领会了鸠山的意思，忙附和：是的，我们积肥不能白积，我们积的是前进队的肥，要与众不同！

鸠山说：是的，我们积肥也要造声势，要提出口号，口号响亮就有特点，做得好还要叫得好！

欧阳芬说：提个什么口号好呢？

高学英赶快接上，说：庄稼一枝花，全靠肥当家。

吴会计觉得鸠山喜欢政治挂帅，也想了条口号，说：毛泽东思想金光闪，八字宪法肥为先。

张美兰知道鸠山心里已经有一本账，想什么口号都无聊。于是说：要不团长提一个出来，我们就说按你说的办。

鸠山这才说：提个简单明了的吧，"前进队要积万吨肥"！

几个人听了，都鼓了一下掌，表示同意。

于是，前进队的春季积肥也就雷厉风行地开始了。

积万吨肥，是一项硬指标，鸠山想这个指标要让人看得见摸得着。所以，鸠山说前进队积的肥不能撒到田野，他要让社员把肥堆到田野里，叫作"堆肥"，并在"堆肥"上插上小红旗，且标上堆肥的重量，表示肥料的数量有多少。

鸠山说：万吨肥万吨肥，我们要让世人都看看我们的万吨肥在哪里！

欧阳芬接了过去，说道：我们前进队有多少肥，不但要让妃子村的人看到，还要让外面来的领导都看到！

从此，前进队的田地里，每天都会多出几个蘑菇堆，多了几面红旗。

这天，李玉和到田里检查生产，看到了前进队田里许多的粪堆，觉得鸠山总是能出一些新花样，那粪都堆在田地里，让区里、县里来的领导都能看到，怕又要成为"典型"，急忙阻止，说道：这前进队，把肥堆在田野，成一个一个的小堆，一堆有多少公斤，都是标上，积肥不是肥田的，而主要是显示给人看的！我们要批判形式主义！

区里的纪副主任听了，又到妃子村来指导工作。当时，正是农业学大寨的时期，纪红卫觉得也要干出一番成绩来。便劝李玉和说：做总比不做好，不管他是花架子还是臭架子，积了肥就是好事，县里也会认可的！我们要顾全大局。

鸠山又得到了肯定，心里高兴，但积肥进度却慢了下来。鸠山十分着急，究其原因，是社员积肥弄虚作假，出工不出力。是啊，积肥的时候，都是一哄而上，不称不量，怎么能调动积极性？

鸠山便召集五人领导小组开会说：积肥不能吃大锅饭！

五人领导小组出主意想办法，决定积肥时要用秤称，每个社员积了多少肥都是死任务，积多少公斤肥算你一个劳动日。鸠山和其他队干部的任务是监工，不准有任何人偷工减料或者出工不出力，让生产队的生产突飞猛进，这样一来，积肥的速度又快了起来。

然而，这万吨肥谈何容易，肥源成了问题。鸠山便动员社员出主意想办法，想方设法把万吨肥积够，不能让计划落空。其实，社员们的主意也不多，说积肥的肥源一是在猪厩里，二是在田间地头，三是在山上。

肥源的目标定了，但要把万吨肥积够不是件容易的事，首先是劳动力不够。前进队的部分社员要参加修水库，要种田和搞副业。鸠山总是想到什么就干什么，生产队的劳动力便紧张起来。劳动力不够，鸠山伤透了脑筋。有一天，鸠山在生产队里终于看到了几个孩子，老师正"停课闹革命"，鸠山眼睛一亮，高兴地说：这些孩子闲着干什么，可以积肥啊！

五人领导小组的人也说，他们不上学、不干活还会惹麻烦，参加积肥，不是全劳力也是半劳力！

# 第四十八章 鸠山提亲李铁梅

前进队"积万吨肥"的情况，又被区里纪主任通报到了县里。

纪副主任上报材料的时机总是恰到好处。这一年，县里"文化大革命"进入了低潮时期，实现了革命大联合，又进行了"批林批孔"运动，革委会要求发展农业生产，农业学大寨提到了前所未有的高度。马上就是春耕时节，县革委想来点新动作，正找不到突破口。所以，纪副主任上报的妃子村搞"万吨肥"的材料，立即被转发到了各个区革委，材料上还加注县农业学大寨领导小组的批复意见：

县革委充分肯定了妃子村积万吨肥的先进经验，全县人民要因地制宜，远学大寨，近学妃子村，掀起春季积肥的新高潮，夺取今年粮食生产更大的丰收！

县里的文件一发，各个区都雷厉风行，组织参观学习团到妃子村参观前进队积万吨肥。

妃子村又热闹起来，学习参观的人络绎不绝，李玉和与鸠山忙着接待，忙着介绍先进经验，有时候还要根据参观团的要求演一场《红灯记》，气氛十分热烈。

坝子里人都羡慕了，说：先前，妃子村演《红灯记》出名，现在，学大寨又成了典型！恐怕还是靠着欧阳芬和张美兰的名气！

李玉和与鸠山忙得不亦乐乎，对人们的议论也就不置可否。

鸠山信心越来越高，他正准备在农业学大寨的运动中大干一场的时候，国内革命形势发生了翻天覆地的变化。

这一年，头等大事是毛主席等老一辈革命家去世。毛主席去世，鸠山与李玉和已经不知所措，何去何从，等待观望。他们都一时没有缓过神来。"四人帮"垮台了。华国锋主席成了毛主席选定的接班人，"你办事，我放心""按既定方针办"成了毛主席的最新最后的指示。

形势一变再变，不久，邓小平同志又出来工作，经济工作摆上了突出位置，县里、大队和区里的班子都要调整。

纪副主任抓典型抓得好，出了妃子村这个典型，革命生产更上一层楼，便提到县里当县委副书记。李玉和提到了区里当区委书记。村里人感到奇怪，妃子村这个县里的先进典型，本来是鸠山一手策划、操作出来的，然而，提拔干部却没有他的份。

纪副书记出面解释。他专程来到妃子村。这次来妃子村，就没有骑永久牌自行车了，而是坐了一辆老牌子的北京吉普车。

车子停下，围了一大群孩子，看到纪副书记从"永久牌"换成了"北京牌"，就学着样板戏《沙家浜》刘副官的口气说：人也多了，枪也多了，鸟枪换炮了！

驾驶员把围观的孩子赶开了，才与纪副书记一起进了妃子村大队部。

纪副书记叫李玉和把鸠山通知到了大队，语重心长地对鸠山说：总的来说，成绩是主要的。组织对你的成绩是肯定的。但组织提拔干部，不能越级提拔，一步一步地来。你看过《列宁在1918》吧？瓦西里不是说了吗：牛奶会有的，面包会有的，一切都会有的！

说完就笑了起来，气氛也就好了些。

于是宣布将鸠山提拔为妃子村的村长。

鸠山当上了妃子村的村长，"文化大革命"结束了，妃子村趋于平静，鸠山和欧阳芬的婚事，必须提到议事日程上来了。"文化大革命"十年，鸠山和欧阳芬为了抓革命促生产，把结婚生子都给耽误了。年龄不饶人，在妃子村，男人三十岁不结婚，便是个忌讳。村子里有句歇后语："三十岁不讨婆娘，怂起脑顶达"。姑娘更是，被叫作"老黄花"，很难听的。

从前，鸠山很少考虑自己的婚姻。刚到结婚年龄，"文革"便开始，妃子村很乱。妃子村再乱，别的年轻人都没有影响到结婚生子。然而，鸠山与一般年轻人不同，他不想对自己敷衍了事。在妃子村里，他觉得还看不到自己的现在和未来，他不想被婚姻和家庭绑架，他要自己的前程与事业。

其实，鸠山也是很坎坷的，好不容易走出妃子村，去供销社当上了"社干"，这是他人生的一个转折。然而，命运多舛，他又因为"犯事"回到妃子村，又是回到人生的起点上。

回到妃子村，如果顺利地进了三人领导小组，鸠山就会考虑自己婚姻的事。进了大队三人领导小组，鸠山也认为是一种成功。后来，他成了前进队的下派干部，充其量一个小队长而已。鸠山认为，他什么都不是，他不知道怎么来面对自己的未来。但是，他是一个有理想有抱负的人，他不想在自己一事无成的状态下结婚生子，那样，是人生的悲剧。

从这个观点上看，鸠山还是对人生有清醒的认识。

然而，鸠山的父亲却忍受不了了，他觉得，儿子养到三十还不结婚，是当父亲的失败。

鸠山的父亲是个木匠，名叫王绍天。村子里大多数人不知道他的名字，只知道他叫王木匠。并且，就因为这个王木匠，妃子村留下了句歇后语："王木匠画墨线——以叉叉为准。"

先是听不明白怎么个"以叉叉为准"，后来才知道，王木匠做活，要用墨斗、墨笔在木料上弹线或画圆，有时候，难免画错，只好再画。再画以后，错的墨线由它留下，在正确的线上画个叉，切割的时候，以画有叉的线为准。这种方法很实用的，一直让村里的木匠效仿，沿用到了现在。

王木匠怕儿子的年龄再大，婚事解决不了，名声便不好了。

王木匠结婚早，二十岁的时候，早已经生下了鸠山。王木匠觉得，人的一生，结婚是最幸福的事，结婚以后，才能享受得到女人的乐趣。王木匠不知道儿子早已找到了自己的乐趣，所以，他不想让自己的儿子浪费青春，他要让儿子该得到的享受就要得到。同时，自己在村子里有文化，又有技术，他不能让儿子影响他在村子里的声誉。

鸠山每天抓革命促生产回到家里，王木匠免不了要讲婚姻上的事。什么不孝有三无后为大，什么男大当婚女大当嫁，什么语言都用上了，让鸠山听了耳朵发麻。鸠山不想听父亲时常啰嗦，这一久，鸠山故意去了水利工地回避。

然而，王木匠还是想对儿子把事情讲清楚，鸠山不在家，他就写了一封信，想让送粮的马帮带到水利工地给儿子。信写好，送粮的马帮却一直不出动。王木匠性子急，有些等不得了，儿子的婚事也等不得了。于是，王木匠翻山越岭，到了水利工地。到了工地，不与鸠山开口说话，而是把信拿了出来，当着水利民工念信。

本来，人都见面了，并不必要念信的，有什么事说出来就行了。然而，王木匠要表现他的文化水平，要让水利民工知道自己的文笔好，他必须当着众人把写好的信念出来。

说实话，王木匠的文化根底，在妃子村是数一数二的。所以，他有些自负，也一直喜欢卖弄他的文笔。除了做木活，王木匠喜欢舞文弄墨。村子里有红白喜事，王木匠便帮人写对联，有时候又帮人写信、读信。帮人读信，王木匠说，信中晚辈与父母长辈说话，不能用"谈"，而只能用"说"。那时候的人写信到了结尾，喜欢来一句"下次又谈"，王木匠说，错了，晚辈与长辈，要写成"下次又说"。

这个时候，看到工地上人多，并且都是年轻人，王木匠又是个"人来疯"，便大声读起信来：

大宝儿：你好！

听到王木匠念大宝儿的时候，民工们才想起鸠山的学名叫王大宝。

于是，民工们"嗡嗡"地嘀咕一会，看到王木匠捋了捋头发继续念信：

毛主席教导我们说：机不要失，时不再来！任何事情，要看到他的主要方面，还要看到他的不利因素。你与欧阳芬，是同一条战壕里的战友，共同创造了革命的友谊。都是二十出头的人了，应该革命、家庭两不误。

然后，王木匠分析了妃子村的现状，分析了鸠山结婚与不结婚的利弊关系，讲得深入浅出，让在场的人都对人生和婚姻有了透彻的感悟。

鸠山虽然是战斗兵团的头头，斗争精神也强，但没有李玉和那种敢把岳父拉上台，并且用刑罚斗争的精神。鸠山始终是文化人家出身，从小受到父亲三纲五常的教育，听王木匠念叨"天地君亲师"，所以，听到王木匠当着众人的面给自己读信，也就不敢多说什么，只能表现出应有的孝道。

况且，鸠山看到王木匠大老远到水利工地找自己，头上银色的稀疏的头发被风吹得杂乱无章，难免产生复杂的心理。王木匠的头发，平日里随时都梳得整齐，简直可以说是一丝不苟，为了自己的婚事，跋山涉水，已经是费尽心思了。所以，鸠山有些于心不忍，于是，劝走了父亲，准备把婚事提到议事日程。

准备完成婚事了，首先便要考虑说亲。但是，去找谁呢？仔细想想，妃子村还真难找到合适的人选。鸠山的要求比较高，一是要有文化，二是工作积极，而且要支持鸠山的工作。这个人还真不容易找，要门当户对嘛。

权衡利弊，鸠山首先想到了欧阳芬，但他还是把张美兰与欧阳芬做了一个比较。

从和谐程度，他喜欢张美兰。从体面方面，欧阳芬再好不过。但说媳妇，鸠山也不能不考虑王木匠，如果娶张美兰，父亲那里就过不了关。一个青头小伙子娶个二婚，那更是让王木匠抬不起头来。

热心人也介绍欧阳芬，他们倾向于欧阳芬。

欧阳芬何必介绍，鸠山与欧阳芬早不见晚见，成天在一块。只是不知道为什么，两个人常常待在一起，革命生产上干得十分投机，就是产生不了那种成为婚姻或爱情的默契。但理智地想一想，鸠山也觉得群众是真正的英雄，如果结婚成家，还是欧阳芬合适。

# 第四十九章　李奶奶做媒出师不利

王木匠觉得他家的媳妇应该是欧阳芬。而且，他也已经看出来，儿子与欧阳芬同属一个造反派，现在，儿子成了村长，与欧阳芬同在一个班子，一起领导妃子村群众干革命，早不见晚见，容易碰出火花。

然而，妃子村的婚姻，不能只是年轻人说了算，要双方父母同意。所以，这两天，王木匠又在考虑，如果儿子同意提亲，那欧阳芬的父母那一关怎么过。

在妃子村，说到儿女的婚姻，便要到女方家提亲。王木匠是个爱面子的人，他知道，提亲容易，如果不成，那就有伤大雅。所以，王木匠应该想到说成这门亲事的可能性。王木匠觉得鸠山去说欧阳芬应该没有问题，按他自己的老脑筋，鸠山成天与欧阳芬在一起，其他男人，恐怕不敢与欧阳芬提亲了。只是欧阳富贵与高学英那里，就不能保证没有问题。

这个晚上，鸠山好不容易在家吃饭，王木匠又说起了欧阳芬的事。鸠山不表态。

鸠山这里不表态，便看出他的态度有点松动。鸠山的态度松动了，王木匠却有点为难了。鸠山愿意了，但请谁去欧阳芬家提亲，去找欧阳富贵"探口气"，这却是件为难的事。

想来想去，王木匠想到了《红灯记》里的李奶奶白秀老师。

白秀老师年龄不大，才30多岁，可是在妃子村当了好几年的媒人。白秀老师说媒的成功率十分大，人们对她的信任感也强，这可能与她的为人处事有关。白秀老师生在农村，却很少干过农活。白秀是独生女儿，父亲白文斌在外面当工人，每月寄给家里十五元钱，白秀过的日子，就与众不同了，养尊处优，不骄不躁，与人笑脸相迎，处处尊重人，也受人尊重。

李奶奶白秀连男人找的都是单位上的人。妃子村便感叹了：人的这个命啊，真是让人想不通。这白秀，同样是出生在妃子村，但看看人家过的是什么日子！

一年下来，李奶奶在妃子村代代课，演演《红灯记》，学校放假的时候又去丈夫单位那里住一久。虽是代课老师，又是《红灯记》里的女主角，但生活中不太抛头露面，也没有去当干部，也就不得罪人，不像张美兰那样有什么非议和绯闻。

所以，都承认人的命。说人家白秀老师生下来的气质就摆在那里，让人看了心里舒服踏实。

妃子村有专职媒婆，白秀不是。有人请，她还要觉得合适才去。为人牵线搭桥，是好事，成了一门亲事，几代人都记得你，有成就感。白秀不是专职媒婆，但有说服力，姑娘家，不但看男子的人品，看男方家的家境如何，也得看媒婆的面子。

王木匠去请白秀当媒婆。白秀问，鸠山要去哪家提亲？

王木匠说出了欧阳芬的名字，白秀恍然大悟。放在从前，李玉和还是村长的时候，白秀还要考虑一下到底去不去，现在，李玉和已经到区里当书记，《红灯记》也演得少了，派别斗争也少了，也就无所谓了。

笑笑说：木匠叔，鸠山与李铁梅，何必要我做媒？

王木匠不知是笑话，正色说道：没有规矩不成方圆，他们熟悉他们怎么样是另一回事，我们还是要按妃子村的规矩办，明媒正娶！

白秀想想，也还门当户对，郎才女貌，应该没有问题，于是就应了下来。

欧阳富贵听说王木匠请白秀做媒为鸠山来说亲，心里打起鼓来，思前想后，觉得不妥。欧阳芬也是没有心理准备，她从来都没有想过婚姻的事，也就没有往鸠山那里想过。但人家要来提亲，是不能拒绝的，妃子村的习惯，姑娘大了，有男子来提亲是好事，同意不同意都得笑脸相待，如不愿意，只能婉拒。

这天晚上，鸠山与李奶奶一前一后进了欧阳富贵家的门。欧阳富贵看到了，多少有点不适应。鸠山与白秀在台上演《红灯记》的时候，一个是日本人，一个是共产党的人，是势不两立的，然而，现在却亲亲热热站在了一起。心想这共产党人的李奶奶帮鸠山说媳妇，真有点搞笑。

但两个都是妃子村有分量的人物，同时按妃子村的风俗，也不能怠慢客人，于是就让老婆与欧阳芬烧水倒茶，以礼相待。

高学英心里是喜欢这门亲事的，马上叫欧阳芬在堂屋里烧炭火，准备用油茶的最高礼节款待。然而，欧阳富贵不冷不热，看到老婆这般热情，当着客人的面也不好多说话。不好说话，便在堂屋里来回走动，长吁短叹，表情有些不恭，这让李奶奶与鸠山多少有些尴尬。然而，李奶奶与鸠山到底是见过世面的人，不能硬碰，说是探口气，就是看欧阳芬家的态度如何，再来决定后面的事。

所以，他们来提亲，也只是一个程序，把这事报告给欧阳富贵，到底会有什么结果，他们心里也有底。但不能不来，丑媳妇难免见公婆，这女婿也不能不见岳父就把人家的姑娘搞到手。

所以，鸠山心里有自己的一本账，这个晚上看到欧阳富贵的表演，他就有了自己的打算。

白秀和鸠山出了欧阳芬家的大门，知道欧阳富贵对这门亲事不愿意。

白秀说：门当户对的事，这贫协主席怕是头晕了！

鸠山说：不要着急，我再考虑一下又说。

白秀知道鸠山的心智，也就相信他能把事情办好，说等着他的主意再行事。

欧阳富贵不同意女儿的婚事，高学英不解。

欧阳富贵说：鸠山人是有本事，但出生在那样的人家，总是不踏实。

欧阳富贵心里不踏实，说的是鸠山家"根基"不好。村子里说人家的根基不好，一是有遗传病，二是家里喜欢发生变故。妃子村相信"根基"，每个家庭都会有连锁反应，就连离婚、生病，都会每一代发生一次，真是说不清道不明。

欧阳富贵说鸠山家的"根基"不好，是说鸠山的爷爷是个疯子，关在炮楼里二十年。二是鸠山的母亲不明不白上吊自杀，成了妃子村的一个谜。

鸠山家住在村子东头，祖上不是富庶人家，却也有房有田，知书达理，日子过得比较殷实。鸠山家住在村子边上，房子不似地主家的那种四合院，但也是三坊一照壁，为了防土匪，还在房屋旁边修了炮楼。听说，炮楼修得好，可以"正"风水，修不好，就会犯阴。果然，炮楼修下没几年，鸠山的爷爷成了疯子。

其实，说鸠山的爷爷由于炮楼"犯阴"变疯有点牵强。妃子村的老人们都知道，鸠山的爷爷疯，是考上了丽江府高级中学没有能如愿读书，其家父便要让其在家婆媳妇。

那时候，从妃子村到丽江如去天边，要走三天路，有可能遭到土匪。所以，家里人不想让他去冒险，让其在家生儿育女。

没有办法，鸠山的爷爷只好同意，没想到，后来一直郁郁寡欢，便婆媳妇来"冲喜"。但"冲喜"也效果不大，妻子怀孕半年时光，鸠山的爷爷便疯了，出门便打人，特别喜欢打自己的妻子，所以，就被关在了炮楼里，不见天日，茶饭都由一个小窗子里递进去。

鸠山的母亲，更是死得奇怪。平时里，王木匠都算是有本事的人，对老婆也不错，老两口都相亲相爱。但有一天，鸠山的母亲却突然在屋子里上吊自杀了。鸠山进门，被母亲吓坏了，睁着眼睛，吐着舌头，穿着新衣服，脖子吊在绳子上，没有气了。

所以，说起鸠山家来，都有一点阴森可怕的感觉，姑娘不能嫁这种人家。欧阳富贵觉得女儿嫁鸠山家不吉利。

　　欧阳富贵不同意把女儿嫁给鸠山。鸠山不服气，本来，自己去欧阳芬家"探口气"，一直都有点勉强而为之，没有想到欧阳富贵居然不同意，所以，他决定先拿下欧阳芬，看他老家伙有什么办法。

　　这一天，鸠山找到了欧阳芬，想把话挑明了。

　　欧阳芬却是很少考虑婚姻上的事，也没有认真想一下鸠山与自己感情上的事，更不要说是婚姻了。

　　然而，欧阳芬想了又想，觉得要在妃子村找对象结婚生子，只有鸠山才般配。但是，父亲说的话，又让自己感到犹豫不决，迷信这东西，没有说，就不会信，也就不会去想这事。现在，父亲说出来了，就开始犹豫不决了。

# 第五十章　贫协主席倾向邓德荣

　　不同意女儿与鸠山的婚事，但女儿的婚事不能摆下来。欧阳富贵首要的任务，就是要为女儿找到合适的人选。男大当婚，女大更得当嫁。姑娘越养越小，小就小在姑娘大了不嫁人，就是非多，就要成了老黄花。

　　老黄花，听起来很难听，解决起来也困难。现在，出来个鸠山想与自己的女儿成亲，让自己头痛。女儿的婚事是大事，来不得半点含糊。虽然表示了不同意见，但也保不了欧阳芬不与鸠山接触往来，年轻人在一起，又是造反派，又都在一个生产队，出现意外，想弥补也来不及了。

女儿的婚事，让欧阳富贵感到头疼起来。

感到头疼的还有张美兰。

鸠山到欧阳芬家"探口气"，张美兰是最伤心的一个人。从前，她就怕鸠山与欧阳芬好，但自己随时在鸠山左右，也就没看出什么来。现在，鸠山正式提起了与欧阳芬的婚事，张美兰真是五内俱焚。

想想也不好阻止，自己是结了婚的，要和鸠山结婚，必须先与邓德军离婚，再说，鸠山是"青头小伙"，如果娶自己这个二婚，王木匠那一关怎么过？但是，鸠山年龄确实大了，婚姻不可能再摆下来。所以，左思右想，都得不到正确的答案。

就在这个时候，张美兰的丈夫邓德军的弟弟邓德荣从部队退伍回来了，这让欧阳芬的婚事峰回路转。邓德荣退伍，也让欧阳富贵和张美兰都看到了希望。

当年，妃子村退伍军人不多，每年最多回来一个。退伍军人回到村子里来，婚姻啊，工作啊，生活习惯啊，说话做事啊，等等也是要让人们议论一阵子的。

邓德荣回到村子里，穿一身黄军装，里面配白衬衣，风纪扣都扣得规规矩矩的，每天到大队部里走三遭。遇到天气好，又把外衣脱了，白衬衣的袖子挽到了手倒拐。

邓德荣走在村子的道上，见人就满面春风，遇到长辈叫大爹、大妈，稍长点的男人叫大叔婶，有时候还要走上前去，和人握一下手，很像是干部下乡访贫问苦，惹得村子里的小孩跟着他跑着看热闹。

也有年轻人把邓德荣的行为举止作为笑谈，学他讲半土不洋的普通话。

邓德荣刚退伍回到家，开始有些不习惯乡村生活。在部队，早上不吃米饭，要吃馒头，要喝稀饭。刚回到村子里，他一直要过部队一样的生活，母亲春英姐想到儿子是光荣的退伍军人，再说马上要说媳妇，也就由着儿子怎么着就怎么着。邓德荣有时候，还要来一句很有品位的普通话，让村子里的人刮目相看。

春英姐想到儿子的婚事不能拖，要趁热打铁，在军装没有变色的时候把媳妇搞定。但春英姐老了，说媳妇能力有限，于是，想起媳妇张美兰在大队演《红灯记》，在前进队又是五人领导小组的成员，平时大事小情、待客设宴都是主厨，所以，就让张美兰帮邓德军物色对象。

这天，春英姐对张美兰说：帮弟弟物色对象是大事，退伍军人，就是要抓住机遇，到了村子里不能冷场，等到军装变色了，人家也就对你没有新鲜感了，到时候才找对象就麻烦了。

张美兰只好答应，婆婆的话要听。再说，小叔子从部队回来，找不到对象，自己脸上也无光泽。

想来想去，首先想到了欧阳芬。

但又很矛盾，本来就因为演《红灯记》面和心不和，现在又要为弟弟说亲，找一个冤家来做妯娌，那不是自作自受吗。

正在左右为难的时候，鸠山要去欧阳芬家提亲，张美兰改变了主意，最好不要让鸠山与欧阳芬得手。张美兰决定先下手为强，让邓德荣去欧阳芬家提亲，那么，自己就有可能与鸠山再缠绵下去又说。

邓德荣要去欧阳芬家提亲，这话传到欧阳富贵的耳朵里，他高兴得跳起来了。

然而，邓德荣从前与欧阳芬接触很少，而且有点心虚，当兵前就看过欧阳芬演的《红灯记》，明星嘛，难免有点胆怯。想想也没有什么胆怯的，自己是退伍军人，现在又是民兵排长，应该没有问题。本来，按流行的方法，先要与欧阳芬接触一下，但欧阳芬成天与鸠山在一起，不是抓革命就是促生产，行动诸多不便，于是，邓德荣没有与欧阳芬接触，首先去了欧阳富贵家。

邓德荣第一次去欧阳芬家，没有请媒人。他想来点新花样。

欧阳芬不在家，欧阳富贵接待了他。

两个人在院子里坐下，拉起话来。邓德荣首先给欧阳富贵讲了一些"三支两军"的故事，讲边防巡逻，真真假假，有虚有实，谈笑风生。这正合欧阳富贵的脾气，他就喜欢这种上得了场的人，欧阳富贵就喜欢天不怕地不怕，敢把皇帝拉下马的精神。

谈了一上午，欧阳芬都不回家，邓德荣准备走。

欧阳富贵谈兴未尽，留邓德荣吃午饭。

妃子村的冬季，待客喜欢吃的是"油滋沥"粑粑。所谓的"油滋沥"粑粑，是糯米面用油煎成饼。叫作"油滋沥"粑粑，是煎饼时下锅的声音"滋沥滋沥"地响，听见响声就想吃，是一种很诱惑的声音。煎饼煎好，可适量放盐吃，最时髦的吃法，是用妃子村自酿的麦芽糖稀蘸吃。"油滋沥"粑粑是妃子村很有品位的小吃，一般时候一般人吃不到。

邓德荣成了欧阳富贵家的贵客。

当然，欧阳富贵也会做"油滋沥"粑粑，但不可能自己来做。于是，就叫一小孩从队里把高学英叫了回来，让她做粑粑的同时，物色一下邓德荣。

高学英手脚麻利，一会儿就做好了。

冬天有些冷，这天，艳阳高照，气候十分好，欧阳富贵就让老婆把桌凳安排在小院子里。吃"油滋沥"粑粑的时候，晒着冬天的太阳，蘸着糯米面粑粑，暖和而有诗意。

吃着"油滋沥"粑粑，蘸着麦芽糖稀，慢慢地品味，也要说话。

邓德荣"三支两军"的故事说得差不多了，并且，他觉得不能讲得太多，话多了容易露马脚。但饭桌上也不好冷场，欧阳富贵得接话茬。欧阳富贵其他的事没得讲，就讲土改时清匪反霸的故事。讲到土改，免不了要讲杀人，斗地主恶霸的故事，讲得真实，感人，同时也惊心动魄。

邓德荣听得入迷了。这一迷不要紧，"油滋沥"粑粑忘了吃，蘸好了的麦芽糖稀，便顺着手淌到了手臂上……

高学英本来就倾向于鸠山，看到邓德荣如此没有心机，便刚好有了托词。说道：

那个傻样，还退伍军人呢！

欧阳富贵却提出相反意见，说道：人家根基比鸠山好！

高竹竿：什么根基？

欧阳富贵发：张美兰都愿意嫁他的哥哥邓德军那个"鼻涕浓"，我的女儿，为什么不可以嫁邓家的复员军人？！

高学英便没话。

其实，欧阳富贵嘴硬，但邓德荣把麦芽糖稀流到手臂上的情况，他也看到了，心里便有些发毛。但想想看，这家两弟兄，说的都是妃子村的美女，都是《红灯记》里的女主角，也倒觉得有意思。

欧阳富贵还是倾向于邓德荣。

# 第五十一章　提亲不成邓德荣恨鸠山

邓德荣的出现，让鸠山与欧阳芬一时间无所适从。

　　本来，鸠山想耐心给欧阳富贵一段考虑的时间，并与高学英沟通一下后，看他想法给会有所改变。

　　也只有看情况的发展，鸠山才能做出最后的决定，怎么办。这事不能忙，忙是忙不成的了。鸠山同时想到凭自己与欧阳芬的特殊关系，好好做一下工作。如果自己下了决心，这事不是没有希望。

　　问题是，现在，邓德荣出现了，事情就不那么简单。不是东风压倒西风，就是西风压倒东风，已经没有回旋的余地了。

　　现在，到了关键时候，鸠山同时仔细想了一下欧阳芬这个人。鸠山知道，最懂欧阳芬的，还是自己。鸠山明白，欧阳芬单纯直率，眼睛里掺不得星点沙子。自己多年与欧阳芬相处的经验证明，对待欧阳芬，只能智取不能强攻。

　　但事已不宜迟，邓德荣出现了，必须得抓紧与欧阳芬交一下心，不然，事情就不好办了。

　　鸠山自己与欧阳芬交心，那是再方便不过的事。这天，鸠山约欧阳芬去田野检查前进队积"万吨肥"的情况。"万吨肥"是鸠山在前进队时发明出来的动作，现在，整个妃子村都效仿。村子里的田间地头，都堆积了一个个蘑菇堆，并且都插上了小红旗，有的，还标上了肥料的重量。

　　鸠山与欧阳芬一前一后，往小河边走。开春了，气候转暖，河边的柳枝也显得柔软起来，小草的叶片却才冒出嫩黄的芽来。田地里干活的人，正热火朝天，看到鸠山与欧阳芬，都说：鸠山和李铁梅，当上了大队干部，就不来田间地头搞文艺宣传了！

　　有人说：还是从前好，干活还有节目看。

　　有人说：人家是在检查生产呢。

　　也有知情人，说道：你们不要乱说，人家是在谈恋爱。

　　原来，也有人知道，鸠山与邓德荣正在到欧阳芬家提亲。

　　议论一会，都说还是《红灯记》里的鸠山、李铁梅这两个配起来合适，郎才女貌。

　　也有人反对，说：邓德荣这个退伍军人也不错，人家哥哥就娶了《红灯记》里的张美兰！

　　田间里社员说的话，鸠山与欧阳芬都没有听到。这时候，欧阳芬看到田间堆放的粪堆，社员们干活的积极性，心里很是佩服鸠山的。她将了将拂到眼前的刘海，说道：

　　还是你有远见，从前，我认为积肥嘛，肥料撒在田野就行了，何必堆在田头。你这一堆，还真出了成绩，把妃子村一再推成典型。

　　说到这，笑了笑，又说：人家都说了，前次抗震的典型是震出来的，这次的典型是你"堆"出来的。

　　鸠山也笑起来，点了点头。欧阳芬夸鸠山，鸠山却明白，欧阳芬对自己的工作肯定，但在婚事上还脚踏两只船。所以，鸠山心事重重。他们就一直走，一直看，一直说"万吨肥"的事或今后革命生产如何抓，说一会儿就什么也不说了。

　　鸠山表面上像没事一样，内心十分复杂。鸠山同时这样想，多年来，自己与欧阳芬在一起，怎么就只是革命和生产，而与张美兰在一起，就会有压抑不住的冲动。就因如此，其实，鸠山一次次燃起与张美兰结婚的念头，哪怕是私奔逃到天涯海角也心甘情愿。然而，现实生活中，在妃子村这个地方，张美兰的路线是太难走了。张美兰要离婚，然后与自己再婚，事情操作起来很难不说，娶个二婚女人，父亲那一关就难过！

　　看到鸠山不说话，欧阳芬问道：你怎么心事重重？是不是李玉和提拔了，你心里有气？

　　鸠山顺口说：那不是明摆着的！造反的时候，我们俩冲在前，斗走资派，搞革命大联合，抓革命促生产，农业学大寨我们前进队是全县学习的典型标兵……然而，到了提拔用人的时候，我们却落在了后面！

欧阳芬当然有同感。对自己不能提拔，她意见还不大，觉得鸠山比较委屈。欧阳芬非常清楚，鸠山思维敏捷，有进取心，以后一定有出息。然而没有得到重用，欧阳芬为鸠山打抱不平。

同时，欧阳芬也在考虑鸠山与邓德荣到自己家提亲的事。家里意见不统一，自己也在这两个人上拿捏不定，把持不住自己。说实话，自己是喜欢鸠山的，但父亲不同意，事情就不好办。

然后再想一下邓德荣，想想也有优势，多少也是个退伍军人，在村子里口碑也好，现在，他也是民兵排长，听说还要竞争前进队的队长，前景不错。

欧阳芬想说自己的想法，但鸠山一直不开口，也就没有说。

欧阳芬也多了个心眼，她想与邓德荣接触一下又说。

于是，两人各怀心事就回家了。

鸠山与欧阳芬在田间检查生产，邓德荣当然看在眼里了，心里十分恼火。退伍的时候，他也听到一些关于鸠山与欧阳芬的风言风语，但是，他知道鸠山与欧阳芬并没有形成恋爱或婚姻关系。所以，自己才去找欧阳富贵提亲，而且自己亲自出马，旗开得胜，得到了未来岳父的首肯。

然而，就在这个关键的时候，鸠山突然冒了出来，请白秀老师去说媒，这不明明是与自己作对吗？眼看就要成了的好事，突然出现了危机。邓德荣想，也好，与鸠山一决高低，正好显示一下自己这个退伍军人的风采。

然而，邓德荣也知道，要与欧阳芬成亲，鸠山同样是强有力的竞争对手。鸠山与欧阳芬同在一个领导班子，天天在一起，如果不先下手为强，闹不好就会落在鸠山的后面。三十六计，生米煮成熟饭为上计。如果与欧阳芬成了婚姻，再怀上孕，那就可以以家庭为重的理由让欧阳芬退出班子，不与鸠山在一起。

邓德荣的母亲春英姐对儿子的婚事也是志在必得，说：先下手为强，后下手遭殃。你是退伍军人，又是民兵排长，将来还要竞争前进队的队长，不要畏首畏尾！

所以，看到鸠山与欧阳芬"检查生产"，邓德荣一气要找欧阳芬当面谈谈。欧阳芬身为大队三结合领导小组成员，要拿捏一下，便推说工作忙，迟迟没有答应当面谈谈。

其实，这个时候，欧阳芬才发觉自己倾向于鸠山，对邓德荣不太"感冒"。

这天，邓德荣又在大队部门前遇到欧阳芬，说要当面谈谈。

欧阳芬先没有答应，转身去了大队部，却问鸠山说：邓德荣一直要和我当面谈，我一直琢磨，到底去不去？

鸠山听了，心里很感动。然而，他也明白，欧阳芬真的拿不定主意都来问自己了，应该给她个答案。

去还是不去，放在鸠山这里，也是个问题。

鸠山思考再三，觉得欧阳芬同意与否，都要与邓德荣把话讲清楚，不能拖泥带水。再说，只要欧阳芬与自己一条心，去把话讲清楚那是再好不过。

欧阳芬听了鸠山的话，于是就告诉邓德荣，同意当面谈谈。

欧阳芬答应见面，邓德荣并不见得有多高兴。欧阳芬同意见面，并不见得就会同意自己。但不管效果如何，也得拿出退伍军人的架势，他还是穿军装，戴军帽，把皮鞋腰带扎得整齐。

邓德荣想选择个浪漫地点见面，想在村子的小河边，要让自己的爱情像小河般地流。但欧阳芬要邓德荣去大队部，去过去地主家的老房子里。

大队部里来往的人多，邓德荣说不好谈。欧阳芬说：光明正大的事，又不是什么阴谋诡计。

邓德荣听了倒吸一口气。

到了大队部，看了看旧社会地主家的老房子，也来了点心计，故意不说婚事，先说欧阳富贵是他最崇拜的人，是贫协会主席。再说清匪反霸镇压地主的功劳。

欧阳芬听了不高兴，说：你讲讲你们当兵的事，去过什么地方，给有打过仗。

邓德荣说他当兵是在西双版纳，当的是边防军。说到西双版纳，邓德荣突然冒出了普通话。妃子村人说"西双版纳"，"纳"是读一声，邓德荣却能读四声。听起来很带劲。

欧阳芬听到邓德荣当的是边防军，便感到亲切。态度也明显地改变了，严肃的表情变得温柔了一些。

邓德荣看到了曙光，才悟出谈恋爱不能谈得太露骨，要来点含蓄，来点浪漫。于是便不说婚事，说起了《红灯记》的事。

邓德荣：其实，我当兵前就喜欢看你演的李铁梅，你是妃子村的偶像。当时的唱腔，好像都是胡佑贤配的。

欧阳芬说：是的。当时，如果没有胡佑贤懂花灯调，李玉和也不敢排演《红灯记》。

邓德荣说：当年，我想演一个角色，李玉和不同意，如果同意我演假交通员，我也不会去当兵。而且，那天晚上，李玉和一直拿你作难，我就为你打抱不平。

想了想，邓德荣又说：你想想，他找你的那个晚上开会，那一石头是谁打的？

欧阳芬：你打的？

欧阳芬同时想起，鸠山也说过那一石头的事，他们两个到底谁打了那一石头？

邓德荣当年确实喜欢欧阳芬，但没有机会与欧阳芬接触不算，家境和自己的身份也不敢提起这事，所以，一气之下，便去当兵。他当兵的目的，就是为了娶欧阳芬。

这时候，欧阳芬突然想起《红灯记》里缺一个角色。樊正清下台后，他演的假交通员还没有正式找到人选，就说：你代替樊正清演假交通员怎么样？

邓德荣：李玉和提到区里当书记时，我刚退伍，他就已经对我说了，让我演假交通员，我没有答应。

欧阳芬：是不是觉得是个反面人物？其实，反面人物演好了，也受欢迎，你看那个万医生，演特务就出彩，他守在李玉和家门外搞监视，却说捉到了半斤大的虱子，妃子村人都记得！

邓德荣：假交通员好像台词也不多？

欧阳芬：不多，说几句。

邓德荣明知故问：什么样的几句啊？

欧阳芬说：第一句是李奶奶问你是干什么的，你就回答，我是卖木梳的。

邓德荣点头，表示记下了。

欧阳芬又说：李奶奶又问你，有桃木的吗？你回答说，有。要现钱！

邓德荣又表示记下了。

欧阳芬说：这时候，我会高兴地去拿号志灯，但被李奶奶挡住了，她拿出一盏假灯以后，你就说：同志，我总算等到你们了！

邓德荣心不在焉，却若有所思地点头。

欧阳芬接着说：其实，你把号志灯认错了，我就把你赶出门，戏就完了。

邓德荣说：你对《红灯记》真是有心，不但背得自己的台词，别个人物的台词都记得！

欧阳芬说：《红灯记》里的台词唱段，我是烂熟于心了！

欧阳芬说得高兴，但邓德荣心里却暗暗着急。他看到欧阳芬谈当兵的事、谈《红灯记》很热心，谈了一晚上，都还没有进入正题。便说道：欧阳芬啊，我们的事，你父亲心里已经决定，以后就不要让外人插手的好。

欧阳芬先是懵了一下，然后便知道邓德荣在说什么事，便一反常态，也来了个不急不躁，说：这事不能急。村子里有句俗话说，太阳出来照高山，午后才能照平地。

邓德荣：我心里很佩服你父亲的，说了的话就不能变更。

欧阳芬：父亲是有些霸道，但我的婚姻，也可能不能由他主观决定。

邓德荣听了觉得不妙，便说：婚姻由自己决定我没有意见，但半路杀出个程咬金。

这个程咬金显然是说鸠山。欧阳芬便不知怎么回答。

邓德荣说：过去我当兵时你们不谈，我到你家，得到你父亲的同意，半路上出来个王大宝，我觉得他不地道，如果是过去，我就是军婚，受法律保护。

欧阳芬也是见过世面的人，说道：如果你在部队时与我订婚，量他王大宝也不敢来插足，现在你已经退伍，我们也没有订婚。

邓德荣便无法答话。这个晚上，两人谈部队生活、谈《红灯记》谈得来，没想到谈到婚姻，越谈越僵。

两人不欢而散，分手后，邓德荣想想十分恼火，觉得这鸠山不地道，比日本鸠山还可恨！

# 第五十二章　张美兰放手成全欧阳芬

　　邓德荣的母亲春英姐是妃子村绝顶聪明的女人。她从邓德荣的表情看得出来，儿子与欧阳芬谈恋爱进展不顺利。春英姐比儿子更着急，她觉得，邓德荣能与欧阳芬结婚，为自己的人生添上了光彩的一笔。两个儿子都娶到《红灯记》里的角色，在妃子村可是件光彩的事。在过去的年月里，春英姐可是妃子村的美女，可是红颜薄命，丈夫早逝了，留下两个儿子四个女儿。春英姐却一直争强好胜，一直不嫁。

　　都说是寡妇门前是非多，但春英姐没有绯闻，让人佩服。春英姐她不是不想再嫁，在妃子村，寡妇不好嫁人，何况还有两个儿子是负担，就更难嫁到好人家。当然，也有人找过她，但不是年纪大就是人品不好。她不想轻易嫁人，随便找个人嫁了，那种日子不想过，不如自己独立过下去。

　　现在，春英姐把全部心思都放在了两个儿子身上。邓德军参加工作了，又娶了张美兰，她觉得已经成功了一半，就等邓德荣结婚生子，自己这辈子也就算是功德圆满了。然而，从目前的情况来看，邓德荣提亲的形势比较严峻。春英姐觉得不能守株待兔，她想到媳妇张美兰。春英姐觉得，儿媳张美兰与欧阳芬同在一起演《红灯记》，什么事都看得准，也好说话。

　　这天，春英姐看到张美兰打扮得光光鲜鲜又要出门，心里有些不爽，但也只好先给这儿媳戴高帽，说：美兰啊，德荣与欧阳芬这事，谁都没那能耐，看起来要你出马了！

　　张美兰听了婆婆的话，有些犹豫，愣了一下，没有开腔。

　　春英姐说：不能犹豫，这事关系到整个家庭。俗话说长哥若父，长嫂若母，德荣的媳妇娶不好，你也没有面子。

张美兰心里为难，邓德荣要娶欧阳芬，除非是鸠山放手。如果鸠山执意要娶，邓德荣便没有希望。同时，张美兰觉得婆婆太争强好胜，邓德荣的恋爱观也不太对劲，有些牵强，这样，婚后反而对邓德荣不利。

权衡再三，张美兰说：妈啊，我看这婚事，顺其自然才好。

春英姐：顺其自然？当年，你和德军的事，还不是他主动追求，不然，怎么会有今天？

张美兰不好说话，她就是觉得自己与邓德军是个例子，强扭的瓜，不见得甜。当年，邓德军总是想找个漂亮女子，找到了自己，他觉得已经如愿以偿，但并不幸福。婚姻总是要双方面合适才好，并不是单方面的好。张美兰这时候才明白，感情只能是相互的。

然而，张美兰想得再好，婆婆这里也不好推辞。也不好告诉她这些道理，只能想想自己应该怎么做。所以，顺口应承了下来。

应承了婆婆，张美兰开始为难，左思右想，她不想找欧阳芬，她与欧阳芬虽然同在一个宣传队，同演《红灯记》，但却找不到共同语言。张美兰同时觉得，说媒也是一种艺术，不是每个人都做得来的，说媒这种事，只有白秀老师能做得好。在妃子村，白秀老师永远能站在中立地位，总是能左右逢源。自己为什么不能，随时都可能处在风口浪尖上。张美兰不明白这是为什么。

白秀对什么都不温不火，没有激情，看不到她有大悲大喜，妃子村也有人说她是个没有特点的人。都说她与李玉和会发生点什么，但最后什么也没有发生。张美兰想，没有特点就是特点，能过好日子的特点。

最后，张美兰觉得最好的办法，就是找鸠山。鸠山那里，什么话都可以说。她觉得首先要知道鸠山怎么想的，他与欧阳芬的关系发展到了什么程度，自己今后的路怎么走？知道了这些，才能决定邓德荣的婚姻走向。

但与鸠山接触的机会，却没有从前多了。妃子村《红灯记》演得不多，李玉和去了区里，不到关键的时候，便不回来演。鸠山提到大队当村长，又忙着考虑与欧阳芬的婚事，很少到前进队来。前进队的民兵，也不在队房里住宿了，夜间的演习也不打了，鸠山难得露面。同时，这久又不是播种时节，科技组也没有活动。所以，张美兰与鸠山，好久没有见面。现在，她要找鸠山，只能是去大队部。

这天晚上，张美兰借故到供销社买东西，来到了大队部。

还是经过一番精心的打扮。这个晚上，张美兰破例穿上了姊妹装。这套姊妹装是她未婚的时候穿的，天蓝色布料，斜开领，布纽扣，缝得很贴身，腰是腰，臀是臀，很有立体感的。款款走进大队部的大门，经过老房子的走廊，别有一番风韵……

进门就被鸠山看见，他眼睛一亮。

这一久，鸠山忙着与欧阳芬恋爱，把与张美兰联系的事耽搁了，看到张美兰，鸠山兴奋起来，有一种浑身发热的感觉。鸠山一直不明白，这是怎么回事，见到张美兰就会如此冲动。

张美兰本来也是要买一两样东西，但"社干"小焦不在，供销社的门没有开。鸠山站在办公室门口，向张美兰招了招手。

张美兰看了看医疗室，万医生忙着给人打针；看了看谢老医生，也是在为病人把脉。所以，张美兰轻轻扭动着身子，轻盈地溜进了鸠山的办公室。鸠山随手把门关了。

窗帘拉上，屋子里一片漆黑。鸠山什么话也不说，一把抱住了张美兰，吻住了嘴，舌头搅在了一起。两人鼻子里喘着粗气。亲吻一会，鸠山想做。张美兰轻轻地说：还有那心事，别人急成什么样了！

鸠山：什么事让你着急？

张美兰：还不是邓德荣与欧阳芬的事，我婆婆给我下了命令，非欧阳芬不娶！

鸠山说：这事，我心里十分纠结，我心里只有你……但在婚姻上，又觉得不太现实。

张美兰当然也有同感，她同时知道鸠山对自己说的是实话，心里暖暖的。想了想，她觉得是不能再耽搁鸠山的了，说：要不，我们都做出一些牺牲，婚姻这事，我认命了！

说完，眼泪盈眶。

鸠山心里热热的，坦诚地说：如果是这样，那我就只能争取欧阳芬。

张美兰：我想也是，你还是应该争取欧阳芬——在妃子村，欧阳芬是最好的人选。

鸠山感叹道：我终于明白，男女之间，爱是一回事，婚姻是另一回事。

张美兰：说实话，欧阳芬人不错，单纯，比我强，至少不像我，嫁了人，还和你好！

停了停，说道：我是个心花的女人。但是，我只跟了你……

说完，无语凝噎。

鸠山抱着张美兰，轻轻拍着她的背，说：如果你跟了我，肯定不是这回事了……

张美兰：只要你不把我从坏处想就行了！

鸠山：我越来越觉得你是个好女子！

张美兰：其实，我不是个坏女人。我坏，只坏在你身上。实话说，李玉和让我演卖粥大嫂，难道没有目的？他找过我，我都巧妙地回避了，只有你，是我主动的……

停了一会，又说：说到底，还是我坏……

张美兰的话，让鸠山一阵感动。但鸠山始终是个理性的人，考虑问题不爱感情用事。鸠山觉得，他与欧阳芬的事，邓德荣那里处理不好，以后还是会有后顾之忧，一个村子的人，早不见晚见，最好两全其美。便对张美兰说：这事怎么办，我觉得应该快刀斩乱麻，对我，对邓德荣、欧阳芬都有好处。

张美兰：你去与欧阳芬把婚事敲定，邓德荣那里，我去做工作。我觉得，我婆婆和邓德荣都有些考虑不周，我与邓德军不幸福，他娶了欧阳芬，也是走我的这条老路。我这是对他好。

听了张美兰的话，鸠山感慨张美兰有远见，对自己也是一片真心，内心感激的同时，也对面前的人做了认真的分析。鸠山觉得，如果自己娶了张美兰，给会存在担心呢？面对这样风流女子，那倒是很难说的事。他同时想，如果娶了欧阳芬，婚姻相反会稳定。

所以，他想去找欧阳芬，把婚事定了，不再拖泥带水。

于是，鸠山决定去找欧阳芬交心。

鸠山与欧阳芬，一起干革命多年，又演《红灯记》，又到前进队当下派干部，抗震修水库……做了多少事情，他们都已经记不清楚了。这个晚上在一起，商量的才是他们自己的事。

这是一个月明星稀的夜晚，妃子村的田野里，月光如洗。

鸠山和欧阳芬走在田野的埂道上，内心十分复杂，同时，也充满着青春的畅想。

都想着婚姻上的事，感觉进展不会太顺利。一是欧阳富贵的阻力，二是邓德荣志在必得。

鸠山现在是村长，考虑问题得全面周到。现在是具体操作的时候，决定着一辈子的家庭生活，不可能一直卿卿我我，要解决实际问题。欧阳芬从前好像是脚踏两只船，不知现在的情况如何，得尽快问个明白。便说道：你与邓德荣给有沟通了一下？

欧阳芬：沟通？

然后笑了笑：沟不通。

鸠山便知道有戏，说：我知道你心是向着我的，但你的父亲不愿意，现在感到为难。

欧阳芬：新社会是婚姻自由，我主意已定。要我嫁邓德荣，休想！

鸠山感动，觉得以后，一定要对得起欧阳芬，不再与张美兰来往。

欧阳芬说：我是分析了自己的情况才做决定的，我与邓德荣没有感情，没有共同语言，这样的婚姻我不喜欢。我们彼此了解，以后在一起，容易说到一起。

鸠山：我们同在妃子村演了多年的《红灯记》，别人也不可能多说什么。邓德荣也应该想得通。

欧阳芬：只有一层顾虑，如果我们结婚，两个人都在妃子村大队的班子，会不会有什么影响。

鸠山说：这是历史形成的，也不是结婚后才进班子，也不存在营私舞弊。

欧阳芬就没话了。

这时候，鸠山感到他与欧阳芬在一起，说的都是很具体的事，没有浪漫可言。他们在一起，总是太实际了，同时，没有那个冲动。

鸠山想，婚姻可能就是如此，合适的不浪漫，浪漫的不合适。自己与张美兰合适吗？如果结婚，会像对欧阳芬这样信任她吗？不得而知。

他们走在夜色里。

欧阳芬没有谈过恋爱，鸠山使她有了依靠感，她觉得这就是恋爱，她不管鸠山怎么想，她不喜欢揣摩别人的心事，只认定自己的感受。这时候，他听鸠山的话，鸠山说他是爱自己的，她相信，她不轻易怀疑别人。她感受到了从来未有的爱情力量。她是个敢爱敢恨的人，爱就应该爱得死去活来。

欧阳芬走在前面，月亮朦胧，看不清道路了。她趔趄了一下。鸠山顺手扶住了欧阳芬，扶住了，双手便没有放开，他们拉着手继续往前走。

欧阳芬第一次拉鸠山的手，一个异性青年男子的手。感觉一股暖流涌上心头，她把身子靠鸠山更近了。

好像没有太多的话可说。不说话，又依恋着，具有诗意。欧阳芬读过高中，读过爱情小说，容易冲动。

这时候，她觉得要把所有的秘密都要告诉鸠山，这个自己将要托付的人，一辈子都要心爱的人，不能有什么秘密。欧阳芬心里总觉得要把怀孕堕胎的事告诉鸠山，如果不说出来，她的心里永远都不安，对鸠山也不公平。况且，鸠山是知道的，可能不知根底，但也知怀孕与否，所以想要讲清楚。

想到这些，欧阳芬抬起了头，看着鸠山，说：李玉和那晚《红灯记》罢演，站在台上说的话，是真的……

鸠山说：你为什么要说是真的，你就说假的，是真是假，我都不会在意……其实，你不应该说出来，有些事，不说出来也有它的好处。给人一种朦胧感。

欧阳芬：我不说出来心里不舒服，我们要成一家人了，必须说出来……

鸠山把欧阳芬搂在了怀里，说：你真傻。傻得可爱。

鸠山不介意自己怀孕堕胎，欧阳芬更加感动，依恋着鸠山，不想回家，她想就这样抱着鸠山在田间待一个夜晚，心里才舒服。

他们走累了，就坐在田埂上。夜深了，天气越来越冷，鸠山把自己的外衣脱下来，披在了欧阳芬的身上。欧阳芬紧紧地抱着鸠山，身体散发着热气。然而，田野里却是起霜了。

天气冷，两人抱在一起，然而，鸠山就是没有性的冲动。鸠山心里着急，是欧阳芬没有性魅力，还是自己得了什么病，下身都勃不起来。

心里着急，又没有更好的办法，鸠山说：我们回家吧。

欧阳芬不想走。鸠山看到衣服上结上了薄薄的霜。

天亮了，欧阳芬哈着白气，才挽起鸠山的手，心满意足地往村子里走去。

鸠山一直送她到了家门口。

到了家门口，鸠山与欧阳芬的身影被高学英看到了。

高学英看到衣服上的霜，眼泪也出来了。

她没有问欧阳芬这是为什么，她去找了丈夫欧阳富贵。

高学英觉得，欧阳芬一夜不回家，事情有些不妙。已经出过一回事了，再不能有第二回。现在，已经有两个人与女儿谈婚论嫁，机不可失，时不再来。如果再让丈夫固执下去，怕出问题收不了场。于是，趁欧阳芬不在，与欧阳富贵真诚地谈一次话。

高学英：我觉得，应该到了决定的时候了，女儿的情况，没有比我们再了解的了，如果失去了机会，怕再找不到合适的，妃子村里，也就这么几个年轻人。

欧阳富贵：我何尝不急，但也得慎重考虑。

高学英：慎重考虑，也不能十全十美，现在觉得十全十美，一辈子的事，你能保准以后不出现问题？听天由命吧，让女儿自己决定，她也没有怨言就行。

欧阳富贵表面上固执，心里也有一本账，他觉得，就算是答应谁，也得拿点架子，让人家觉得来之不易，以后，才会对自己的女儿好。

于是不作声。

高学英说：女儿已经倾向于鸠山，就不要挡了，让他们完婚，了了这个心愿，再拖怕拖出问题来。

说到底，欧阳富贵还是疼爱女儿的，女儿执意要嫁鸠山，他也想随缘。再说，邓德荣也不是十全十美，吃"油滋沥"粑粑那一幕，也还是有些不雅，也就勉强同意女儿与鸠山办婚事。


# 第五十三章　妃子村演《红灯记》办喜事


欧阳富贵与高学英把女儿的婚事商量定了，便告诉了欧阳芬，叫她做好结婚的准备。

欧阳富贵与高学英想尽快把女儿的婚事办了，怕夜长梦多。他们都明白，这鸠山，在《红灯记》里够狡猾的了，在生活里，也是变化多端，鬼头鬼脑，点子特别多，在妃子村做了许多超出想象的事。他们希望欧阳芬的婚事不要再发生什么节外生枝的事来。本来，欧阳芬堕胎的事，已经让他们焦头烂额了。

欧阳芬正在热恋之中，结婚当然是求之不得。

然而，邓德荣那里得有个交代。当时，欧阳富贵对邓德荣有那个倾向，让他有了期待，现在要回绝掉，后面的事才好办。

高学英说：什么事都得善始善终，只是不知怎么才能把话讲清楚。想了想又说：最好不要得罪人。

欧阳富贵说：话说得再好，这种事谁会高兴？

高学英：但也不能不说。不明不白，让妃子村人笑话。

欧阳富贵也敢做敢当，说道：当时我虽然没有答应他什么结果，我也倾向于他。现在得罪人，也只能是我撕破脸皮了。

想想又提高声音：我这人就是敢做敢当！

高学英于是无话。

在老婆面前夸下海口，欧阳富贵心里却打起了算盘，这种事，想想真不好开口。婚事这东西，说好话容易，说坏消息还真难启齿。想来想去，关键时候，欧阳富贵想起了媒人白秀老师。自己把女儿答应嫁给鸠山，等于是给了白秀面子，得罪邓德荣的事，也得让白秀去做。

于是，欧阳富贵去找白秀老师。路上，欧阳富贵想，不知怎么回事，白秀办事，总是让人放心。

见到白秀，欧阳富贵就笑了。白秀感到奇怪，平日里欧阳富贵不苟言笑，于是也说了句笑话：贫协主席有什么喜事？

欧阳富贵说道：毛主席说，你办事，我放心。

白秀说：你不要乱说，这话是毛主席对华主席说的。

欧阳富贵笑笑说：白秀老师啊，只有你办事我才放心。

白秀问道：什么事？

欧阳富贵说：你提亲，我放心，所以，我们商量以后，决定李铁梅要嫁鸠山！

说完，两个人同时哈哈地笑。

白秀说：还应该加一句，李奶奶做媒！

高兴了一阵，欧阳富贵才入正题，要请白秀老师去与邓德荣"说清楚"。

白秀想，这贫协主席还怪狡猾起来了！同时感到为难，做媒的人，只说好，不说歹。去邓德荣那里"说清楚"，怎么好开口？然而，鸠山娶到李铁梅了，好事是自己做成了，这歹事，是欧阳富贵委托的，也不好推却，便硬着头皮应了下来。

于是便委婉地把欧阳富贵家的意思告诉了邓德荣。

白秀的话说得很婉转，但邓德荣怎么也想不通，神情十分懊恼。不说话，慢慢地，好像神志都不太清晰了。

邓德荣太喜欢欧阳芬了。《红灯记》里，欧阳芬演李铁梅，是他崇拜的偶像。就为她，邓德荣才去当兵，才想到要演《红灯记》里的任何一个角色。当兵退伍回村，眼看有了一点眉目，看到了希望，然而，事情马上就黄了。

邓德荣觉得是世界末日来了。

这时，白秀老师看到邓德荣不说话，光翻白眼。

白秀一看不对，说：德荣你不要失落，媳妇不用愁，我帮你找！

邓德荣：找？除了李铁梅，我谁也不喜欢。

说完哈哈地笑。

白秀看着邓德荣举止有些不正常，告诉鸠山说：快刀斩乱麻，赶快结婚是大事。

鸠山与欧阳芬便把结婚提到了重要的议事日程。

其实，这事已经是水到渠成，两家人一拍即合。大喜的日子定在冬月十八。

良辰吉日是王木匠自己定的，为定这日子，他坐在院子里太阳底下，银色的头发梳得整整齐齐，戴上了老花镜，翻了三天的老皇历，终于选定了日子。

马上就要办喜事了，王木匠心里十分惬意。这时候，他有些自负，自己的儿子，娶到的可是《红灯记》里的女主角，村子里的大美女。想想自己的儿子平时与欧阳芬同台演出，又在妃子村抛头露面，自己也很有成就感的。这样想了，又觉得有些对不起邓德荣的母亲春英姐。杨春英与自己都是同村人，同样死了老伴，但自己的儿子与她家争一个媳妇，心理就十分复杂。如果欧阳芬被邓德荣争去，自己肯定心里不高兴。现在媳妇争到手了，又觉得过意不去。是啊，一个村子的人，抬头不见低头见，有些不好做人。

王木匠想，人的想法啊，真有些让人不可思议。

想来想去，但也顾不了那么多了，只想把喜事体体面面地办了才是正事。

王木匠告诉鸠山，这台婚事要按传统的风俗习惯办。

鸠山从前参加过一些革命化的婚礼，不请客，不送礼，不设宴席，但他觉得没有意思。他知道婚姻大事，不能简单，要有些轰轰烈烈，才对得起自己。所以，按父亲说的照老传统办，鸠山没有什么意见，只是说晚上要演一场《红灯记》。

王木匠说：结婚是大事，你忙得不亦乐乎，新媳妇都顾不过来，还忙得赢演鸠山！

说得大家都笑了。

但是，《红灯记》还是要演。鸠山说："四人帮"垮台了，像《洪湖赤卫队》《江姐》这些老电影都开始放了，以后演《红灯记》的可能就不大了。算是告别演出吧。

说得很动情的。

鸠山要在结婚这天演《红灯记》，又要按传统方式办婚礼，王木匠嘴上顶一下杠，但觉得这很符合他的心情。婚姻大事，按传统方式来办有气派，再结合上现代的《红灯记》，也可以表现一番自己家的办事与众不同，很有影响力。

想想也是，父亲成了疯子，妻子上吊了，家里阴气太重，这样办事，家里光彩一番，也借此冲一下喜……

要演《红灯记》，除了请客以外，还要通知《红灯记》剧组的人。通知演员好说，除了李玉和在区里有些忙以外，其他演员都在村子里。只是樊正清不好定夺，请不请有些拿捏不定。鸠山欧阳芬组织批判过他，现在还是"挂"起来的人。如果不请，假交通员没有人代替。

王木匠说：要请，离了假交通员，戏就演不下去了。再说，一个队的人，不演假交通员也要请。

于是，还是通知樊正清做客，顺便要演假交通员。

一切准备就绪。

妃子村传统的婚宴，前三天就开始忙了。第一天叫"小帮忙"，第二天叫"大帮忙"，第三天才是隆重的娶亲仪式。

"大帮忙"的这一天，男方家要请人去帮新娘子梳头，这是很有讲究的，还要带去一个童女。鸠山家梳头的女子，当然只能是请李奶奶白秀老师。梳头不只是梳头，还要看新娘子对嫁妆有无意见，对彩礼有何要求，要妥善处理，直到把新娘子接到家，这梳头的任务才算完成。

白秀早早地就去了欧阳芬家。

白秀去欧阳芬家前，又把王木匠叫到了一边，说道：木匠叔，你要让人劈一把松明。

王木匠一听就明白：哎呀！我差点把这事搞忘记了！

原来，妃子村结婚这天，新娘子进大门，要一路撒青松叶，还要请一位大婶用松明火把远远地飘新娘子的脚，意思叫"飘野脚毛"，"飘"了野脚毛，新娘子结婚后不会乱跑。

是啊，王木匠想，这欧阳芬当了大队干部，成天在外跑脚不落地，不"飘野脚毛"还了得！

于是就差人去准备松明要紧。

王木匠觉得，儿子的婚事要办得体面，对联也要自己参与写。但自己的儿子结婚自己写对联，要有人凑热闹，所以，把王连举也请来了一起研究。王连举是大队文书，又是《红灯记》里有分量的人物，王木匠不请也要来。到了鸠山家，他有些感慨，也有些夸张，坐在写对联的桌子前，拿着笔杆子一副深思熟虑的样子，有些卖弄学问。

万医生是不请自来。《红灯记》剧组的都要请，万医生当然要来。现在情况不同了，鸠山当上了村长，又要与欧阳芬结婚，万医生不能不来捧场。这鸠山结婚，是妃子村的大事，万医生不来，感觉自己都没有面子了。不知怎么搞的，万医生到了鸠山家，拉住王木匠的手，摇了又摇，说：

我一直满意这台婚事！妃子村不可多得的夫妻啊，值得庆贺！

王木匠便把对联的事让王连举和万医生把关，事情还多呢，他得全面安排一下，不得出现纰漏。

先是宴席上得向张美兰交代一下。

离开对联桌，王木匠便将了将银白色的头发，走到厨灶前。看到张美兰在案板上忙，老远就喊：

美兰子啊！

走到面前，喘了口气又说：

这待客的事，就交给你了，佐料，肉蔬，你就全做主了……你大婶去世了，我这些年又当爹又当妈的，你就担待着一些，大事小物，便直接叫人去买，不必来问我了……你去问大宝（鸠山），他也肯定一问三不知。

张美兰听了，心里怪暖和的，觉得这王木匠，和蔼可亲，再想想，自己念着鸠山，却成不了眷属，不禁五内俱焚，眼里涌出了泪花，怕人看到，借故火烟熏染，便用手帕把眼泪抹干了……

转眼到了大帮忙这天，张美兰更忙了，十多个帮厨叫三呼四，要张美兰拿主张。

鸠山呢，又要去欧阳芬家送彩礼、送嫁妆。客人也要应付，忙得不亦乐乎。

这时候，张美兰正在厨灶上忙，突然见弟弟邓德荣出现在了鸠山家。按常理，都是一个生产队的年轻人，到办喜事的人家休闲、帮忙是非常正常的事。但张美兰却多了个心眼，他一直看着弟弟进了大门，再往屋子里走。

张美兰突然发现，邓德荣从前穿着军装，身材笔直，苗条。然而，这天，邓德荣的腰部好像有些不正常地突出，走路也好像不正常。张美兰心里紧张起来，她已经预感到可能要发生什么。于是，她放下手中的锅铲，看着邓德荣。

邓德荣继续往鸠山家院子里走，谁也没有过多地注意他，人们都沉浸在欢乐的气氛中。

邓德荣东张西望，他似乎在寻找什么。

张美兰也到处看，看鸠山在哪里。

这时候，鸠山从外面进来了，他刚才去欧阳芬家送彩礼转来，进得门来，院子里的人都开玩笑，问道，鸠山给李铁梅送彩礼，给有遭到老岳父刁难！

鸠山说道：没有没有！顺利得很！

满院子的人都哈哈大笑。

鸠山边答话边陪大家笑，边往新房里走，他要看一下新房布置的情况。

张美兰远远地看着，没有搭腔。

她却注意着邓德荣。

忽然间，她看到邓德荣紧随鸠山后面，身后还有一缕烟。

张美兰知道情况不妙，赶快丢下锅勺，追上了邓德荣。这时候，火药味已经弥漫了整个院子，人们还以为是鸠山要放花炮了。

张美兰紧张起来，赶上了邓德荣，叫道：

兄弟，你不能做傻事！

邓德荣见嫂子赶了上来，加速往鸠山的新房里跑。但情急之下，张美兰动作十分敏捷，一把拉住邓德荣，双手圈住了他。

邓德荣知道形势不妙，如果不赶快挣脱嫂子，后果不堪设想！但是，张美兰像一头发怒的母狮，抱住邓德荣不放。嘴里喊着：大宝！大宝！

王大宝是鸠山的名字。

周围的客人也不知发生了什么事，以为是嫂子和弟弟发生了什么矛盾，正想上前劝架，张美兰叫道：

不要过来，危险！

话还没说完，只听得一声巨响，整个院子一片烟雾，张美兰和邓德荣都应声倒地！

出大事了！妃子村出现了爆炸案！

李玉和已经是区长。这天，他已经回到妃子村，参加鸠山与欧阳芬的婚礼，第二天晚上还要演一场《红灯记》。现在发生了爆炸案，他首当其冲，站在鸠山家院子里，拿出了当年民兵连长的威武劲，高喊道：乡亲们！不要慌，大家冷静！

院子里慌乱的人群安静下来。

李玉和目光把院子扫视了一番，又命令道：民兵做好战斗准备！《红灯记》剧组的人，全部集中，参加善后工作！

大队的武装民兵，立即荷枪实弹在鸠山家院子周围巡逻。

李玉和这才开始解决这场爆炸案。

案件的事实是清楚的，没有追凶的任务，主要是如何处理善后。

李玉和问鸠山：婚事到底还办不办？

鸠山已经昏头，但他没有听李玉和的话，在硝烟里寻找张美兰。看到张美兰躺在血泊之中，弯下身去，紧紧抱在怀里，无语凝噎……

李玉和看到了，赶快叫武装民兵拉鸠山。

鸠山不起。

李玉和轻声但很严肃地对鸠山说道：赶快起来，你这样，事件处理起来更复杂！

鸠山听了，知道李玉和说的是好话，便起身站在院子里。

李玉和问鸠山道：婚事还办不办？

鸠山哭丧着脸：办什么婚事，死人为大！

李玉和说：那就先把张美兰和邓德荣的丧事办了！

鸠山说：宴席都齐全，趁这些东西还好，将就待客，把张美兰和邓德荣安葬了！

院子里的群众，这才如梦初醒，开始忙起张美兰与邓德荣的丧事。

张美兰与邓德荣家，根本无法处理后事。爆炸案一发，损失最重的，还是春英姐，一家去了两个人。听到消息，她便气得倒在床上，什么事都不管了，一家死了两口人，她不知道自己今后怎么过。

邓德军被一封电报从单位叫了回来。事实是：妻子不在了，弟弟不在了，母亲病倒在床。

邓德军回到妃子村，见人就傻笑，见到李玉和，说道：

李玉和啊，你们《红灯记》里的人出事你管不管啊！

李玉和说：要管！

邓德军就要抓杀害张美兰的凶手。

人们告诉他，杀害张美兰的是邓德荣，他们俩一起炸死的。

邓德军不相信，直接打电话到县公安局。县公安局早已知道案件的始末，置之不理。

邓德军思维有些混乱了，他把一切事故都归给了公检法。一个晚上，他拿了一包炸药，放到了公安局的大门上，点燃，爆炸。然后在家里等待公安局的来抓他。然而，三天后还没有动静。

邓德军耐不住了，给公安局打了电话，问炸公安局大门的案子破了没有？

公安局回答说：没有。

邓德军说：你们来找我，我告诉你们是谁干的。

电话那头说：疯子！

便把电话挂了。

邓德军感到莫名的失落。第二天，他又扛上炸药，到了县城，放到了出城的主要交通干道的大桥上，一炮响起来，桥梁被炸垮了。

邓德军又跑回了妃子村，平静地回到家里，看到睡在床上的母亲春英姐，不禁泪如泉涌，问道：妈，你给喝水？

春英姐看了一眼邓德军，摇了摇头。

邓德军又问道：妈肚子给饿，给吃饭？

春英姐本来气息奄奄，看到儿子的面容便来了精神，同时，看到儿子气色不对，说话也好似不太正常。春英姐突然明白，自己不能倒下，大媳妇不在了，二儿子去世了，但大儿子邓德军还在，如果自己倒下了，邓德军也就完了，邓家这个家庭也就完了。

春英姐知道自己肩上的担子重，再痛再苦也要站起来。所以，当邓德军问她给吃饭的时候，很坚强地点了点头。

然后起床，对呆呆的邓德军说：儿子，不要灰心丧气，妈和你一起往前走……

# 第五十四章

## 鸠山、李铁梅考大学搭末班车

婚事没有办成。鸠山没有去迎亲，欧阳芬也没有进鸠山的家门，婚事只能摆下来。本来，如果鸠山同意去接亲，先把欧阳芬接到家里再办张美兰与邓德荣的善后事也可以。但鸠山不想这么办。爆炸事件发生了，把他也炸醒了，他觉得要好好考虑一下自己的婚事。

这样，就等于把欧阳芬晾晒起来了。

欧阳富贵可不好惹。

当时，爆炸案发生了，欧阳富贵也懵了，没有来得及多想。事后，觉得女儿的婚事就这样摆下来不妥。请柬发了，宴席办好了，女儿却原地踏步留在了家里。

妃子村里已经新添了一句歇后语：欧阳富贵家的喜事——荒唐。

欧阳富贵十分后悔，不该轻易答应鸠山这台婚事。鸠山家终究没有逃出家传的厄运，而这厄运与自己家发生了联系，让欧阳富贵深感难堪。然而，事已如此，只能将错就错，女儿留在家里，只会增加更多的惆怅。

欧阳富贵要亲自去质问鸠山，问他为什么当时不以娶亲为大，让自己家现在处于尴尬局面。

高学英却还是偏向鸠山，表现得十分冷静，她见丈夫要莽动，说道：事到如今，我们要考虑留有余地。

欧阳富贵也觉得有理，去找鸠山硬来，看起来也解决不了问题。

便向高学英投去征询的目光。

高学英想了想，说道：让欧阳芬先去与鸠山沟通。

欧阳富贵说道：也是，她喜欢的人，就让她自己去商量！

欧阳芬见到鸠山，却什么话也说不出来。

鸠山百感交集，内心十分难过。

张美兰死了，欧阳芬的婚事又摆了下来。两个人都是为了自己。看着欧阳芬，鸠山内疚之情油然而生，有心碎的感觉。

两个人默默地站立，良久，欧阳芬说：你不娶我了吗？

鸠山：不可能！我们是办了登记手续的，只要你不嫌弃，你就跟我一辈子！

欧阳芬听了，泪流满面。

此情此景，鸠山不知所措。只能静看欧阳芬独自哭泣。时间一点点过去，也不知过了多久，欧阳芬用手绢擦眼睛。鸠山趁机说：我们活下来了，就知足吧。要不是张美兰，死去的应该是我。

欧阳芬当然知道鸠山这话的意思，想想也是，如果张美兰不舍生忘死救下鸠山，自己现在便不可能站在这里与心上人说话。

便说：那我们应该怎么办？

鸠山说：我们先把眼前的事处理好。

欧阳芬想想说：是的，我们都是大队干部，已经折腾了好几天，许多的事等待着我们处理。

第二天，两个人便振作精神，走进大队部。

还是从前地主家的老房子，那所妃子村最古老的四合院。虽然经过了"文革"的风风雨雨，老房子房梁上雕刻的龙头凤尾，门窗上雕刻的精致的兰草牡丹之类都还保存下来，只是显得更古老了。院子里的古槐树、紫金花、金银花藤蔓……依然散发着香气……

演《红灯记》的台子也还在。欧阳芬与鸠山结婚时准备演一场《红灯记》，戏台搭好了，戏没有演成，只给欧阳芬和鸠山留下了痛。看着《红灯记》的戏台，两个人眼泪不知不觉地流……

缓缓走进大队部，欧阳芬特别失落。突发的事件，让她受到了前所未有的打击，脸上表情无比的忧郁。

鸠山说：不要急，不要气，这可能是命运……

欧阳芬想起父亲说过鸠山家从前的厄运。这话像是魔咒，真像是看不见的命运。但是，欧阳芬却不太相信魔咒，更不相信命运。她只喜欢眼前的鸠山。她听到鸠山又说起命运来，便打起精神说道：我们不能相信命运！《国际歌》里唱道，从来都没有救世主，也不靠神仙皇帝！

鸠山听了，也振奋起来，说道：是只有靠我们自己了！这两天，我仔细想了一下，我们两个要重新思考一下，婚事没办成，要做大事！

欧阳芬：什么大事？

鸠山说：我看国家的形势有所改变，邓小平出来了，所有政策都在改变。你看，地主富农摘帽，与贫下中农平起平坐；高考推荐制度废除了，考试制度恢复，都可以凭文化进大学……

欧阳芬：这与我们有什么关系？

鸠山：我们也要改变思路，我想，我们两个都是老牌高中生，应该去考大学！

欧阳芬一惊，她从来没有往这方面想过。

想了想，欧阳芬也豁然开朗。其实，欧阳芬依然充分相信鸠山，她也相信自己过去"三好学生"的实力，就同意报考大学。同时感叹起来，说：

如果前些年推荐，我就去读大学，早就毕业了，现在又要考。

都是被《红灯记》迷住了！

鸠山说：也不迟，我们赶这趟末班车。

欧阳芬说：我们还要通知妃子村有知识的青年，都参加复习，参加高考！

鸠山激动地说：好，我去写通知！

从此，在妃子村的大队部里，常常出现鸠山和欧阳芬头悬梁锥刺股的动人学习场面……

这天，鸠山说复习得很累，对欧阳芬说要去透一下新鲜空气，就独自出了大队部。

鸠山走后，欧阳芬复习功课也感觉头昏脑涨的，她也想去村边溜达一会。走到村边，远远地看到张美兰的新坟。她马上掉头，不忍心看。但看到新坟那边，一缕淡淡的轻烟。欧阳芬想，不知是谁在给死人烧纸。

又想，春英姐还病在床上，邓德军疯疯癫癫，是谁在烧纸呢？

于是，迈步到了张美兰的坟前。

想不到的是，欧阳芬眼前出现了鸠山。鸠山正跪在张美兰的坟前，默默地烧纸和念叨。声音很低，也很虔诚，只是不知说些什么。

欧阳芬不语，轻轻走到鸠山身边，牵住了他的手。

鸠山看到欧阳芬，不好意思地抬起头来，把眼角的泪抹干净。

然后与欧阳芬肩并肩，一起往妃子村走去……

2014 年冬至完稿
2015 年元旦二稿